关于 “人肉搜索”

　　“人肉搜索”与刺青、美白、护肤、减肥等直接在人肉上施行的种种行为无关。
　　顾名思义，“人肉搜索”就是利用现代信息科技，变传统的网络信息搜索为人找人、人问人、人碰人、人挤人、人挨人的关系型网络社区活动，变枯燥乏味的查询过程为“一人提问、八方回应，一石激起千层浪，一声呼唤惊醒万颗真心”的人性化搜索体验。

——摘自百度百科

　　2001年，有网民贴出一张美女照片，并声称该女子是自己的女朋友。可是，立时就有明眼人指出，此照片女主人的真实身份——微软公司的女代言人陈自瑶，并贴出了她的大部分个人资料。一个真正意义上的，被人称为“人肉搜索”的互联网搜索行为就此诞生了。尔后，随着网民队伍的不断壮大，在某些网络有意无意地将开发支持“人肉搜索”作为推动网站发展的原动力之后，“人肉搜索”在短短的几年之内便成了互联网上最火爆、最为人称道又最为人诟病的一种“网民行为”。

——摘自香港《文汇报》

　　中国最有名的侦探机构中的私家侦探（编者注：指广大网民）很少睡觉，一直在无情地追寻猎物，让国际刑警组织都黯然失色。而且他们还是免费的。但在你考虑雇用他们之前，有一点比较困难。这些侦探都是网络在线人群，数百万人共同工作进行“人肉搜索”。这种方法融合了最先进的和最古老的战术，而且正在吸引越来越多的网络义务警员参与进来。

——摘自《洛杉矶时报》

　　在人肉搜索之下，互联网不再是虚拟的，“谁也不知道屏幕后是不是一条狗”的时代已经过去。就算屏幕后是一条狗，人肉搜索引擎也能够将狗的品种、年龄、肩高、体重以及是否纯种、什么谱系等资料一一找出。

——摘自天涯社区

　　如同一个硬币有两面的道理，当你享用“人肉搜索”带来的便利时，感觉很好；而当你被“人肉搜索”当作“人肉”搜索的时候，感觉可能很不妙。倚天剑也好，屠龙刀也罢，本身都只是兵器。正义的人用了，它们就斩妖降魔；邪恶的人用了，它们就沦为“凶器”。刀无错，错在人。“人肉搜索”的道理大抵如此。

——摘自腾讯网

　　根据此前的一项调查，我国近八成公众认为应该更好地规范“人肉搜索”，其中赞成“实行网络实名制、让个人自负其责”的人占28.8%，26.4%的公众认为“网络管理人员必须加强监管，使有关行为不逾越社会底线”，24.8%的公众支持“立法，对网络进行全面规范约束”。

——摘自《人民日报》

关于《人肉搜索》

假如你是一个不折不扣的网民，我推荐你阅读《人肉搜索》，因为你可以在书中找到那些曾经在网络里闹得沸沸扬扬的所谓热点事件的影子，从而产生一种熟悉的亲切感。假如你平时不怎么上网，我同样推荐你阅读《人肉搜索》，权当是扫一扫网络知识的盲，让你知道，有一种东西叫做"人肉搜索"，它的力量很强大。

——著名悬疑作家 快刀

如果你想看一本才子加浪子写的书，那你就去看孙浩元的书好了，因为他的每一本书都显露出博学的知识，同时又会让女人们脸红心跳。如果你想看一本最贴近现实社会的书，那你就去看孙浩元的《人肉搜索》好了，你在这里可以看到诸如"铜须门事件"、"虐猫事件"、陈冠希的"艳照门事件"等等网络热门事件的影子。如果你想看一本可以爱不释手的书，那么还是请你去看《人肉搜索》，因为看完《人肉搜索》，你会爱上一个叫何少川的男人——他是一个警察，但有点儿流氓。

——《女散户》作者 纸裁缝

我不知道当凶手浮出水面时，我是该庆幸，还是该心痛。大凡悬疑凶杀小说，都有无辜的受害者，都有邪恶的杀人凶手。但是《人肉搜索》不同，当我欲罢不能地一气读完之后，我竟然不知道谁是恶谁又是善了。仔细琢磨一下，其实这部小说里没有恶人，因为在强大的人肉搜索面前，每个人都是无辜的，每个人都是受害者。这也许正是作者想表达的主题吧。

——天涯社区莲蓬鬼话首席斑竹 莲蓬

小说《人肉搜索》展现在我们面前的，就是一个乱了套的世界。在这个世界里，没有绝对的正义，没有绝对的公平，有的只是键盘、服务器、暴躁的网民和无辜的受害者。作为一部悬疑小说，嵌入时效性新闻素材，作者孙浩元不见得是第一人，但依我看却是写得很好的一个。我是说，假如你要找一本中国人写的这类小说，不妨看看孙浩元的《人肉搜索》。

——《黑夜给了我黑色的眼睛》作者 马路虾

在这本小说里，处处都是攻击和被攻击的人，处处都是审判与被审判的人。在百折千回情节跌宕的故事里，让你时不时脊梁发麻，直觉得这个网络的世界是如何可怕。希望《人肉搜索》能泼下一盆冷水，让网民们更冷静一些，不要被那些很2的同学的言论、行为弄热了头脑，成为网络暴力的一分子。人人都有监督和发表言论的权利，但并没有审判别人的权利。

——专栏作家 猫小九

虽然很可能是一个奢望，但我还是真诚地希望，看完这部小说的朋友，以后不要轻易发动人肉搜索。当你准备和网友一起发动对一个人的围攻之前，也先静下心来想一想，此人的罪恶是否理应得到这样的惩罚？当你准备泄露某个人的隐私信息时，也请你想一想，这样做，会给对方带来多大的伤害。我真诚地希望，《人肉搜索》面世之后，网上的人肉搜索能少一些。

——著名悬疑作家 庄秦

"人肉搜索引擎" 及其起源

【什么是人肉搜索引擎】

人肉搜索引擎与刺青、美白、护肤、减肥等直接在人肉上施行的种种行为无关。

顾名思义，人肉搜索就是利用现代信息科技，变传统的网络信息搜索为人找人、人问人、人碰人、人挤人、人挨人的关系型网络社区活动，变枯燥乏味的查询过程为"一人提问八方回应，一石激起千层浪，一声呼唤惊醒万颗真心"的人性化搜索体验。

人肉搜索不仅可以在最短时间内揭露某某门背后的真相，为某三某七找到大众认可的道德定位，还可以在网络无法触及的地方，探寻并发现最美丽的丛林少女、最感人的高山牧民、最神秘的荒漠洞窟、最浪漫的终极邂逅……人肉搜索追求的最高目标是：不求最好，但求最肉。

简言之，人肉搜索引擎就是指利用大量人工参与来提纯搜索引擎提供的信息的一种机制。猫扑网的人肉搜索引擎就是其中一个比较成功的例子。

【人肉搜索引擎的起源】

跟很多论坛一样，猫扑网上面也经常有人问这样那样的各种问题。同时，猫扑有种虚拟货币叫做Mp，提问题的人往往会用Mp来奖励可以帮助他们的人。那些惯于通过回答问题挣取Mp的人，在猫扑一般叫做"赏金猎人"。

某人需要解决一个问题，就在猫扑发帖并许诺一定数量的Mp作为酬谢。有赏金猎人看到这个帖子，他们就会用搜索引擎来寻找问题的答案，然后争先恐后地把找到的答案回在帖子里面邀功。最后，提问题的人得到了答案，赏金猎人得到了Mp，皆大欢喜。这也就形成了所谓的人肉搜索引擎的机制。

如果有足够多的赏金猎人，他们之间就会形成竞争——寻找资料速度的竞争、资料准确性的竞争。竞争的结果是，一个速度又快、资料又准确全面的赏金猎人，会有越来越多的Mp，这会给他带来更多的成就感，同时他也会更加醉心于赏金猎人的工作。这就形成了一个正反馈、一个良性循环，前提是有足够的激励（Mp）投入和足够形成竞争的参与者（赏金猎人）。

这就是"人肉搜索"的最初起源，至于被运用于更广泛的空间，那是后来的事情，"人肉搜索"也逐渐成为了一个充满争议的新型搜索引擎。

掌上猫扑 3g.mop.com

猫扑原创
book.mop.com

见习版主:cnshadow BT 小鑫 色猫英雄传 H7T爱神→管理员详细名单↓

版主:水嬰

发新帖　刷新　常用功能▼　常用道具▼

◆【原创联盟】品尝纯粹：离婚后我们最后一次……[推荐]（189条）🔲

◆找女朋友的标准，男人不看后悔一辈子！！！（458条）🔲

◆【原创联盟】如果你住楼房，最好不要看！[热门]（739条）🔲

◆ **人肉搜索(长篇小说)[推荐][热门]**（7643条）🔲

◆【楼猫猫幸福窝】女人经历几个男人算幸福——！！！（210条）🔲

◆悬赏100WMP，找个软件！（312条）🔲

◆披骗传销后~（308条）🔲

◆第一次发这种感情贴（150条）🔲

◆让你流泪的八块5毛钱（220条）🔲

◆投诉网通宽带（320条）🔲

◆一个在上海谋生外地人眼中的丑陋上海（450条）🔲

◆我家极品老婆驾车"糗事"记（307条）🔲

◆和变态房东过招（430条）🔲

◆魔兽世界模型问题（350条）🔲

◆考你的识字能力（340条）🔲

◆坐台小姐的几个笑话！（421条）🔲

◆闹洞房暴强三十三式，看了都不敢结婚（358条）🔲

◆从QQ群里终于知道了美国金融危机怎么回事（740条）[热门]🔲

自发帖　自回帖　关注帖　已读帖　功能　输入关键字　搜索

大杂烩　大小姐　猫扑

[大杂烩]>> 人肉搜索(长篇小说)　(0MP)🔲

大杂烩 > 原创文学 > 正文　进入大杂烩　进入人肉搜索

[1][2][3][4]……[136][尾页][下一页][阅读全部][只看楼主]

何少川一直关注着互联网上的动向，当他又一次打开电脑，检索各个论坛的时候，一个帖子吸引了他的注意，看得他心惊肉跳。

帖子标题是：《全国大搜索，淫男浪女到底是谁？》

在这篇帖子下面，已经有人跟帖留言，开始推测视频男女主人公当时所处的环境。

——根据小弟的经验，房间灯光昏暗，摆设简单，应该是在一个'鸡窝'。再看墙壁装修程度，应该是个比较高档的'鸡窝'。

——你厉害，是不是常去啊？

——男人嘛，嘿嘿。

——男人不吃腥，还是别人公？

……

还奸，有效，有价值的信息还没披露。

何少川返回论坛首页，另一个帖子的标题又一次击中了他。

《淫男浪女在哪里？我知道！》

打开帖子，作者开门见山，说这张床以及墙上的招贴画透露了做爱地点。

他说的没错，正是本帖的一家夜总会，作者甚至把夜总会的名字都说出来了。

何少川手心直冒汗！

人肉搜索将再一次发挥它无坚不摧的战斗力，无数的网络暴民将参与进来，搜索胡剑陵。讨伐胡剑陵。虽然很多人可能也赠过骂，但是他们的视频没有上传，他们的丑行没有暴露，于是，他们就可以肆无忌惮地以道德卫士自居，对胡剑陵展开大肆的挞伐了！

扑（24）:楼主太监　大目叔叔　传呼 道具【引用该楼并直接回复】

扑（26）:没有了？——萧然雁孤飞　传呼 道具【引用该楼并直接回复】

猫（27）:下面，我要看下面，难道楼主没下面了？？——ゞ秋风浪子ゞ　传呼 道具【引用该楼并直接回复】

【楼主】（28）:楼上的大眼睛叔叔——我不是太监，我有下面的——孙浩元　传呼 道具【引用该楼并直接回复】

【楼主】（29）:马上更新啊

人肉搜索

一部关于"人肉搜索"的百科全书式小说

孙浩元　著

重庆出版集团 重庆出版社

图书在版编目（CIP）数据

人肉搜索 / 孙浩元 著.– 重庆：重庆出版社，2008.10
ISBN 978-7-229-00232-9

Ⅰ.人… Ⅱ.孙… Ⅲ.长篇小说 – 中国 – 当代
Ⅳ.I247.5

中国版本图书馆 CIP 数据核字（2008）第 158715 号

人肉搜索
REN ROU SOU SUO

孙浩元 著

出 版 人：罗小卫
策　　划：后浪人 华章同人
责任编辑：陈建军 刘玉浦
特约编辑：闫 超
封面设计：布克 Book Design

重庆出版集团
重庆出版社 出版

（重庆长江二路 205 号）

三河市宏达印刷有限公司 印刷
重庆出版集团图书发行公司 发行
邮购电话：010-85869375/76/77 转 810
E–MAIL：sales@alphabooks.com
全国新华书店经销

开本：787mm×1092mm　1/16　印张：19.5　字数：270千
2008年11月第1版　2009年1月第2次印刷
定价：29.80元

如有印装质量问题，请致电023-68706683

目 录

第一章　惊现"视频门"

众宾客目瞪口呆，台下传出阵阵惊呼。胡剑陵转头看大屏幕，画面上一个男人和一个女人正在激情地做爱。他慌里慌张地看看颜思曦，看看众宾客，一时间手足无措，不知道该怎么办了。

1.我叫陈婷婷

夜色已经深了。

戴景然拖着疲惫的身躯，带着一身的酒气，醉眼惺忪地回了家。这顿酒没白喝，一顿酣饮之后，钱包里多了张银行卡，卡里存了8000万元人民币。

戴景然是举国皆知的"股神"。一年来，凡是他推荐的股票，没有一支不涨的，有的股票今天刚被推荐，明天就会涨停，甚至连续几天涨停。全国各地成千上万的散户随时关注着戴景然的只言片语，跟随着戴景然的指挥棒买进卖出。

但是戴景然不满足于"股神"的名号，如何把这一名号转变成银行的存款，才是他最关心的。他一直等待着，他知道，总有一天，大鱼会上钩。

一个月前，上市公司四海煤炭股份有限公司的总经理孟强找到了他。四海煤炭业绩平平，自五年前上市后就一直没什么表现，股价徘徊于八九元附近。戴景然马上意识到，这就是他一直等待的大鱼。两人一拍即合，谈好了分成计划，戴景然借着四海煤炭职工股上市之机，向全国股民推荐这支股票。

为了诱敌深入，戴景然明确给出目标价位——第一目标位28元，第二目标位40元，而此时的股价仅在10元左右。

戴景然是谁？股神啊！

于是，千千万万的散户纷纷跟进。四海煤炭一度冲到58元。戴景然继续鼓励散户"咬定青山不放松，任尔东西南北风"，直到最后庄家开始出货，股价开始阴跌，他照样让散户不停地加仓，说是庄家在洗盘。可是庄家洗盘的结果是，股价一路阴跌，最后收报只有3元多。

人生得意须尽欢。四海煤炭开了一次庆功会，戴景然理所当然地拿到了他的8000万元人民币。他再也不是股神了。

一个"股神"卖了八千万，值了！

戴景然摸索着走进书房，打开电脑，登陆 QQ。临睡前上网看看有没有最新消息，有没有人找过自己，这已经是他多年的习惯了。一年前，为了跟散户们交心交朋友，他公布了自己的 QQ 号码，通过 QQ 推荐他认可的股票，这其中自然包括四海煤炭。一年来，他已经听了太多的阿谀奉承。只是最近一段时间来，骂街操娘的信息多了，人们用尽了各种污言秽语咒骂他。

看着一个个小头像争先恐后地跳动着，戴景然愉快地笑了。

愚蠢的散户啊，除了骂骂街操操娘，还能干什么呢？股市如战场，谁都不能相信！天下哪有免费的午餐？

一个叫"小迷糊"的网友发来的信息倒是吸引了他，这条信息没有像别人那样谩骂，只是有点莫名其妙：

我是一个叫陈婷婷的 girl，被绑架，后来死了。请你把这封信立即发给你的 6 个好友，1 天后，你喜欢的人就会喜欢上你。如果不发，你就会在 5 天内离奇死亡！这条信息始于 1877 年，从未失误过。

"无聊！1877 年，那时候还没电脑呢！"戴景然随手打开"小迷糊"的个人资料：QQ 号码 842110985，性别女，年龄 21 岁。除此之外，再无其他有效信息。他闭目沉思很久，才想起来是前几天刚刚通过的一个好友。

估计也是四海煤炭的受害者吧？用这种无聊的方式发泄愤怒和诅咒，真是可怜可叹的散户啊！

"丁零……丁零……"

一阵急骤的门铃声划破了夜的宁静。

"这么晚了，谁会来呢？"戴景然嘟嘟囔囔着走到门口。

不是家门的铃声，而是一楼大门的对讲系统在响。墙壁上装着一个显示器，按下视频按钮，一楼大门外的情景映入眼帘。

幽暗的路灯，寂静的街道。但是没有人影。

也许是按错了吧？戴景然转身回到书房，可是还没等坐下，对讲系统又响了起来。

到底是谁这么无聊？他再次走到门口，按下视频按钮。

依然是幽暗的路灯，寂静的街道。依然没有一个人影。

戴景然酒劲上涌，几乎怒火中烧了。他按下了通话按钮，没好气地叫道："他妈的，谁啊？半夜鬼叫啊？"

没人答应他。

"妈的，神经病！"戴景然咕哝着转过身来。可是刚一转身，对讲系统再次响了起来。

到底是哪个王八蛋？看来不给他点颜色瞧瞧，他简直不知天高地厚了！戴景然打开房门，乘坐电梯，从18楼来到了一楼大堂。

大堂里的灯关掉了，以前都是通宵亮着的。戴景然也不管那么多，打开大门，走到门外四处张望，依然没有一个人影。

"妈的，见鬼了！"

戴景然摇摇晃晃地回到大堂，手机又响了起来，是短信的提示音。他本来就已酒醉，现在吹了点风，头越发昏昏沉沉的。随手打开彩信，是一条语音信息。

一个低沉的男低音传了出来。

"我给你讲一个关于电梯的故事吧，是我的亲身经历。有一天晚上我回宿舍，在一楼按了电梯，我要上18楼。电梯来了，我走了进去，里面空无一人。电梯缓慢地向上攀升，到了四楼的时候，电梯突然打开了。有两个人在外面探头探脑想要进来，可不知道为什么看了看又没有进来。电梯门又关上了，这时候，我清楚地听到他们在说：怎么这么多人啊！哈哈哈……后来，后来，后来我就死了。"

大堂里空旷冷清，低沉的男低音伴着哐哐啦啦的声音，在空气中游荡，就像孤魂野鬼在歌唱。

虽然只是一条彩信，虽然只是一个恐怖故事，戴景然还是吓出了一身冷汗。

得赶紧回家了，只有家里才是最安全的。

电梯门缓缓打开了，他刚想挪动脚步迈进去，却突然吓得呆若木鸡，站在电梯门口一动不敢动。

电梯里一地灰烬，灰烬里还带着火星。那是一堆没有燃尽的冥币。阴森恐怖，青烟缭绕。

谁会在电梯里烧纸钱？他转头看看四周，大堂里昏暗如旧，没有一个人影。

"我给你讲一个关于电梯的故事吧，是我的亲身经历……"

那个嘶哑的男低音突然又在耳边响起。戴景然连忙掏出手机，手机明明没有播放，可是声音从哪里来的？

一阵风透过大门的缝隙吹了进来，吹得他身上冷飕飕的，酒也醒了几分。

风绕着他的双脚吹进电梯里，吹起了一地的灰烬。灰烬突然开始漫卷，带着火星，猛地旋转起来，向戴景然扑面而来。

戴景然再也不犹豫，一转身，连滚带爬地冲进了消防通道。站在消防通道的楼梯上，他呼哧呼哧地喘着粗气，透过消防通道门上的玻璃窗，他看到灰烬还在飞舞。

到底是怎么回事？难道我是在做梦吗？管不了那么多了。宁愿走上18楼，也不坐电梯了！

戴景然挪动脚步向上攀登，咚咚的脚步声在空旷的楼梯间发出轰轰的声音，渗透出一种恐怖的气氛，钻进耳朵里让他说不出的难受。空旷的楼道里，蕴藏着一股窒息的力量，仿佛空气中伸出了千万只手，紧紧地掐住他的喉咙。

每一层楼的入口处都装了一盏感应电灯，只要有人经过，就会自动点亮。爬到九楼的时候，戴景然已经气喘吁吁了，两条腿就像灌了铅一样抬不起来。他使出了吃奶的力气继续攀登。

九楼的感应灯自动熄灭了。十楼的感应灯却没有点亮。

整个楼道黑咕隆咚的，什么都看不见。

黑暗，伸手不见五指的黑暗。

黑暗带来不确定的恐惧。这种感觉让戴景然心跳异常。在前方的某个地方，说不定正潜藏着世界上最大的危险。那个在电梯里死去的男人，还有那之前的一群人……此时此刻，戴景然已经把故事当真了。黑暗中，仿佛闪烁着无数双贪婪而邪恶的眼睛。

不知道哪一层楼的消防通道被打开了。

有人了，有人就不怕了。

可是声音却突然消失了，没有门关上的声音，也没有脚步的声音。有的只是一阵风，一阵阴风，从戴景然的每个毛孔钻进去，一直钻到心里面。

"谁啊？"戴景然战战兢兢地问道。

没有人回答他，楼道里非常安静，他只能听到自己的声音，包括心跳。

他原地站了一会儿，终于鼓起勇气，摸索着扶手继续攀登。

也不知道走了多久，前方突然蹿起一个火苗，戴景然被吓了一跳。楼道里黑咕隆咚的，在火苗的映照下，戴景然隐隐约约地看到一个背影，那人穿着一身白色的衣服，蹲在地上不知道忙活什么。戴景然小心翼翼地从那人身边通过，却见那人一头长发直垂到地面，乌黑的头发盖住了脸。

地上堆着一堆冥币，那人点燃了冥币……

干燥的冥币见火就着，映得整个楼道如同白昼。戴景然惊骇得无以复加，张大了嘴巴怎么都合不拢。

那人缓缓地站了起来，慢慢地转过身，乌黑的头发呼啦啦散开，一张苍白的面孔骤然出现在戴景然面前。戴景然吓得赶紧低下头，但是那阴戾的目光已深深地印在了脑海里，让他不寒而栗。豆大的汗珠沿着脸颊滚下，一粒一粒掉到地上，竟然滴滴答答地传出回音，细微的声音也变得如同瓦釜雷鸣了。

戴景然几乎要崩溃了，两条腿像筛糠一样抖。

"你……你……是……是谁？"

白衣人缓缓向戴景然伸出了手，说道："我叫陈婷婷。"

2.抢新娘

嗵，嗵，嗵……

长洲花园 C 栋 1205 室的房门被剧烈地敲击着，门外一个男人粗犷地高声叫道："快开门，再不开就砸门啦！"

咣，咣，咣……

门被敲得更重了。

每一次敲击，都引得屋内的几个女孩子连声尖叫。

一个女孩子惊慌地问道："怎么办？开不开？"

另一个女孩子镇定自若地回答："当然不开了，哪有这么容易？"

门外那个粗豪的声音又响了起来："再不开，我们就走啦！"

另一个男人嚷道："走啦，剑陵！不要了，带你去红灯区。"然后是一阵哄堂大笑。

屋内的女孩子叫道："你们好恶心啊。"

"快点开门，少啰唆啦！"

"你们要表示一点诚意才行啊！"

"你们把门打开我们才能表示啊。"

"不用打开，你们把红包从门缝里塞进来。"

"好，好，好，塞进去。"

几个男人应和着："进去了，进去了，看到没有？"

女孩子尚不明白男人们粗俗的玩笑是什么意思，只是检查了一下刚收到的红包，然后继续说道："不够，不够，再塞……"

于是，男人们继续塞红包，女孩子们继续要价……

一个女孩兴奋得脸腮通红，转身对坐在床上的新娘说道："哈哈，曦曦，不会心疼你家剑陵吧？"

曦曦全名颜思曦，她穿着一袭雪白的婚纱，打扮得若天女下凡。今天是她大喜的日子，屋外叫嚣的是新郎胡剑陵带来的兄弟团，也是抢亲团。看着男人女人们隔着门胡闹，她早已笑得前仰后合了，这时听到伴娘问，便笑着说："没事没事，你们多榨他点儿。"

伴娘就像得了圣旨一般冲到门前叫道："新娘说了，得让新郎多放点血。"

屋外还是那个粗豪的声音："男人放精不放血，要放晚上洞房再放吧。"

伴娘不理会男人的玩笑："不行，现在就要放。"

"隔着门怎么放啊？"

"新郎呢？怎么没有新郎的声音啊？"

"他去红灯区了。"

"谁说我去红灯区了？我在这儿呢。红灯区是干什么的，我不懂。"

伴娘叫道："胡哥哥，曦曦想你都快想死了，你怎么还不进来啊。"

男人们又起哄了："进去了，进去了，马上就进去了。"

新郎胡剑陵兴致盎然地说道："那就开门吧，我也想死曦曦啦。"

"那你得唱首歌。"

"我不会唱啊，曦曦知道的。"

"不管不管，一定要唱。"

屋外暂时平静了一会儿，曦曦知道，胡剑陵一定是在抓耳挠腮了。

过了半晌，只听胡剑陵说道："那我唱啦。"

"少废话，快点唱！"

"两只老虎两只老虎，跑得快跑得快，一只没有眼睛，一只没有耳朵，真奇怪真奇怪……"

谁都没想到胡剑陵会突然唱起这么一首歌，人们不禁哄堂大笑了。

颜思曦小声嘀咕了一句："大喜的日子，没耳朵没眼睛的……"

姐妹团终于满意了，把门打开了。胡剑陵在兄弟团的裹挟下，洪水般涌进房间，他手持一大把鲜红的玫瑰花，单膝跪地献给新娘，突然之间，他有点恍惚，有点犹豫。这一幕太熟悉了，就在四年前，同样的场合，带着同样的兄弟团，进行了一番同样的"拉锯战"之后，他拿着同样的一束玫瑰花，以同样的姿势单膝跪地，递给了另外一个新娘，那天他说："亲爱的，我爱你，一生一世！"

可是誓言中的一生一世在颜思曦出现之后，变成了短暂的三年。

真有一生一世的爱情吗？他跟曦曦的爱情会不会一样在无聊琐碎的婚姻生活中化成一杯淡而无味的白开水？

他犹豫了。

如果一生一世不能保证，又何苦在这儿自欺欺人？

伴娘吵道："快点说话啊！忘词了？"

一个兄弟叫道："你不说，换我！我来说！"

正是方才门口那个粗豪的男人的声音，颜思曦抬眼看了看他，眼睛微微湿润了。

胡剑陵的心里翻江倒海，不，不会的！我爱曦曦，第一眼见到她，我就知道，我的一生要交给她了。我将全身心地爱她，无论贫穷与富有，健康与疾病，我都要和她患难与共，风雨同舟。想到此，他大声叫道："亲爱的，我爱你，一生一世，你都是我的最爱。"

在众人的一片叫好声中，颜思曦接过了胡剑陵的玫瑰花，眼眶里滚动着晶莹的泪花。当初，虽然知道胡剑陵已经结婚了，但是她依然不管不顾，放弃了淑女的矜持，大胆疯狂地对胡剑陵展开了追求。她知道胡剑陵是喜欢自己的，哪个男人不喜欢漂亮的女人呢？胡剑陵起初一直挣扎，他想尽力维持着已经没有爱的婚姻，但是最终败在了颜思曦持续糖衣炮弹、软言蜜语的攻击下。每每想及此事，颜思曦便很得意，毕竟让胡剑陵拜倒在自己的石榴裙下，她只用了不到两个月的时间，之后又用了一个月的时间，让胡剑陵跟前妻离婚。又交往了几个月，他们终于步入婚姻的殿堂。

胡剑陵对颜思曦早已是俯首帖耳说一不二，大半年来，曦曦的影子融进了他灵魂的最深处，"一日不见，如隔三秋"——用在他身上，是再合适不过了。就在前两天，他突然联系不上曦曦了，家里电话没人接，手机一直关机，他心慌意乱忐忑不安，生怕曦曦突然反悔不肯下嫁，直到曦曦打开了电话，他才长长地吁了一口气。献花之后，他又掏出一枚钻戒，笨手笨脚地戴到了新娘手指上。

一切进行得都很顺利，可是当胡剑陵准备牵着新娘走的时候，新的麻烦又出现了。

新娘的一只鞋不见了！

姐妹们哈哈大笑着，伴娘说道："哈哈，你以为这么容易就能把我们曦曦接走吗？把鞋找出来吧！"

胡剑陵没想到姐妹团还留了这么一手，满脸无辜地看了看曦曦，然后招呼道："兄弟们，帮我找找吧。"

衣柜，抽屉，床底，被子下面，甚至每个女孩子的包，大伙都翻遍了，可是那只鞋就是找不到。

"怎么样？找不到吧？"伴娘笑道，"发红包，我拿给你。"

还好红包准备得比较充分，刚才在门口时没全部发完，胡剑陵刚准备掏红包，却听一个兄弟说道："慢着，我知道在哪儿。"

又是那个粗豪的声音，又是那个准备替胡剑陵向新娘表白的兄弟。

颜思曦看了看他笑了，眼睛又酸了。

胡剑陵一听，顿时哈哈大笑："哎呀，把你给忘了。"说罢很得意地看了看众姐妹，"知道他是谁吗？何少川！公安局刑侦科的！"

在被破坏得乱七八糟的杀人现场，刑侦警察都能寻找出蛛丝马迹，何况一只女鞋？

何少川站在屋子中央，巡视了每一个角落，然后呵呵一笑，拿起了伴娘的包。

伴娘笑道："还以为你多了不起呢，刚才我的包早被他们翻过了。"

何少川却从包里拿出一叠纸巾来，笑道："哈哈，你要用这么多纸巾吗？"

"怎么了？不可以啊？"

"剑陵，鞋在纸巾盒子里。"

胡剑陵拿起床边的纸巾盒，抽出表面的纸巾，果然翻出了颜思曦的鞋。

伴娘娇嗔着捶打着何少川："你好讨厌啊！赔我们红包！"

何少川看了看新娘，哈哈大笑："等我结婚的时候，我一定给你啊！"

胡剑陵掏出红包："来来来，虽然我们自己找到了鞋，但是红包还是要照发的。"

众姐妹们开心地涌到胡剑陵跟前。

丁零零……

一阵手机铃声骤然响起。

是何少川的电话。

"啊？可是，可是，我今天不是请假了吗？……能不能换别人啊？今天我朋友结婚，正帮着抢新娘呢……其他人呢？……不会吧？……那好吧。"

挂断电话，何少川一脸无奈地说道："剑陵，不好意思，突然有急事，我得走了。"

"什么事啊？"

"这个场合，不好说这些事。"

胡剑陵心领神会："好吧，晚上来吃饭啊！"

"一定来，一定来！"何少川看了看众人，看了看新娘，急匆匆地离开了。

3.鞋底的秘密

何少川破过很多案子，但是从没见过这样一具令人恐惧的尸体。

尸体完好无损，甚至连点皮外伤都没有。但是它面目却极为狰狞，眼睛瞪得大大的，空洞而无神，仿佛被掏空了灵魂；面部肌肉纠结在一起，嘴巴大张着，似乎要大声呼喊，但是它永远都不会喊出什么来了。四肢扭曲着，几乎缩成了一团，就像要躲避什么巨大的恐怖似的。尸体躺在客厅的地板上，就像凝固成了一个雕塑，每一条纹路里都藏满了恐惧和慌乱。

同事蒋子良和几个警察正在忙忙碌碌地检查着现场。

何少川看了看尸体问道："他是谁？"

"戴景然。"

"戴景然？股神？"

"是。"

何少川默然不语，心中微微有点满足的感觉，因为他现在也成了四海煤炭的"股东"了。人生四大背，他占了一背，这都拜戴景然所赐。

法医权聪蹲在尸体旁边仔细检查，尸体表面已经开始腐烂，虽然戴着厚厚的口罩，还是能闻到阵阵的臭味。就是这种异乎寻常的臭味，惹起了邻居的疑心报了案。权聪对这种味道早已经习惯了，他从尸体的头发开始检查，头颅，五官，脖颈，胸腹部，一直到四肢，结果什么都没有发现。

蒋子良走过来说："现场没有打斗的痕迹，家里的财物也没少。"

权聪站起来说："初步检查是心源性猝死，死亡时间大概有两天了。"

心源性猝死是指由于各种心脏原因引起的自然死亡，发病突然，一旦发生，存活机会甚低。各种心脏病均可导致猝死，直接过程是急骤发生的心律失常室速和室颤，此时心脏停止收缩，失去排血功能，医学上称之为心脏骤停。

听着权聪的初步检查，何少川不禁火气直冒，他恨恨地看了看尸体，不明白郑局长干吗这么小题大做。一个人心脏病突发猝死了，也要我亲自跑来看，难道就因为他是人人恨不得寝其皮、食其肉的"股神"？想着半路离开胡剑陵的婚礼，他恨不得操起电话把郑局长骂一顿。

"既然是猝死，就没我什么事了，我还要去参加朋友的婚礼呢。"何少川说罢刚要离开，却听蒋子良说道："少川，戴景然死前收到过一条死亡短信，你要不要看看？"

"死亡短信？"何少川眉头一皱，"什么意思？"

电脑在书房，QQ上几十个小头像在闪烁着，但是聊天窗口只开了一个。

显示的好友昵称是"小迷糊"，QQ号是842110985。头像是灰的，说明他不在线。

两天前，死者收到了"小迷糊"的最后一条信息：

我是一个叫陈婷婷的girl，被绑架，后来死了。请你把这封信立即发给你的6个好友，1天后，你喜欢的人就会喜欢上你。如果不发，你就会在5天内离奇死亡！这条信息始于1877年，从未失误过。

蒋子良说道："戴景然的死会不会与这条信息有关呢？"

何少川扑哧一声笑了，这么一条垃圾信息，会与戴景然的死有什么关系呢？可是死者脸上诡异的神情蓦然浮现在脑海里，两只空洞无神的眼睛，似乎要诉说着什么，有恐惧惊慌，似乎又有种不可思议，甚至是恍然大悟。那双眼睛里藏的东西实在太多了。

何少川双击每一个闪烁的头像，每一个好友都发来了诅咒的信息，这些话也都是何少川想说的。他恨恨地想道："活该，赚那么多钱，也没地儿花了吧？"

只有一个好友没有骂他，昵称是"小布丁"。

你干吗去了？打你电话也不接。

"小布丁"是一个彩色的狗熊的图像，他在线上。何少川马上跟他聊了起来。

——你好，你是哪位？

——你怎么了？脑子进水了？

——对不起，我不是戴景然。

——那你是谁？你怎么用他的QQ号码？

——我是警察。你是戴景然什么人？

——警察？怎么了？

——戴景然去世了。

——开什么玩笑？

——没开玩笑，心脏病猝死。

——亲爱的，你什么时候有心脏病了？怎么学会捉弄人了？

"小布丁"死活不肯相信，何少川只好发送了视频聊天的请求。一会儿的工夫，"小布丁"出现在屏幕上，是一个美丽的女人，脸上流露出惊讶的神色。

"你们是谁？你们怎么在我家里？"

"我已经跟你说了，我是警察，我叫何少川，旁边是我同事蒋子良。"

"景然出什么事了？"

何少川只好又重复了一遍。

"小布丁"号啕大哭起来，等她哭声稍低了，何少川问道："你是戴景然女朋友还是老婆？"

"我们去年刚结婚。不可能的，不可能的，他怎么会猝死呢？"

"你在哪里？我想你得尽早回来处理后事了。"

"我在美国，我们刚刚办了移民，我一个星期前才到的，说好他随后就来，谁知道，谁知道……"

妈的，骗了我们的血汗钱，竟然移民了！何少川心里骂道。

"不，不……他不是猝死的，他一定是被人杀的，一定是那些，那些散户……"网络的另一端，戴景然的老婆已经濒临崩溃了。

何少川懒得搭理这个女人了，他30多万的血汗钱就是被这个女人的老公骗走的。现在骗子死了，这是多么值得庆祝的事情啊！

蒋子良留下来安慰了女人一番，何少川则懒洋洋地离开了书房。

戴景然的尸体还躺在客厅里，双脚冲着书房的方向。何少川无意间瞥见了那双脚，不禁疑窦顿生，蹲到尸体旁边，脱下了死者的一只皮鞋，翻来覆去地看着。

权聪看着何少川的举动觉得莫名其妙，那双皮鞋他已经检查过了，什么都没发现，难道何少川又找到什么蛛丝马迹了？

何少川也什么都没找到，鞋底干干净净的，什么都没有。正因为如此，他更觉得狐疑了。戴景然穿着皮鞋死在地上，那么鞋底总会留下一点灰尘的，但是现在却一尘不染。

权聪说："那双鞋我已经检查过了，什么都没有，你就别费心思了。"

"指纹呢?"

"指纹也查过了，也没有。"

"请你说清楚点儿，没有指纹是什么意思。难道连死者的指纹也没有吗?"

权聪一愣，是啊，皮鞋上一个指纹都没有。这太不合常理了，起码戴景然自己的指纹会留在上面的啊！

"这具尸体被人动过手脚！戴景然到底是不是猝死，现在下结论，为时尚早呢！"何少川离开尸体再次回到书房，指示蒋子良，"把每一个谩骂戴景然的QQ好友都记录下来，查一下IP地址，包括那个什么'小迷糊'的。"

4.婚礼上的惊天巨变

从欢快热闹的抢新娘现场，一下来到冷冰冰的死亡现场，何少川及时变换角色调整心情。而现在，他又要来到更加热闹的婚礼现场了，他尽力把那具面目狰狞的尸体忘到脑后，挂上开心的笑容，让愉快的心情充斥心间。他可不能把死亡的气息带到兄弟的结婚典礼上。

胡剑陵是城管局的一个科长，几年前在一次聚会上认识的，两人聊得投机，渐成莫逆之交。当何少川走进西湖酒家的时候，站在门口迎宾的胡剑陵特别开心，一把拉住了他的手："忙完了？"

"是，是。"

何少川交上了份子钱，然后看着新娘颜思曦，说道："嫂子……嫂子真是美若天人啊！"

颜思曦不好意思地笑了，一抹红晕泛到脸上，眼睛里闪烁着晶莹的泪光："哪里哪里。"

何少川指着颜思曦的眼睛、鼻子、嘴巴，又指向了胸部，说道："这里，这里，这里……都很美。"

众人都笑了。

待何少川走进餐厅，胡剑陵回头对新娘说道："别理他，他就那人，整天嘴上不留德，什么话都说。"

颜思曦微微点点头说："是啊，他真有意思。"

天色暗了下来，宾客也到齐了，婚礼终于开始了。

瓦格纳庄严肃穆的《婚礼进行曲》缓慢、优雅地在空中流淌。

司仪站在台上热情洋溢地说道："在这个充满浓情蜜意的晚上，我们从四面八方赶来，欢聚在西湖酒家，共同为一对珠联璧合的新人送上祝福。首先，我们有请新郎新娘出场……"

红地毯就在脚下，幸福就在眼前。

新郎新娘个头差不多，两人手挽着手并肩缓缓往前走，身旁的花童向他们抛撒着玫瑰花瓣。他转头看看新娘，颜思曦的脸蛋微微红着，眼睛里充满了幸福的泪光。在胡剑陵眼里，颜思曦是世界上最完美的女人，比金喜善美丽，比蒋勤勤风韵，比张曼玉妩媚，比叶玉卿性感，比刘亦菲可爱……总之世间所有女人跟颜思曦一比，全是一堆粪土。颜思曦身上蕴涵着动人心魄的美，在她周围似乎有一个看不见的磁场，让胡剑陵为之魂牵梦绕不能自拔。

何少川坐在席位上，听着音乐，看着新人入场，心里竟然微微有点酸，竟然想起了那首著名的改编过的《婚礼进行曲》：傻B了吧，结婚了吧，从此没有自由了吧……

他差点忍不住苦笑出来，就在这时候新郎新娘经过他的身边，他赶紧挥手致意。

新郎新娘走到台上，看着台下的宾客微笑。

本来应该有双方父母致辞的，但颜思曦是孤儿，而胡剑陵的父母因为儿子是二婚，也不愿意再致什么辞，所以这个环节就取消了。司仪声情并茂地接着说："王子牵住了公主的手，走到我们面前，一个童话故事就这样开始了。是缘分使两位新人相遇、相知、相恋，从今天以后，他们将相依相守，永不分离。在这花香四溢，春色满园的婚礼殿堂，我们在座的所有宾客要共同见证这对新人许下他们爱的誓言。我要先问新郎一个问题。胡剑陵先生，你愿意接受颜思曦小姐作为你的妻子，从今以后，无论环境变化、疾病健康、贫穷富贵，你都愿意爱惜她、安慰她、尊重她、保护她，直至终生吗？"

胡剑陵接过话筒朗声说道："我愿意。"

司仪又问新娘，颜思曦坚决地说道："我愿意。"

台下宾客报以热烈的掌声，何少川斟满了一杯红酒一饮而尽。

司仪继续说道："心与心的交换，爱与爱的交融，凝聚成今天这样一个美好的誓言。现在，我们大家肯定都很关心新郎新娘的恋爱史，对不对啊？"

台下宾客一片叫好声。

胡剑陵接过话筒说道："曦曦是杂志社的编辑，有一天，曦曦找到我们要做一个城管专题，我们就这样认识了……"

何少川听着胡剑陵兴高采烈地介绍自己的恋爱史，心中不免泛起一阵嘲笑，"那时候，你还爱着你前妻吧？"

只听胡剑陵又说道："我们刻了一张碟，按照时间顺序收录了我和曦曦拍的照片和视频，可以给大家欣赏一下。"

司仪说道："这个肯定很有意思。我得给大家透露一个小秘密，新郎新娘为了这张 DVD，从两个月前就开始制作了。好，有请工作人员给我们播放爱情光盘。"

偌大的厅堂鸦雀无声，大家都在默默等待着。

宾客当中，还有人正以复杂的眼光看着胡剑陵，看着颜思曦。

颜思曦太美丽了。

胡剑陵凭什么……

硕大的屏幕挂在大堂的正前方。两个一米高的大音箱摆放在舞台两旁。

开仓……

入仓……

开始读碟……

新郎新娘并肩站在舞台一侧，脸上洋溢着幸福的笑容。胡剑陵转头看看美丽的新娘，恨不得立即拥她入怀，狠狠地亲她一下。

众宾客静静等待着，后面的宾客站了起来，看着蓝色的大屏幕。

开始播放了。

"啊，啊，啊……哦，哦……快点，快点……啊，你好猛啊……"

两个大音箱突然传出女人激昂、淫荡的叫床声。众宾客目瞪口呆，台下传出阵阵惊呼。胡剑陵转头看大屏幕，画面上一个男人和一个女人正在激情地做爱。他慌里慌张地看看颜思曦，看看众宾客，一时间手足无措，不知道该怎么办了。

何少川最初差点没笑出来，这个马大哈，怎么把黄片当成什么爱情光盘拿来了？"这小子，要治他个传播淫秽物品罪！"

可是到后来，何少川笑不出来了，众宾客也都笑不出来了。

男人的屁股在屏幕上一前一后地运动着，女人装腔作势地嗷嗷叫着。

男人说道："起来，换个姿势。"

那个声音好熟悉，熟悉得让人觉得恐怖。

不行，不能再放了！

这个胡剑陵还发什么愣啊？何少川挤向前去，要停掉DVD。

可是来不及了，屏幕上，那个男人转过身来，正是胡剑陵！

画面定格了，似乎要让大伙看得更清楚。

所有的人都目瞪口呆，当然也有人在窃笑。

屋角一个男人，坐在位子上，看着大屏幕，掩饰不住地流露出得意的笑容。

何少川认识他，那是胡剑陵的同事，叫熊冠洋。

画面定格几秒钟之后又继续播放。

何少川大喊道："服务生！关掉！"

服务生从来也没遭遇过这种场面，跟众宾客一样，都惊讶得愣住了，或者说，是被激情的演出吸引住了，被何少川一声断喝，他才恍然大悟，赶紧关掉了机器。

大堂里一片难堪的静默。

最后，一人说道："谁这么无聊啊。"

"是啊，真缺德。"

……

众人连声骂着，以此缓解尴尬的气氛，也给新郎新娘留点面子。何少川忧心忡忡地看着一对新人，不知道这事该如何收场。胡剑陵似乎还没从巨变中缓过神来，依然惊愕地看着前方，继而又转身看着颜思曦，嗫嗫嚅嚅地说了声："曦曦，我……"而颜思曦已经泪流满面，极力忍耐着没有哭出声来。她肯定没有想到，她深爱的男人，竟然会做出这种事情吧？何少川此时恨不得冲上前去给两人解围，但是又不知道该怎么帮助他们。只见颜思曦抡起巴掌狠狠地捆向了胡剑陵的脸颊。

胡剑陵不避不闪，默默地承受着，他希望暴风雨来得更猛烈些，只有这样，才能缓解他的痛苦和无助。

但是颜思曦没有继续打他，而是扯下钻石戒指，扔在地上，然后一把将盘起的头发扯散，怒气冲冲地离开了西湖酒家。

胡剑陵急匆匆地追了出去。他知道颜思曦是不会回来的，但他必须追出去，他要借机逃离众人眼神的包围。

那些眼神，太有杀伤力了！

何少川又看了看熊冠洋，他脸上挂着鄙夷的笑容，现在开始吃喝起来了！他不是胡剑陵的同学吗？怎么这么一副德行？人啊，有时候真的分不清谁是朋友，谁是敌人。

5.色情光盘

胡剑陵失魂落魄地回到了家。

大门上贴着两个大大的红囍字，胡剑陵漠然地看了一眼推门而入。

房间里布置得喜气洋洋，每个门上都贴着红囍字，天花板上挂着彩色的气球。

但是欢乐已经不属于他，幸福已经不属于他。

曦曦肯定不会原谅我的，我怎么这么愚蠢这么倒霉？为了一个器官片刻的欢愉，竟然葬送了一生的幸福！

桌子上有一瓶中午没喝完的红酒，他拿起酒瓶子咕咚咚地灌了进去。

完了，全完了。不但失去了曦曦，还留下了那么大一个笑柄。

同事们将怎么看我？

亲人们将怎么看我？

刚才胡剑陵的母亲是哭着回去的，父亲则一声不吭狠狠地瞪了他一眼。他知道，父母对他彻底失望了。

他需要安静，一个人独处，一个人忍受痛苦。

有的伤口，只能靠自己去舔舐。

他不需要朋友们假惺惺的关心，他知道，那些安慰他的人，转个身回到家，就会把他当成笑话讲给其他人听。不出几天，他的倒霉事将路人皆知了。

　　门铃响了，他坐在沙发上喝着闷酒，懒得去开门，懒得去跟朋友们寒暄，懒得听大伙儿假装义愤填膺的咒骂声。

　　来人很执著，门铃持续不断地响着。

　　胡剑陵已经心灰意冷了，照旧坐在沙发上一动不动。

　　就把我当成一个死人吧，快把我忘记了吧！

　　门外那人开始喊话了："胡剑陵，你给我开门，我知道你在。"

　　那是何少川的声音。

　　胡剑陵犹豫了一阵，终于还是没有挪动屁股。

　　"你快开门，我们需要解决问题，这是最重要的！"

　　胡剑陵不得已，只好开门将何少川迎进来。

　　何少川刚进门便一拳打过来："瞧你这操性！至于吗？"

　　胡剑陵心头一热，眼泪差点夺眶而出。

　　"事情已经发生了，就不用想那么多了。大丈夫敢作敢为，怕什么？你看人家程高希和章白芝，有那么多裸照被众人传阅，不照样活得好好的？不照样唱歌的唱歌，拍戏的拍戏？"

　　"话是这么说，可就是丢人啊！"

　　"要说丢人，他们不比你丢人？整个华人世界都闹得沸沸扬扬，你呢？也就这些人知道。"

　　"可是他们会出去说啊！"

　　"说去呗，有什么好怕的？最多是说说，其他人又看不到那张光碟。"

　　胡剑陵默然不语了。

　　"嘿，不过你小子也太那个什么了吧？"何少川故意要使气氛轻松起来，"简直跟程高希一样嘛，还喜欢玩自拍。"

　　"什么自拍？我还没那么变态，搞个鸡有什么好拍的？"

　　何少川顿时收敛起嬉皮笑脸的神色，他本来一直以为是胡剑陵拿错光碟了，所以才会闹出那么大个笑话。现在看来，是有人故意在搞胡剑陵，会是谁呢？他马上想起了熊冠洋，那个幸灾乐祸的人。

"你最近有没有得罪什么人？"

"没有啊，我能得罪什么人？"

"前几天你跟我说过，你们有个处长被双规了，位子空着，你是不是想争那个位子？"

"当然想了。"

"你有把握吗？"

"差不多吧，有竞争力的人也就两个人。"

"谁？"

"我和熊冠洋。"

"就是你那同学？"

"是，中学同学。"

"你们俩关系怎么样？有没有矛盾？"

"你怀疑他吗？"

"你先说。"

"我俩关系本来挺好的，老同学嘛，工作时总是互相照应着。后来，为了处长这个位子，我们都在暗中较劲，虽然见面还是客客气气，可是总觉得有点隔阂了。"

"他会不会为了那个位子要整垮你呢？"

胡剑陵沉思良久说道："应该不会吧？换作我，我都不好意思去干这种事。"

"人心隔肚皮啊！"

"他……他也喜欢曦曦。"

"哦？你怎么知道？"

"我跟曦曦交往的时候还没离婚。他经常跟我开玩笑，说我已经结婚了，应该把曦曦让给他。"

有了这两件事情，就可以解释熊冠洋那副幸灾乐祸的表情了。

何少川又问道："你们那张准备播放的爱情光盘是谁做的？"

"一家婚庆公司。"

"做好后，你们看过吧？"

"看过，挺好的，谁知道竟然调包了。"

"谁把那张光盘交给司仪的？"

"我，当时曦曦把光盘给我之后，我马上给了司仪，然后他又交给了放DVD的服务员。"

"你看着他交给服务员的？"

"是。"

"那问题应该出在服务员身上了。"

想到自己受的屈辱和转瞬间消逝的幸福，胡剑陵怒火中烧，腾地站了起来："妈的，我找他去！"

何少川赶紧拦住了他："你看看都几点了，人家早下班了。明天找他也不迟，今天你就好好休息，不要想七想八的。女人嘛，满大街都是，跑了一个颜思曦，还有千千万万个后来人嘛。"

何少川的嘴又开始臭起来了，胡剑陵不满地看了看他："不，曦曦是最美的，我爱她，没有她，我活不下去的。"

"好好好，真是服了你了。你还爱她的话，明天就去找她认错，给她跪下求她原谅。你知道女人最不能容忍的是什么吗？最不能容忍的是感情出轨。肉体出轨，她们是不在乎的。"

"不在乎？怎么可能不在乎？"

"两害相权取其轻嘛，她们只能不在乎。"

胡剑陵觉得这个警察的话简直就是谬论，正想反驳他，何少川的手机却响了起来。

"我先接个电话，你好好琢磨琢磨吧！"

胡剑陵苦笑了一下，这个何少川总是这么自以为是好为人师，总觉得自己掌握了世间的全部真理。他跟人辩论的时候也经常这样，发表完自己的意见之后，也不容别人反驳，只抛下一句："你好好琢磨琢磨。"仿佛他说的全是至理名言，只是别人还不明白。

只听何少川惊呼一声："什么？……好，我马上过去。"

撂下电话，何少川说道："有急事，我得走了。"临行，还不忘再语重心长一番，"好好休息，不要胡思乱想，什么沟沟坎坎都能过得去，船到桥头自然直嘛!"也没等胡剑陵答应,他便风风火火地走了。

望着何少川离去的背影,胡剑陵不禁羡慕起来。这个人虽然整天东奔西走,但是活得比他惬意多了。

6.会说话的尸体

解剖室的灯光清冷刺目。

权聪把戴景然的尸体放在手术台上端详一番,心里默念着:"戴景然啊戴景然,为了找出你到底是猝死还是他杀,我需要解剖你啦,这可是为你好啊,你变成厉鬼也不要来找我啊。"

权聪这么神神叨叨的,倒不是因为怕鬼神,而是因为大学时第一次上解剖课时老师就说过,尊重人体尸体是解剖学最基本的伦理原则。他这样默祷了之后,便旋开了 MP3 的按钮,贝多芬的《命运交响曲》在耳边响起,权聪和着节奏把尸体的衣服全部脱掉。尸体正在腐烂,不少部位出现了尸斑。他割开每一块尸斑所在的部位,检查是否有皮下出血,因为皮下出血的淤青很容易跟尸斑混淆。

正面没有问题,他把尸体翻转过来,屁股上明显有两块淤青,解剖之后发现那里是一片皮下出血点。回忆着尸体当时的姿势,他想可能是戴景然一屁股坐倒在地上摔伤的吧?但是这种推论留给何少川去做吧,他要做的只是忠实地记录。

尸体表面检查完了,除了那块皮下出血处,他什么都没发现。

可是死者的皮鞋有问题,有人动过手脚,这就不能排除他杀的可能性。

心源性猝死?

权聪拿着手术刀,缓缓地从尸体胸部拉开一个口子,取出心脏仔细端详,心脏几乎收缩到一起了,这也符合心源性猝死的症状。

肯定还有别的什么，我一定把什么东西给漏掉了。

尸体的嘴巴大张着，空洞洞的，仿佛准备着要吞噬什么。可是嘴巴早已检查过了，喉咙里什么都没有。舌苔上一层薄薄的白色的东西，引起了他的注意。他戴着手套摸了一下，是一些涩涩的颗粒，取出一点颗粒，放进分析仪里检测，一会儿结果出来了，是盐！

脑际灵光一闪，权聪找到了问题的症结所在。

他将尸体放到扫描电子显微镜下进行能谱分析，这种仪器可以检测体内遗留化学物质的沉着。

结果很快出来了。

尸体体内的钠含量严重超标！

舌苔泛出的是盐花！

他也不管几点了，立即拨通了何少川的电话，他知道何少川跟他一样，是个工作狂，一接通电话，他劈头盖脸就是一句："戴景然的尸体说话了！"

何少川放下电话，火速赶来。

解剖室里一片昏暗，月光照射进来，只能看到屋子正中央一张盖着白色床单的手术台。

除此之外，再也没有一个人影。

"权聪？"

何少川的声音在孤寂的解剖室里回荡。

权聪不在。

这厮把我叫来，自己却跑了。

何少川正要打开电灯的开关，却见白色的手术台竟然吱吱呀呀地向他移动过来。

四个轮子划过水泥地板，发出轰隆隆的声音。

此情此景，任谁都会汗毛直竖失魂落魄。

但是何少川却无奈地笑了："省省吧你，老来这一套。"

说着走到手术台前，掀开了白色的床单，尸体安然无恙地躺在那里。何少川正疑惑地看着，蓦然间，尸体突然直挺挺地坐了起来。

何少川大惊失色，赶紧后退几步，惊恐地看着那具尸体。

权聪的确不在手术室。他本来以为权聪躲在后面推着手术台往前走，可是他刚才看过了，手术台后根本没有人。

手术台还在朝他移动。

他突然想起了那个 QQ 诅咒。我也看到那条信息了，我也没传给其他好友，难道陈婷婷要来夺命了？

手术台继续移动。

何少川冷汗直流，他猛地掏出手枪，对准了尸体，只要手术台再往前移动，他就要开枪了。

尸体似乎明白何少川的想法，待在原地不动了。

权聪刚才说："尸体说话了。"这本来只是一个比喻，说的是通过尸体解剖可以寻找出蛛丝马迹甚至有力的证据，难道这次不仅仅是个比喻，竟然是真的？世界上真有鬼神？他妈的，见鬼了，这怎么可能？

尸体突然前仰后合地大笑起来。

笑声那么阴鸷，那么得意！

何少川收起枪，恨恨地骂道："妈的，你也不怕我一枪毙了你。"

尸体翻身下床，走到何少川跟前："哈哈，我知道你不会。哈哈，我总算骗了你一回。"

原来是权聪躺在手术台上假扮尸体。他打开灯，笑嘻嘻地说道："怎么样，怕了吧？"

何少川看着这个惯于搞恶作剧的同事，无可奈何地说道："怕了，我怕了你，行了吧？"

"哈哈哈，把何大警官给吓着了，明天一定得到处宣扬一下。"

"省省吧你，你到底发现什么了？"

提起工作，权聪换了一副面孔，说道："人体是含盐的，浓度在 0.9% 左右，但是戴景然的超过了 8%。在他的脖子上发现了一个针眼，针眼附近盐的浓度特别高。他是被人注射了浓盐水，浓度应该在 10% 以上。"

"注射浓盐水？你是说戴景然死于浓盐水？"

"不，他是心源性猝死，浓盐水只是诱因。"

权聪解释说，高盐摄入能引起水钠潴留，导致血容量增加，同时细胞内外钠离子水平的增加导致细胞水肿，血管平滑肌细胞肿胀，血管腔狭窄，外周血管阻力增大，引起血压升高。同时，血管对儿茶酚胺类缩血管物质敏感性增强，交感神经末梢释放去甲肾上腺素增加，另外还能增加血管壁上的血管紧张素受体密度，导致血管过度收缩，外周血管阻力增加，血压升高……

何少川赶紧打断了权聪的话头："行了行了，你就直接跟我说，浓盐水跟心脏病到底有什么关系？"

"我不是正跟你说吗？血管迅速收缩，血压迅速升高，心脏不堪重负，于是他死了。"

"如果此时受到惊吓，是不是更容易猝死？"何少川想到了戴景然那惊恐的表情。

"那当然了。"

何少川点点头，说道："好了，那我走了，你好好陪着你的尸体吧，小心他起来咬你。"

"哈哈，尸体都爱我，不舍得咬我。"

何少川说声再见，打开门准备走出去，却突然喝道："你是干吗的？"

权聪疑惑着，这么晚了谁会跑到这里来啊？

"哦，权聪在里面呢，"何少川说着话将门打开，做了一个请的姿势，然后回头说道，"你们慢慢聊，我先走了。"说罢扬长而去了。

权聪木木地站在手术室里，看着空荡荡的门口。

何少川刚才跟谁说话呢？

一阵冷风从门外吹来，权聪浑身瑟瑟地抖。

他转头看看手术台上的尸体，生平第一次觉得这个冷冰冰的解剖室竟然如此的可怖。

啪……

电灯熄灭了。

一阵阵风从门外吹进来。

何少川在跟谁说话？他看到什么了？不干净的东西？

丁零零……

急骤的电话铃声突然响起，吓得权聪一个冷噤。

是何少川打来的。

话筒里传来何少川的哈哈大笑："哈哈哈，跟你朋友聊得怎么样啊？很投机吧？"

妈的，报复来得太快了。

"我们正喝酒呢，要不要一起来啊？"

"不了，你们慢慢喝，我还是把电闸给你们打开吧，省得喝到鼻孔里，哈哈哈……"

7.血溅公交车

庞大海驾驶着大巴车沿着城市的主干道行驶。天气很热，车上没有空调，一车的乘客骂骂咧咧的。但是公司就配了这么一辆车，庞大海也没办法，更何况他自己也早已汗流浃背了。

步行街站到了。这里是商业旺区，每次进站都有大批的人上上下下，驶出车站的时候，车厢更加挤挤攘攘的了。透过后视镜，庞大海看了看拥挤的车厢，四个穿着西装、打着领带、长相英俊、举止潇洒的乘客引起了他的注意，他开公交车多年，几乎跟便衣警察一样练出了一双火眼金睛，凭直觉推断，那四个人模狗样的年轻人是扒手。他顺手拿起扩音器，大声广播着："车厢拥挤，请大家保管好自己的财物。"

四个扒手恶狠狠地瞪了他一眼。

到了下一个车站，十几个乘客下车了，车厢稍显宽松。

庞大海透过后视镜看到一个乘客在椅子上睡着了，那人穿着一件白色的T恤衫，着一条牛仔裤，踏一双运动鞋，腰间挂着一部手机，毫无遮拦地诱惑着四个扒手。他戴一副墨镜，头靠在椅背上，嘴角泛着一丝微笑，似乎正做着黄梁美梦。庞大海真拿这种人没办法，一点警惕性都没有！

果然四个扒手慢慢地挪到了那个乘客身边，其中一个把钱包往地上一丢，然后弯腰去捡。

庞大海知道下一步他就会顺手牵羊，把乘客手机偷走。

对方四个人……

庞大海盘算着双方的力量对比，但是形势已经不容他继续考虑了，扒手马上就要得手了！庞大海果断地拿起扩音器，大声说道："睡觉的，别睡了！起来啦，到站啦！"

熟睡的乘客惊醒了，他坐直了身子，看了看周围的四个人，又看看窗外，似乎在辨认是否坐过了站。

四个扒手被庞大海的举动激怒了，他们走到驾驶座旁，其中一个抢起胳膊，一巴掌掴在了庞大海脸上。

庞大海吃这一惊，双手一晃，大巴车猛然抖了一下，其中一个扒手一个趔趄差点摔倒，幸亏及时扶住了座椅。

"妈的，你故意整老子是吧？停车！"

庞大海吃那一巴掌，脸上火烧火燎的，他恨恨地看了一眼打他的扒手，结果又迎来了一巴掌。这车是不能开了，否则非出事故不可！他打开应急灯，慢慢地踩动刹车，大巴车缓缓地停在马路中央。

这是城市的主干道上的一座立交桥。

大巴车两旁，汽车鸣着笛呼呼地疾驰而过。

车刚一停稳，先前打人的扒手又抡过一记老拳。

车厢里的乘客一阵惊呼。

眼看拳头就要打在腮帮子上了，庞大海轻轻一偏脑袋，扒手的拳头打空了，由于惯性的作用，身体跟着往前冲去。说时迟那时快，庞大海一把揪住了扒手的手腕，猛地站了起来，然后用力一掼，将扒手向外推去。那扒手也不是省油的灯，右拳落空之时，左手顺势抓住了庞大海的衣领，于是两个人一起往挡风玻璃上撞去，好在玻璃结实，把两个人弹了回来，一起滚落在地。

当二人搏斗之时，几个乘客站了起来，嚷嚷着："不许打人！还有没有王法？"

两个扒手掏出匕首在面前晃了晃威胁着："活腻歪了是不是？"

明晃晃的匕首吓住了打抱不平的乘客，几个人咽了口唾沫，又坐了回去。他们现在能做的，不过是打个电话报警了。可是一个乘客刚刚掏出手机，一个扒手就挥舞着匕首冲上前去："不想活了？小心砍死你！把手机拿来！"

不但警没报成，手机还被抢走了！乘客敢怒不敢言。

车厢前面，庞大海抢先站了起来，使劲地踢了扒手一脚。

就在这时，另一个扒手也掏出了匕首，向庞大海猛刺过来。庞大海早已料到四个扒手是协同作战，两个威胁住众乘客，两个来对付他。当他从地上爬起来的时候，他便迅速推断着，另外一个扒手会在什么时候攻击他。

匕首朝他的背部戳过来，庞大海一扭身，本来可以轻易躲过去的，可就在这时候，一个莽撞的小汽车司机没看到大巴车的应急灯，直对着大巴车撞了过来。大巴车身晃了一晃，庞大海没站稳，匕首插进了右背，顿时鲜血直冒。

倒在地上的扒手这时候也站了起来，指着庞大海的鼻子骂道："小子，你有种啊！"说罢抡起胳膊啪啪地掴着庞大海耳光，然后踢起一脚，将庞大海踹倒在地。

庞大海刚要挣扎着站起来，另外三个扒手又赶过来，轮番踢他的小腹和胸部。他痛苦地躺倒在地上呻吟，无望地看着车上的乘客。

方才那个睡觉的乘客这时候摘了墨镜，缓缓地站了起来。

一个扒手用匕首指着他："你给我坐下！"

乘客却嬉皮笑脸地说："坐了这么久，累了，起来活动活动筋骨。"

"妈的，你给老子坐下！"

"你让谁坐下？谁是你老子？"

"你！"

"不敢不敢，我还没结婚呢。"

乘客们被逗笑了，但是又不敢大笑，一个个抿着嘴，看着扒手出丑。

扒手气得肺都炸了，说了一声"找死"，匕首当胸刺来。

乘客却不躲不避，伸出右手迎着匕首握去。眼看匕首就要穿掌而过，几个胆小的乘客吓得闭上了眼睛，等他们睁开眼睛的时候，却发现那人已经抓住了扒手的手腕，匕首离胸口只有一寸远。那人手一翻转，将扒手的胳膊扭了过来。扒手吃疼手一松，匕首脱落。乘客左手一捞，当空抓住了匕首刀柄，然后在空中画了一个优美的弧线后，顺着扒手的右手手腕轻轻一划，顿时鲜血直冒。扒手的手筋被挑断了！他疼得哇哇直叫，伸出左手捂住了伤口。乘客乘胜追击，一把抓住了扒手的左手，用力一握一拧，只听咔嚓咔嚓几声脆响，左手粉碎性骨折。

一切都在几秒钟内发生。三个扒手见同伴负伤，一齐冲上前来，每个人手里都握着一把明晃晃的匕首。

乘客不慌不忙地拎着刚才夺来的匕首似乎是随意地一扔，正中一个扒手的手腕，然后近身上前，抓住刀柄，又是轻轻一划。扒手还没来得及痛苦地大叫一声，乘客已经兔起鹘落，手中的匕首轻轻地扫过了扒手的另一只手腕。

两只手的手筋都被挑断了。

车内众乘客齐声叫好。每个人都知道，即便把这几个蟊贼抓进派出所，也最多关几天就放出来了，真不如挑断他们的手筋，以后再也不能行窃了。

剩下的两个扒手已经慌了，他们握着匕首开始发抖了。

乘客还是一副嬉皮笑脸的样子："来啊，来啊，别客气。"

一个扒手再次挑战，匕首扑着乘客面门而来。

乘客这次没有伸手抓匕首，而是凌空一脚，踹在扒手小腹上，扒手顿时痛苦地哎哟一声蹲在了地上。乘客一脚踩住了扒手的背，扒手整个人贴在了地上，接着他伸出另一只脚，踩住了扒手的左手，无比怜惜地说："好好一双手，干点正事多好？"话音未落，脚上用力，使劲碾压，扒手疼得嗷嗷直叫。待乘客移开脚，扒手的左手已经变成了一堆肉泥。

"大哥，饶命啊！"

"哈哈哈，我没想要你命啊！"

说罢，乘客如法炮制将扒手的另一只手也踩成了肉泥。

车上众乘客看得是惊心动魄，不知道这个人到底是何方神圣。

只剩下一个扒手了，那人早已吓破了胆，他从业这么多年，进过号子五六次了，但是从没遇到过这么狠的角色。

他还是持着匕首，慌里慌张地看了看那位神秘的乘客，颤抖着问道："你……你……你是谁？"

"我?"乘客指着自己鼻子,说道,"我姓散,名户。"

"散……户……?"

"嗯,是啊,散户,来啊!"

扒手看看嗷嗷叫唤着的三个同伴,不敢应战,赶紧转过身,冲到车驾驶座旁,打开车门就要冲出去。

躺倒在地的庞大海这时候挣扎着爬起来,一把抓住了扒手的裤腿,说道:"哪里走!"

扒手回头一看,更加慌乱了,用力踢开了庞大海的手,没命地冲出车门。

一辆货柜车呼啸着冲了过来,扒手当场被碾成了肉泥。

乘客轻轻出了口气,说道:"可惜,可惜。"然后从一个扒手身上掏出一部手机,还给了那位先前准备报警的乘客,说道:"表演到此结束,让大家受惊了,现在请大家下车,我要带庞师傅去医院了。"

乘客们顿时一哄而散,每个人临下车时都投来或崇拜、或惊讶、或不可思议的眼神。庞大海更觉得不可思议,他扶着栏杆,问道:"你是谁?你怎么知道我姓庞?"

"我不是说了吗?我姓散名户。"

庞大海冷笑一声:"哼哼,百家姓里根本就没这一姓。"

"也许千家姓万家姓里会有吧?据说散姓是女娲汤娥的后裔哦。"

"哼,我还姓庄呢。"

"是啊,有姓庄的,自然有姓散的。哎,我说,咱们就不要讨论这个姓氏的问题了吧,现在得赶紧送你去医院啊。"

庞大海巡视一遍车厢,失望地叫道:"那三个贼跑了。"

"哎,跑就跑了吧!难道要我给他们出医药费啊?"

"可……可是……他们是贼啊!"

乘客扶着庞大海走下车:"老兄,你别那么死心眼好不好?你知不知道把他关到号子里,是谁出钱给他们吃吃喝喝啊?"

"谁啊?"

"你啊!"

"我?"

"你是不是纳税人？"

"当然是啦，印花税都要交两次呢！"

"这就是喽。"

……

匕首插得并不深，而且又不在要害，庞大海包扎了一下就离开了医院。那个神秘的乘客一直没有透露自己的真名实姓。庞大海问道："你到底是谁？"

那人嬉皮笑脸地说："医药费我出了，你不用还。"

"靠，别以为你给了我一个天大的人情。要不是你故意放跑那三个贼，我还可以评一个见义勇为好市民，政府有奖金的。"

那人扑哧一声笑了："哎哟，看来是我多管闲事了。"

庞大海臊得脸都红了，若不是他，自己早被打个半死了。

"你把那三人伤得那么重，就不怕被定一个故意伤人罪？"

那人一脸无辜地说道："故意伤人？我伤谁了？谁看见了？我只知道有四个扒手行窃未果开始抢劫。最后两个见义勇为好市民联手勇斗歹徒，三人负伤逃窜，一人逃窜时被车撞死。哈哈哈，写这种案情报告，我很拿手的。"

"你是警察？"

"不会吧？你现在才看出来？"

"你……怎么称呼？"

"小姓何，何少川。"

"难怪身手那么好。你找我有什么事？"

"过奖。我来例行公事。"

何少川等于没回答，庞大海不满地看着他。

"哎哟，我们的见义勇为好市民生气了。实话说吧，你是不是买过四海煤炭的股票？"

庞大海一愣，自己的确买过，而且被套了。几年前，他只身到这座城市打工，每个月的工资不到两千块，对股市，他一向是躲得远远的，他总觉得炒股就是赌博，而赌博就有可能输。他宁愿每个月赚那点辛苦钱，也不愿整天提心吊胆地幻想着一夜暴富。可是两个多月前，他身边的朋友纷纷下海，买了那支臭名昭著的"四海煤炭"，据说这是股神推荐的股票。在几个同事的撺掇下，他终于忍不住了，凑齐五万块钱义无反顾地杀了进去，到现在市值只剩下了不到五千块。几年的辛苦钱，就这样付诸东流了。

"买过，问这个干吗？"庞大海疑惑地看着何少川。

"你知道'股神'这个人吧？"

"妈的，就是听了他的鸟语才买的四海煤炭。"

"他死了，被人杀了。"

庞大海先是一愣，继而大笑起来。这几天每每提起股神戴景然，他都咬牙启齿，恨不得撕下他一块肉来。如今戴景然竟然被杀了，这个消息多么振奋人心啊！他不禁叹道："恶有恶报啊！"

确定了戴景然死于非命之后，警方迅速部署，搜索所有重要的网站和论坛，凡是诅咒过戴景然、扬言要杀了他的帖子，都跟踪到 IP 地址，然后排除市外作案的可能性，筛选出两百多个人，之后警察们分片包干分头调查。何少川觉得这种方法是缘木求鱼，但是郑局长这么要求，而且除此之外，暂时没有其他办法可寻，他也只好照办了。他分配到的任务有十个人，庞大海是最后一个。其他九个人都能提出不在场的有力证据，但是庞大海却摇摇头："那天晚上，我回家就睡了，没有人可以证明。"

"邻居总能知道你什么时候回家的吧？"

"妈的，你以为我们坐办公室啊？能按时上下班？那天我下班都晚上十点多了，回家时，邻居们都睡了。对了，我走到楼道的时候把一个花盆踢碎了，不知道有没有人听见……"

何少川看着庞大海脸红脖子粗十二分不耐烦的样子，不禁笑了："哈哈哈，爽快，我就喜欢你这种人。"

正说着，手机又响了起来。

是胡剑陵打过来的。

电话那头，胡剑陵气喘吁吁地叫道："少川，你快过来……"

第二章　谁在偷拍

　　何少川环顾四周，小汽车驶出来的胡同非常幽暗。这时，胡同口白光一闪，那是闪光灯。接着人影一闪，跑进了胡同深处。有人在拍照！

8.大闹婚礼

颜思曦坐在电脑前百无聊赖地浏览了一会儿网页，聊了一会儿天。看看窗外，天色已暗，她匆匆跟好友们说声再见，关掉电脑，仔细地洗了把脸，敷了点粉，描了眼影，涂了唇彩……颜思曦看着镜子，满意地笑了笑。笑容那么惨淡，那么不自然，她尽量再挤出一个笑容，想使自己的心情跟着快乐起来，但是阴郁的心情要马上振作毕竟不是容易的事。她无奈地摇了摇头，离开了卫生间。穿戴整齐之后，她拎起小挎包，仔细检查一番，然后满意地往肩上一搭，正准备出门，门铃声却骤然响了起来。逃离结婚典礼之后，她像胡剑陵一样闭门不出，手机关机，电话线拔了，她不愿意任何人打扰她。偏偏这时候，她准备出门办事，却有人找上门来了。颜思曦犹豫一番，将挎包放到衣柜里，然后匆匆地走到门口，问道："谁啊？"

"曦曦，是我。"

是胡剑陵的声音，那个臭男人的声音。

这个毁了自己一生幸福的臭男人，这时候又要来干什么呢？

"曦曦，求你了，你开下门，让我说句话好吗？"

颜思曦冷笑一声把门打开。

胡剑陵一进门便扑通跪倒在地，抱住了颜思曦的大腿："曦曦，你原谅我吧，我再也不敢了，我就那一次啊。你原谅我吧，我爱你，我真的爱你，我不能没有你啊！"

颜思曦倨傲地站立着，怜悯地看着这个低三下四的男人。

"原谅你？你伤害了我，还要我原谅你？"

"我不是人，我猪狗不如。我……我是被人陷害的。"

"哼，那录像是假的吗？"

胡剑陵不说话了，低着头哀哀地哭泣。

　　颜思曦冷冷地说道："你起来吧，这么大的男人了，犯不着对一个女人这么低三下四。"

　　"曦曦，你不要这么说，我很心痛的。"

　　"你很心痛？我比你还痛。胡剑陵，你不要打扰我的生活了。你先起来，过几天我会去找你的。"

　　"真的？"

　　"是，"颜思曦说道，"等我心情好一点，我们就去办离婚手续。"

　　胡剑陵绝望了，痛苦地摇着头："曦曦，不要啊！你原谅我吧！"

　　"胡先生，我很忙，我今天晚上还有约会呢。"

　　胡剑陵茫然地看看颜思曦，看着这个本来应该是自己妻子的女人艳丽的面容，不禁心如刀绞："曦曦，求你了，我爱你，我不能没有你啊。"

　　"你再不走，我喊人了！"颜思曦的声音冷冰冰的，她甚至没有生气，没有发火。女人若是死心或是变心，都是再难回头的了，她们的心有时候比铁石还硬。

　　胡剑陵怒火中烧如万箭穿心，他腾地站起来，瞪视着颜思曦："你等着，我一定要找出那个算计我的人，我要把他碎尸万段。"

　　"随你的便。"颜思曦还是不冷不热。

　　庄严肃穆的《婚礼进行曲》又在西湖酒家响起，合着"傻B了吧，结婚了吧，从此没有自由了吧"的优美旋律，新郎新娘踩着红地毯，在众人的喝彩声中，缓缓地走向舞台。

　　西湖酒家的服务生古成章坐在DVD机前，摆弄着手中的碟片，自然又想起了昨天晚上那次有生以来最热闹、最与众不同的婚礼。

　　激情火辣的视频，呆若木鸡的新郎，满脸悲愤的新娘，错愕万分的宾客……这一切都足以让他给朋友们讲半年的故事。

　　司仪又在台上重复着老套的主持词了，新郎新娘已经郑重其事地说出"我愿意"了。

　　呵呵，我愿意？古成章笑了。

昨天新娘说出这句话之后，就扇了新郎一巴掌跑了。

她突然不愿意了。

世间事真是难料。

那真是一个前无古人，后无来者的婚礼。

今天的新郎也给他送了一张碟，他怕再出事，特地检查了一遍，确定那只是一张婚纱照的光碟之后，他才放心了。

司仪朗声说道："现在，请我们一起欣赏新郎新娘的美丽瞬间。"

古成章马上走到 DVD 机前准备放碟，可是手臂却突然被人拉住了，他一转头，一记老拳迎面击来。

打人的是胡剑陵。他的神经本来就要崩溃了，又遭到颜思曦的冷落，他更加愤怒了。昨天放碟的就是这个人，不是他在整我，又会是谁？

古成章一个趔趄撞倒了音箱，鼻孔鲜血直流。

音箱倒地发出轰然巨响，新郎新娘以及众宾客惊愕地看着古成章，不知道发生了什么事情。

古成章毫不示弱，爬起来便冲向胡剑陵。两人势均力敌，从舞台一侧，打到舞台中央，把垒成金字塔形状的香槟杯子全部撞翻在地，新娘惊呼着躲到了新郎身后。

众宾客见状，一拥而上，把两人分开。

胡剑陵兀自咆哮着："小子，你等着，你让我不好过，我让你也不好过。"

古成章跟着回嘴："你这个疯子，神经病！"

一场婚礼被搅得乱七八糟，酒店经理闻讯连忙赶来，揪住古成章的衣领，怒声喝道："你搞什么？"

"他……这个神经病一来就打我。"

众宾客听说是外人来捣乱，顿时火气全冲着胡剑陵发泄了，众人你一拳我一脚地把胡剑陵打倒在地。经理怕事赶忙制止："大喜的日子，可别闹出人命来啊！"

众宾客这才骂骂咧咧地放过了胡剑陵，经理叫来两个保安把他拖了下去。

司仪很机智，依然笑容满面，说道："在婚礼继续进行之前，我要祝贺我们的新郎新娘，因为你们举办了一次别开生面的婚礼。我相信，直到几十年后，你们鬓发皆白，回忆起这个婚礼，你们还是会开心地一笑。这种婚礼，用钱是办不出来的。我主持过一百多场婚礼，个个大同小异，唯独你们的婚礼独放异彩。"

司仪的如簧巧舌，打动了每个人，大堂里响起经久热烈的掌声。

婚礼继续开心、热闹地进行。

最后，司仪总结陈词了："一切从今天开始，新郎由小变大、新娘由大变小。新郎由小伙子变成了大丈夫，新娘由大姑娘变成了小媳妇，身份的改变意味着成熟与责任。今天的结合，既需要你们彼此给对方一份承诺，更需要共同对双方父母表达诚挚的谢意和深深的感激……"

就在这时，又一件让新郎新娘"几十年后鬓发皆白、回忆起婚礼时仍会开心一笑"的事情发生了。

七八个警察、十几个治安协管员全副武装地冲进了婚礼现场，包围了众宾客。

谁见过这阵仗？

这结的是哪门子婚啊？

众人错愕万分，几个刚才对胡剑陵拳打脚踢的人瞅瞅门口准备开溜了。

一个身材挺拔的警察昂然走上了主席台，一把夺过司仪手中的话筒，噗噗两声之后，转身向新郎新娘鞠一躬："祝贺你们！"然后转向台下，"我们是公安局的，接获线人举报，有一个通缉犯刚才跑到西湖酒家了，我们奉命搜捕，请大家配合。"

通缉犯？

众宾客窃窃私语，礼堂里乱成了一锅粥。

治安协管员开始挨个查验宾客们的证件了。

新娘这时说道："你们要查的那个通缉犯是不是一米七左右的个子，留着平头，方脸……"

"对，"警察打断了新娘的话头，"就是他，他在哪儿？"

"他被经理带走了！"

"糟了，危险！"警察连忙招呼道，"快，保护经理！"

警察和治安协管员们又一窝蜂地离开了礼堂。

新郎新娘和众宾客个个目瞪口呆，半天没回过神来。

带兵捣乱的正是何少川，做警察这行，经常会有朋友打电话求助。很多人有时候一口恶气出不来，仗着自己的朋友是警察，便把朋友叫来充场面。这种事，何少川以前经常干，后来觉得腻烦了，总是跟朋友推脱说警局现在管理很严不能胡来。可是，当胡剑陵打来电话说他被众人群殴的时候，他火就不打一处来了，以前他虽然也帮朋友摆平了很多棘手的事，但是从来没这么兴师动众的。他也知道胡剑陵理亏，所以只是叫了一帮兄弟来捣捣乱，真让他抓住所谓的打人凶手，他也没那胆，更没那必要。

　　众兄弟离开结婚礼堂之后哈哈大笑，觉得这是他们这辈子做过的最有意思的事。何少川打发兄弟们走后便去看胡剑陵。胡剑陵的脸上、手上都是血，一只眼被打得乌青了。

　　"你啊，现在是不是舒坦了？被打清醒了吧？"

　　胡剑陵看了看何少川，没有说话。

　　何少川又语重心长起来："冲动是解决不了问题的，像你这样不分青红皂白就来打人，于事何补？一个宾馆的服务生跟你会有什么仇这样搞你？你也不想清楚点？你脑袋用来干吗的？"

　　"他负责放碟，不是他干的，会是谁？"

　　何少川伸手作势要打，最后放下了："你……还敢顶嘴！"

　　古成章被经理带着来到何少川面前，这是一个憨厚老实的矮个子，看到胡剑陵，兀自气愤得咬牙切齿。

　　何少川说："小伙子，你就原谅他吧。他昨天都那样了，换作谁都会特别冲动，你说是不是？"

　　古成章心也软了，目光不再像把刀了，变得柔和了。

　　何少川问："昨天是你放碟？"

　　"是。"

　　"放的是新郎给你的那张？"

　　"他当时给我碟后，我马上就放进碟仓里了。"

　　"你一直在婚礼现场？"

　　"是啊。"

"一直守着那台DVD？"

"没有，中间上了一趟厕所。"

"有没有其他人看过那台DVD？"

"我上厕所回来后，有个人在看，还摸着一个个按钮。"

"谁？"何少川和胡剑陵同时来了精神。

"我不认识，不是我们宾馆的人。"

"他长什么样？"

古成章看着何少川说："个头跟你差不多高，比你胖点，脑袋特别大，脸圆圆的手背上还长着黑毛，哦，对了，他应该上火了吧，嘴角长疮了。"

胡剑陵的脸色难看起来，他腾地站起来，骂道："妈的，原来是他！"

9.离奇的交通事故

何少川驾车送胡剑陵回家，路上一个劲地劝说胡剑陵要冷静不要冲动："你无凭无据，凭什么怀疑人家？"

"可那服务员说的就是他嘛！"

"你这人怎么这么榆木疙瘩啊？他去看看DVD怎么了？你哪只眼睛看到他换碟了？办案要讲证据。"

"我这不是办案。"

"不是办案就可以胡来啊？"

何少川开着车，时不时地转头说胡剑陵几句。前面是一辆大货柜，车速都很快，超过了一百码。

"算了，懒得理你，"何少川说道，"你自己回去好好清醒清醒，别老像个孩子。"

前方胡同里突然开出一辆小汽车，对着疾驶中的大货柜撞了上去。何少川赶紧刹车，只见小汽车立即被撞得稀里哗啦的，碎片溅得到处都是，一个轮胎被撞飞了，何少川眼睁睁看着那个轮胎飞到了自己的车顶上，只听哐啷一声，轮胎弹开了，车顶瘪了下来。

"妈的，怎么不掉馅饼掉轮胎啊？"

何少川骂骂咧咧地走下车查看车顶，无限惋惜地叹口气，又嘟哝道："城门失火，殃及池鱼。"

货柜车也停了下来，司机站在事故现场目瞪口呆，看到何少川走过来，连忙叫道："警察同志，你可看到了，这不关我事啊！"

司机已经血肉模糊，眼见是没救了。

何少川回忆着方才的一幕，司机从胡同里驶出来，完全可以看到货柜车，但是他不但没有减速，反而加速前进。难道他是自杀？可是一个人面对死亡，总会萌生出本能的求生欲望，司机却没有，他全力冲向了货柜车，冲向了死亡。

何少川环顾四周，小汽车驶出来的胡同非常幽暗。这时，胡同口白光一闪，那是闪光灯。接着人影一闪，跑进了胡同深处。有人在拍照！何少川心里一紧，会不会是凶杀？可是要去追那个人，已经来不及了。

交警赶到了现场，何少川忙上前自我介绍。他说了看到的情况，还说他怀疑这出事故是人为造成的，希望交警配合，现场由他处理。

交警请示上级之后答应了，在现场拍了几张照片，录了货柜车司机的口供之后就离开了。

何少川立即打电话求援，之后招呼胡剑陵："过来帮帮忙。"

"干吗？"

"把他抬出来啊！"

"不会吧？"

"一个大老爷们，你扭扭捏捏的干什么啊？"

"不行，我晕血，你放过我吧。"

何少川无可奈何地摇摇头。

车门已经撞掉了，何少川把司机拖出来放在地上，翻遍死者的口袋，找出了鼓鼓的钱包和各种证件。

死者叫顾松云，性别男，民族汉，年龄 42 岁。还有一张工作证，显示顾松云是电视台的员工！

他马上打电话到电视台问询，发现这个顾松云竟然是电视台的副台长。

谁会谋杀一台之长呢？

顾松云口袋里装着一张 A4 纸，已经被鲜血打湿了。

何少川展开纸张，上面打印着两段话：

市民采访 1：廖圣英市长的讲话精神总揽全局、内容丰富、实事求是、顺乎民意、鼓舞人心、催人奋进，对今后我市的发展具有非常重要的指导意义。

市民采访 2：廖圣英市长的讲话精神凝聚人心、振奋人心、鼓舞人心，一是成就感更强烈，二是方向感更明确，三是责任感更重大。

其中"市民采访 1"中"总揽全局"是用红笔添上去的。

"市民采访 2"中用红笔把一个逗号改成了顿号。

末尾，红笔签名："廖圣英"。

这竟然是廖市长的批复。

何少川刹那间什么都明白了。明天廖市长就要做一个重要报告了，以往每年市长做完报告之后，电视台都要做出一篇市民谈感受的新闻来。他曾经一度很自卑，觉得市民的素质都那么高，我怎么就没那么高的素质呢？那些冠冕堂皇的话，那些慷慨激昂的陈词，我怎么就说不出来呢？后来他在网上看到几张照片才算明白了，记者们都是写好了稿子，再找几个群众演员，看着镜头对着稿子读一遍就行了。于是，何少川终于战胜了自卑情结，很是得意一番，差点请客吃饭以示庆祝。他没想到的是，就这么几段市民的采访，一个副台长也要巴巴地亲自向市长讨教。也许这就是为官之道吧？更有趣的是，廖市长还煞有介事地加了一句词，改了一个标点符号。何少川看着那段话，始终没明白顿号和逗号有什么区别，不明白一个"总揽全局"到底有多重要。也许这说明我没有当官的潜质吧？何少川这样想着。然后他突然想到了一件事情，难道这就是谋杀顾松云的原因？前几年，邻市电视台的记者频频被杀，而且都遭到了拔舌割喉的酷刑，后来还是一个有心理障碍的警察破了案。会不会是案件重演了？何少川回忆着邻市记者连环被杀案的前前后后，不禁摇了摇头，不像！

蒋子良带着一拨同事赶到了，权聪摩拳擦掌地说："哎哟，又有事干了！"

看到何少川的爱车也被殃及，蒋子良笑道："哈哈，你可真够倒霉的。"

其他同事也都跟着笑。

"你们这群幸灾乐祸的人，赶紧开工了！"

权聪蹲在尸体旁边仔细地检查，蒋子良则带着几个同事对小汽车的里里外外进行勘察。

何少川走到胡剑陵身旁："你自己回去吧，我要干活了。"

"好，你忙吧。"

"我告诉你啊，不要冲动，冲动是魔鬼！"

"你幸亏是个男的，你要是个女的，天天能被你唠叨死。"

何少川骂了一句，轰走了胡剑陵，这时权聪招呼道："过来看看，有发现。"

"你的尸体又说话了？"

"靠！你的尸体！"

胡剑陵指着顾松云的嘴巴说道："你摸一下他嘴巴周围看看……感觉到什么没有？"

"好像有点粘。"

"对，死者曾经被胶布粘住了嘴巴，后来又撕掉了。"

何少川吆喝一嗓子："子良，有没有发现粘嘴巴的胶布啊？"

"没有。"

何少川皱着眉头沉思道："如果车里没有那块胶布的话，那么就是凶手为了制造车祸的假象撕掉了胶布。可是凶手是怎么上了顾松云的车呢？难道是顾松云逃脱了魔掌，急匆匆地驾车出逃？可是刚才顾松云明明有时间踩刹车却没踩啊！"

蒋子良从车里拿出一个沉重的铁条，说："奇怪，在驾驶座下面发现的，不知道干什么用的。"

何少川比画了一下铁条的长度，恍然大悟道："你去检查一下刹车是不是坏了。"

一会儿，蒋子良在车旁吆喝道："刹车真的坏了，脚踏根本就没和制动装置连在一起。"

　　"这就是了，这个铁条是搭在刹车脚踏和油门脚踏上面的，当顾松云要踩刹车时，其实踩的是油门，这就解释了为什么他看到货柜车反而加速撞上去。"

　　蒋子良沉思道："难道他坐上车后感觉不到脚底下有异样吗？踩刹车和踩这铁条的感觉毕竟不同啊！"

　　"对，这就是问题的关键。顾松云之前肯定是昏迷的，当他突然醒来的时候，看到自己正朝货柜车冲过去，于是赶紧踩刹车，结果却越踩越快。权聪，你晚上检测一下，他体内是否有乙醚之类麻醉剂的残留物。"

　　"是，长官！"权聪故意大声答应着。

　　"妈的，你能不能正经点？"

　　蒋子良觉得还有疑点说不通，继续追问："如果他被麻醉了，那么何必又要在嘴上贴胶布呢？"

　　蒋子良的问题把何少川问倒了，他思考着，大脑的每一个细胞都在飞速地运转："除非，除非……"何少川一拍大腿，"除非他有话要说！"

　　权聪在一旁笑道："他有话要说，所以把自己的嘴巴贴住了？"

　　"检查你的尸体去！"何少川双目炯炯有神，"是凶手有话好说！凶手先是绑架了顾云松，用胶布贴住嘴巴，跟他说几句话，也许是告诉他为什么要杀他吧？说完之后把他迷晕，然后制造一次交通事故。"

　　蒋子良听得如坠云里雾中："似乎说得通，不过也太玄了。"

　　权聪在一旁又叫道："少川……"

　　"哎呀，你就安心检查你的尸体吧，怎么这么多话啊？"

　　"我……我……"权聪"我"了半天，突然笑了出来，"我真是吕洞宾啊！"

　　"什么？"何少川觉得权聪莫名其妙。

　　"因为你不识好人心啊！"

　　这厮在转着弯骂人呢！

　　权聪继续说："我找到证据可以证明你的推测。"

　　何少川顿时来了精神："什么证据？"

"死者头发里有水，应该是凶手为了弄醒他泼的。"

何少川点点头沉思起来，弄清楚这场"交通事故"的来龙去脉固然可喜，可是为什么要杀顾云松呢？他跟市长走这么近，是遭人嫉妒？电视台美女如云，主持人跟台长的绯闻经常不断，又或是情杀？电视台也经常报道一些负面新闻批评报道，又或是仇杀？

何少川不得要领。

他长长地打个哈欠，还是回家洗洗睡吧。

10.兄弟阋于墙

市城管局监督管理处的处长由于存在渎职行为被双规之后，最开心的莫过于胡剑陵和熊冠洋两人了，论资历论成绩，他俩都是最有希望担任处长的人选。胡剑陵是负责城管宣传的，几年来，策划了好几次大规模的宣传活动，留给领导非常深刻的印象；熊冠洋则负责起草、修订城管法规，他对现行的城管法规提出了多项修订意见，得到了领导的一致肯定。其实他心里也清楚，他提的那些意见不过是换了一种更加振聋发聩的说法罢了。混在机关，能做出惊天动地、影响千秋万代的丰功伟业几乎是不可能的，他们所能做的不过是把冷饭炒了再炒，最多加几点调料罢了。

处长被双规之后，两人立即展开了激烈的竞争。那天晚上熊冠洋拎着果篮、香烟、洋酒刚走到局长马培安家楼下，正好看到胡剑陵走出来了，两人不好意思地互相点点头分开了。

后来从马局长的口气里，熊冠洋听出了一点弦外之音。马局长表扬熊冠洋这几年做得非常出色，劳苦功高，促进了本市城管法规的不断完善，不过，马局长意味深长地说："你还年轻，我看还得再历练几年，将来必当大用。"

熊冠洋什么都明白了，但是又不好说什么。他和胡剑陵是同学，他年轻，难道胡剑陵就不年轻了？他需要历练，难道胡剑陵就不需要了？

这几天，他郁郁寡欢，做什么事情都提不起劲，人一上火便嘴角起泡、口舌生疮。

现在好了，胡剑陵出了那么大的事，生活作风有问题，作为一名国家公务员，竟然狎妓嫖娼，这种干部焉可重用？甚至扫地出门都不过分。

他坐在办公室，懒洋洋地打开了一摞卷宗，那是一套关于街头乱摆卖的材料。近几年来，城管执法队员与乱摆卖摊贩发生暴力冲突的新闻频繁见诸全国各地媒体的报端，开放部分地段允许商贩从事经营活动的呼声也日趋高涨，于是熊冠洋便搜罗了这些材料，准备写出一项建议案。他可以想象着各大媒体将竞相报道这一新举措新方法，他甚至想到了很多个标题：《城管局放开部分地段允许摆卖》、《从暴力城管到人性城管》、《城管再出改革新措施，城市管理改堵为疏》……

熊冠洋正得意地看着卷宗，门口人影一闪，一个人高马大、脸色铁青的汉子走了进来。他忙把卷宗收好，朗声说道："哎哟，剑陵，不休婚假跑来上班啦？"

胡剑陵嘿嘿一声冷笑，说道："是啊，被王八蛋搅了局，来看看王八蛋在干什么。"

办公室的人都抬起了头，很多人都参加了胡剑陵的婚礼，看到了那段激情的演出，即便没参加的也早有耳闻了。这时候看到胡剑陵骂骂咧咧地走进办公室，一时之间错愕万分，愣怔片刻大伙都明白了，胡剑陵把矛头对准了老同学熊冠洋。他们两人的钩心斗角，在局里早已是公开的秘密，听胡剑陵的话，难道是熊冠洋搞了胡剑陵，让他当众出丑？

熊冠洋自然知道胡剑陵是冲着自己来的，他盘算了自己的处境，觉得已经骑虎难下了。胡剑陵没有指名道姓地骂他，他就不好反驳他，一旦反驳，就有此地无银三百两之嫌；可是如果不反驳，同事们都会以为他理亏不敢言语了。想了片刻，他呵呵笑着站了起来："是啊，剑陵，一定要把那个王八蛋揪出来！他妈的，让我们兄弟的光屁股在大庭广众之下播放出来，这简直太缺德了，更何况，还是跟鸡搞！还让人结婚不让？"

熊冠洋故意把胡剑陵的糗事宣扬一遍，既打击了胡剑陵，又给自己解了围。

胡剑陵的脸上挂不住了，他早已认定熊冠洋就是那个偷天换日的人，此时听到熊冠洋故意旧事重提，不禁骂道："你娘的！给我闭嘴！"

"唉，你怎么骂人呢？我这不是在替你说话吗？"

"骂人？我还想打人呢！"

胡剑陵说罢，随手操起一个椅子朝熊冠洋砸去。熊冠洋见势不妙，就地一滚躲了过去，刚想爬起来，胡剑陵手中的椅子又抡了过来。此时他已经躲无可躲，慌乱中只好伸出手臂一格，椅子砸在手臂上，钻心地疼。

同事见两人动手了，连忙上前劝架。几个人把胡剑陵拦腰抱住，熊冠洋不慌不忙地站起来，不屑地笑了笑，说道："胡剑陵，我见你是老同学的分上，不跟你一般见识。"

胡剑陵被众同事拉住了胳膊不能上前，他兀自挣扎着："呸！老同学，有你这样的老同学吗？为了一个处长的位子，竟然想出这么毒的招出来，我真是佩服你啊！"

熊冠洋面色通红："胡剑陵，你嘴巴干净点，老子做事一向光明磊落，我没干的事，你少往我身上扣屎盆子。"

"哼哼，你还装什么好人啊？你根本就是一个口蜜腹剑的小人！"

"你说什么？你说清楚点儿！"

"我说什么你不知道吗？谁给我换了一张碟，你难道真的不知道吗？"

"哈哈，你可真会说笑话，明明是你自拍自导自演的三级片，现在又赖到我头上了。"

胡剑陵一把甩开了同事们的胳膊，也不跟熊冠洋扭打，而是对着众人说道："大伙都在，我就说说这个人有多么恶劣。我找服务生谈过了，有个人找服务生闲扯，后来服务生上厕所了，回来后发现那人还在 DVD 旁边。那人就是这个一口一个'老同学'的熊冠洋。姓熊的，你还有什么话好说？"

熊冠洋气得瞪了他一眼，从桌子下面拿出一个纸箱子来，三下五除二地把箱子打开，拎出了一台崭新的 DVD 机，往前一推："睁开你的狗眼看看，这是什么？跟西湖酒家礼堂里的那台 DVD 是不是一个牌子一个型号？我找那个服务生，就是觉得那机器不错去看了看。你哪只狗眼看到我放光碟进去了？

操！你去嫖娼，自己爽够了，又把屎盆子往我头上扣！你去哪儿嫖娼我都不知道，我怎么去拍你？”

虽然熊冠洋一口一个"狗眼"，一口一个"嫖娼"地骂，胡剑陵却不知如何反驳，因为他的确没看到熊冠洋换碟，那张碟他也的确不知道到底是谁拍的。但是听到熊冠洋说到最后一句话，他不禁骂道："我去哪儿嫖娼你不知道？我第一次嫖娼，还是你带我去的呢！”

熊冠洋顿时面红耳赤："你嘴巴干净点，小心我告你诽谤！”

"哈哈哈，诽谤？小红啊，小丽啊……我随时可以把她们叫过来认人！”

众同事都愣了，这两个未来的处长真的是把所有的脸皮都撕下来了！

熊冠洋不敢再跟胡剑陵争执下去了，胡剑陵已经丧失理智了，再争下去，不知道他还会说出什么不堪入耳的话。

"你他妈的真是不可理喻！"熊冠洋说罢拂袖而去。

11.监控录像

权聪解剖了顾松云的尸体后，进一步印证了何少川的推断，在死者体内发现了乙醚的残留，死者生前的确被迷晕过。局领导安排了另一个同事洪跃宗调查顾松云一案，而何少川则全力侦破戴景然的案子。

他坐在办公室里冥思苦想了很久，突然又想到了那双皮鞋。

戴景然的鞋底上干干净净的，一点尘埃都没有。这是不合常理的！他鞋上肯定粘上了什么东西，凶手给洗掉了。那会是什么呢？

一定有什么地方漏掉了。

他再次来到了现场，戴景然家被警戒线围了起来。

何少川站在门口想象着凶手是如何进门的，门锁检查过，没有撬动的痕迹。难道是熟人干的？可是杀人动机呢？戴景然的钱财并没有少，到底为什么杀人呢？仇杀？戴景然在朋友圈里口碑不错，除了散户恨他，再也没有其他人对他愤恨如此了。可是何少川根本就不相信散户会起意杀人。他自己就是一个被坑的散户，不过发发牢骚而已，最多用键盘杀杀人。"股市有风险，入市需谨慎"，这句至理名言在每一个财经版面上都时时提醒着股民，现在输了赔钱了，要怪还是得怪自己。要不是心中贪心一闪念，谁会被戴景然牵着鼻子走？

虽然不相信散户会杀人，领导的指示还是要贯彻的，哪怕只是做做表面功夫也得认认真真地做。他找到了庞大海的邻居，问戴景然被杀那天晚上，庞大海是否在家。结果也不需要什么花盆被踢翻之类的声音线索，一个邻居晚上起来小便就看到他回来了。其他同事调查的两百多个散户也跟庞大海的情形差不多，大伙听说戴景然被杀都很开心，但是每个人都能提供不在场的证明，有的人还对警察的怀疑感到可笑："不会吧警察同志？你们想象力真丰富，改行写小说吧。"

何少川摇摇头不得要领，打开门走进屋去，趴在地上仔细搜寻，不放过任何一粒尘埃。找了半个多小时，甚至把沙发都搬开了，依然一无所获。他耷拉着脑袋离开了案发现场，站在走廊里按了电梯按钮。

过得片刻，电梯门吱呀一声打开了。

何少川站在电梯里无所事事地东张西望。电梯里挂着两幅广告招贴画，一个卖房的，一个卖车的。

他看着其中一幅广告发呆，蓦然间，画框下缝隙里的什么东西吸引了他，他凑近了看，却是一块灰烬，把灰烬捏出来仔细端详，心中疑惑："电梯里为什么会有灰烬呢？"

一楼大堂到了。

一个清洁工正准备走进来，看到何少川手里的灰烬，赶紧说道："哎呀，不好意思，扫了几天了，还没弄干净。"

"很多吗？"

"前两天挺多的，现在已经扫得差不多了。"

"你什么时候发现这里有纸灰的？"

清洁工说的时间，正是戴景然被杀的第二天。

清洁工又说："不知道哪个神经病，在电梯里烧纸钱，消防通道里也是。"

"你怎么知道是纸钱?"

"有的没烧干净嘛,还写着'冥府银行'几个字。"

冥府银行,QQ诅咒?

何少川的大脑迅速转动着,他抬头看看电梯,一个摄像头正对着他。他微微笑了,立即跑到小区的监控室,亮明了身份。

值班保安说:"没用的,那天我们看到电梯里有纸灰之后就调出录像看了,只看到一团火被扔进了电梯,其他的什么都没看到。"

何少川并不死心,将磁带塞进带仓,迅速旋动搜索按钮。

只见戴景然满面怒容地走进电梯,然后离开电梯。过了一会儿,一团火突然被扔进了电梯,然后电梯门关上了,那团火还在熊熊地燃烧。冥币还没烧尽,电梯门又打开了,可是却没有人进来。应该是戴景然吧,他做贼心虚,看到烧纸钱就不乘电梯了。

一线曙光现在又黯淡了。

何少川回忆着刚才看到的画面,希望能抓出一点有价值的东西来。

一团火被扔了进来。

似乎有只手。

对,就是一只手。

他立即旋动搜索按钮,慢慢地回放扔火的镜头,一只手慢慢地出现在画面上。

啪!

何少川果断地按了一下"暂停",欣赏着画面上那团火和那只手,那只手的中指上分明戴着一枚戒指!他得意地吹了一声口哨,说道:"这盒磁带我拿回去了!"

回到局里,他把磁带交给蒋子良,让他进行技术处理,然后打通了胡剑陵的电话。

"兄弟,在哪儿呢?"

"在单位呢。"

"你要评先进啊?婚假都不休还要去上班。"

"他妈的,少来挤对我。"

"你啊，老是沉不住气，找熊冠洋去了吧？人家没给你好脸吧……怎么不说话了？我就知道你小子要去找人家，无凭无据的，你能得什么好？知道现在最重要的是干什么吗？"

"干吗？"

"查出是谁在偷拍啊，笨蛋！"

12.双人床疑云

镭射灯闪烁，音乐轰鸣。舞池中央三个身材性感火辣的女人疯狂地扭动着腰肢，把长发舞动得到处飞扬，她们时不时地抚摸着自己的胸部和腹部，惹得台下一片轰然叫好。舞池周围的几十张吧台都坐满了人，走廊里也是挤挤挨挨，每个人手里都端着一杯酒水，几个服务生在人群中不停地穿梭。

邓贤初绕场一周，看着兴旺的场面，不禁得意地笑了。离开舞厅走上二楼，那是一个个包厢，每个包厢里都坐着人，或动听或难听的歌声从门缝里隐隐约约地飘出来。每个包厢的门口都站着服务生，一个个束手而立，见到邓贤初走来，都毕恭毕敬地低头弯腰："邓总好。"

邓贤初也不搭理他们，径自走进一个小包厢，那里有他几个朋友。众人寒暄一番之后，邓贤初吩咐道："把妈咪叫来！"

一会儿，服务生把妈咪领来了，那是一个三十多岁的女人，穿着一身西装，一副职业经理人的样子，脸上挂着暧昧又谄媚的笑："哎哟，邓总，您要玩怎么也不提前打个招呼，把漂亮的小妹留给你啊。"

"哈哈，你就很漂亮，有你就够了。"

"这几位是邓总的朋友吧？我是初水蓉，叫我小蓉就好了，这是我名片。"

几个人客客气气地接过了初水蓉的名片，其中一人说道："初水蓉，出水芙蓉，好名字啊，是不是水很多啊？"

"这位老板，一看就不是好人，"初水蓉嗔道，"水多不多，得试了才知道啊。"

众人一片淫笑过后，初水蓉说："初次见面，我敬各位老板一杯，祝各位玩得开心。"

喝完酒后，邓贤初说："把小妹们叫来。"

初水蓉应声而去。

一人说道："邓总，生意很兴旺啊。"

"哈哈，都是托各位领导的帮衬啊！来来来，喝酒喝酒……"

一杯酒落肚，初水蓉已经带姑娘们走进了包厢，十个女孩子穿着一色的白色女式西装黑色短裙，齐刷刷地站在客人们面前。虽然着装相同，但是燕瘦环肥各有风味，有的热情奔放，有的腼腆羞涩。

初水蓉热情地招呼："各位老板，这是我们夜总会的特色菜——'天使在人间'系列，各位选一位?"

客人们看了看姑娘们，一个个笑了，也没说什么话。

邓贤初摆摆手："换！"

十个姑娘鱼贯而出，又十个姑娘鱼贯而入，她们每人都穿着一身火红的衣服，衣领处是细细的绒毛，每个人都露出了雪白的大腿。

初水蓉又招呼道："这是我们的'南国红豆'系列……"

几个人还是没有出声。

邓贤初瞪了初水蓉一眼，声音不禁提高了几分贝："换。"

"南国红豆"们又鱼贯而出，过了十几分钟，又有十个女孩子步履轻盈地走了进来。每人都披着一件大黄的绸缎子，包裹得严严实实，双手还紧紧地握住了衣领处。

初水蓉介绍道："这是我们的'金色年华'系列。"

几个客人皱起了眉头，每人心中都生出了一蟹不如一蟹之感。邓贤初正待发作，却听初水蓉娇滴滴地说道："姑娘们，见过各位老板！"

十个姑娘同时弯腰屈膝："老板晚上好。"

双手一松，身上薄纱般的丝绸顺着光滑的肉体滑落在地，十具美妙的胴体呈现在客人们面前。

一个客人大笑着说："好啊，邓总，好东西都留在最后啦。"

另一个说："幸亏刚才没早下手。"

客人们终于满意了，初水蓉这才松了口气："各位老板，我们的姑娘都不错的，选一下吧？"

一个说："是都不错，所以就不好选了。"

邓贤初命令道："那就都留下来。来来来，坐到各位领导身边。"

"金色年华"们挨着几个客人坐下了，初水蓉道："邓总，那我就招呼别的客人去了。"

"不用了，你留下来。"

"好啊，那我就陪邓总喝几杯。"

"唉，别急。你也脱了。"

初水蓉笑了，毫不犹豫地把衣服剥光，然后陪邓总和客人们喝酒，少不得被这个摸一把，那个捏一下。

酒过三巡，众人微微有点醉了，邓贤初说："去三楼客房好好伺候贵客。"

"金色年华"们齐声娇滴滴地说："是。"

众人正准备起身离去，一个便衣保安急匆匆地敲响了包厢的门。

看着保安冒冒失失的样子，邓贤初怒道："急着投胎啊？"

保安慌里慌张地说："邓总，警察来了。"

屋里众人愣怔了，一人低声道："谁啊？这几天没什么行动啊。"

另一人说："妈的，哪儿来的野警察？我去看看。"

邓贤初说："不劳烦张所长了，各位领导先去休息，我看看到底怎么回事。"

张所长和朋友们在"金色年华"们的搀扶下走出包厢去三楼了，邓贤初在保安带领下来到了一楼，在舞池旁边的一个吧台上，看到了两位来访的客人。

一位脸色阴沉，闷头坐在椅子里。另一位转动着杯子里的啤酒，一副玩世不恭的样子，抬起眼来，说道："邓老板生意很兴旺啊。"

邓贤初一脸谄笑："都是托各位领导的福，"又吩咐道，"给两位领导拿一扎喜力。"

"不用邓总破费了，我是公安局刑侦科的何少川，要不要看看证件？"

"不用了不用了，"邓贤初满腹疑窦，他本来以为不知道哪儿的警察来揩油了，没想到这个玩世不恭的人竟然是刑侦警察，他到夜总会来干什么呢？

"'靓照门'的照片看过没有？"

邓贤初一头雾水，不知道这个何少川问这干吗，只好就实回答："看过，网上到处是，不想看都不行。"

"邓总是不是看了很受启发？"

邓贤初更糊涂了。

何少川继续说："于是，也玩起偷拍了？"

邓贤初慌了："何警官，不知道您这是什么意思？我们从来不做那种事的，客人就是我们的上帝，我们的衣食父母，我们可是老老实实做生意的。"

"哈哈哈，老不老实就难说了，这位是我朋友，一个月前到你这里玩了一次。"

"你好你好，原来是老朋友了。"邓贤初说着向那人伸出了手，胡剑陵懒洋洋地跟他握了握。

何少川掏出一张照片递给邓贤初："你先看看吧。"

照片上一个男人压在一个女人身上，邓贤初认得那张床就是夜总会三楼房间的。他嗫嚅着问道："这……这是……？"

"这是从视频上截下来的图片，我朋友在你这里玩的时候被偷拍了。"

"真有这种事？"

"难道我来讹你不成？"

"不，不，不，我不是那个意思。"邓贤初满脸大汗，他倒不怕被警察讹诈，他怕万一传出去，客人们就再也不会来了，"我一定彻底查清此事，不过，我敢保证，我们的房间没装摄像头，不信，你们可以去检查。"

"既然来了，我们肯定要去查一下的，也好证明邓老板的清白，你说是不是？"

"是，是，是，你们不查一遍，我心里反而不踏实。"

胡剑陵上次去的房间被一对野鸳鸯占据了，邓贤初站在门口不知道该怎么办才好。何少川不管那一套，嗵嗵嗵地直砸门，屋内一个男人愤怒地叫道："妈的谁啊？"

"开门！警察查房！"

屋内传来慌乱的声音，但是房门却一直没开。

何少川挑衅地看着邓贤初，邓贤初没法只好让服务生拿来钥匙。

房门打开，一男一女已经穿戴整齐。

何少川喝道："干什么呢？"

男的说："聊……聊天。"

"聊天？关着门聊天？把证件拿出来！"

男的畏缩着把身份证递过来，何少川看了看，又问道："哪个单位的？"

"这……这……"那人极度慌乱，"罚多少钱都行。"

"哪个单位的？"

"警察同志，你放过我吧。"

"哪个单位的？"

那人咽了一口唾沫："住宅局的。"

何少川不露声色地笑笑，把身份证还给那人："走吧。"

男人仿佛被大赦的死刑犯，忙乱地走了。

女的却愤恨地看着何少川，这让何少川非常惊讶："你也走啊！"

女人骂骂咧咧地说道："他还没给老娘钱呢，你给啊？"说罢，扬长而去。

何少川苦笑了一下，看着女人气冲冲地离开了。

房间不大，摆着一张双人床，两个床头柜，一台电视机，除此之外别无他物。他拿出一个带小天线的四方形仪器，在屋里指来指去。那是一个探测狗，采用了专业的 RF 宽频探测技术设计，就像警犬，能迅速在十米范围内"嗅"出有无安装针孔摄像机、无线窃听器等，并通过灯光闪烁或震动来警示，能将可疑物确定在十到四十厘米的范围内，从而找到可疑物标。何少川在屋内转了一个遍，探测狗的灯光始终没有闪烁，说明房间里的确没有安装针孔摄像机。

他又掏出视频截图照片，打量房间摆设，最后目光落在了双人床左边的床头柜，他走到床头柜前，脸贴在桌面上看着床的方向，将照片放到自己面前。

邓贤初不知道这个刑警在瞎忙活什么，也不知他到底找出针孔摄像机了没有。只见何少川比画完，直起腰说道："当时摄像头应该放在这个床头柜上。"

邓贤初问道："我们的房间没问题吧？"

"房间没问题，不代表其他地方也没问题，"何少川转头问胡剑陵，"你还记得当时的情形吗？这个床头柜上放的是什么？"

一直没有说话的胡剑陵此时闭目沉思努力追忆，最后说道："包，那个女人的包。对，就是那个包。当时我还觉得奇怪呢，她为什么不把包挂在门钩上或者放在电视机旁边。对，她当时放包的时候不是随便一扔，而是轻轻放上去的。"

何少川又掏出一张视频截图，是一个女人的面部特写："邓总，我想见一下这个女人。"

邓贤初焉敢怠慢，他也想找出这个女人问个清楚，于是忙把初水蓉叫来。初水蓉一看照片就说："我知道她，她叫小薇。"

胡剑陵声音中带着火气："她在哪儿？我要见她！"

初水蓉说："一个月前就走了，不在我们这里干了。"

"什么？"胡剑陵急了，眼睛里要喷出火。

初水蓉有点慌张，不知道该怎么应对。

还是何少川冷静："她是哪里人？"

"湖南的。"

"湖南哪里的？"

"我不记得了，只知道她是湖南的。"

"你去问一下有没有人知道。"

初水蓉赶紧拿着照片走了，过了一会儿领着一个女孩走了进来，那女孩兀自气鼓鼓的，一进门便十二分地不乐意："警官，又有什么事啊？"

何少川一见那女孩便笑了，正是刚才发脾气的。他指着照片上的女人问："你知道她是哪里的？"

"知道啊！但是我不想告诉你！"

邓贤初在一旁急了，这个节骨眼上，这个傻女人还闹什么别扭啊！初水蓉明白老板的心思，马上制止："阿芬，不要这么没礼貌。"

阿芬却依然倔犟着："老娘岔开双腿让人搞，搞都搞完了，钱没拿着，你却把他放走了。"

何少川听着一个女孩说出如此粗俗的话，不禁乐了，甚至开始欣赏这个桀骜的女人了。他笑吟吟地拿出钱包，问道："多少钱？我来出！"

初水蓉看了一眼邓贤初，马上说："不用不用。你这死蹄子，你那三百块一会儿邓总给你补上，赶快跟警官说，这个小薇到底是湖南哪里的？"

阿芬嘴一咧笑了："谢谢邓总，谢谢妈咪。这个小薇全名叫方燕薇，一次聊天的时候说起，她是湖南张家界的，出门就能看到张家界的风景，有个什么南天一柱的，像根鸡巴似的整天戳在那儿，看得她直恶心。她说哪天她有钱了，她要回去把那根鸡巴砍了。"

阿芬的话把何少川逗乐了，胡剑陵却一门心思要找到那根伟物，找到方燕薇。

阿芬说完之后就被打发走了，邓贤初长长地出了一口气："何警官，现在我们算是清白了，这真的不关我们的事啊。"

"哦？不关你们事？方燕薇偷拍的时候，她还是你们的人吧？会不会是你们哪位经理指使的呢？"

"这怎么可能？我们不会做那种自断财路的事。"

"邓老板，不是我不相信你，可是人心隔肚皮啊。"

何少川丢下这么一句不软不硬的话后，也不再跟邓贤初客套，带着胡剑陵立刻离开了夜总会。一上车，胡剑陵便说："明天我就去张家界。"

"干吗？"何少川的语气里带着批评的味道。

"找那个方燕薇。"

"切，闲着没事干。"

"找到她，不就知道是谁指使的吗？"

"用不着你去找，邓贤初会帮你的。"

"他凭什么帮我？"

"你这脑袋是什么长的啊？客人被他手下的小姐偷拍了，这事传扬出去，谁还会到他这里玩？现在，他比你还急呢！"何少川又恨铁不成钢地看了看胡剑陵，叹道，"天啊，钢铁到底是怎么没炼成的？"

13.网络噩梦

颜思曦窝在家里过着深居简出的日子。未婚夫嫖娼虽然不是她的错，但是全世界的目光都集中在她的身上，走在路上，她总觉得有人在背后指指点点——

"看，她就是那个新娘。"

"啧啧，死乞白赖地追人家，把人家追离婚了，结果追的是一色狼。"

"这叫天作孽，犹可饶，自作孽，不可活。"

……

她一直待在家里，饿了就点个外卖，闲着没事就看看电视上上网。同事朋友打电话她也不接，发短信她也不回。只有一人例外，那是她的同事孔步云，比她大四岁，是杂志社的美编，他插画画得很好，颇受领导赏识，也经常画一些讽刺漫画，在网上小有名气。他从大学时就迷上了漫画，现在家里的漫画作品攒了上千幅，还出过几本漫画集。从颜思曦到杂志社工作开始，孔步云就开始有意无意地接近她。小伙子长得特别帅特别阳光，同事都说他俩是金童玉女，将来必是一对，可是颜思曦却对他一点感觉都没有。孔步云太腼腆了，虽然比自己大，却总像一个长不大的男孩。这样的男人怎么会有安全感呢？但是孔步云一直没有放弃，直到颜思曦向大伙发出了请帖，他才彻底死心了，再也没有给颜思曦发过一条短信。婚礼发生巨变之后，他又开始给颜思曦发短信了，根本不说什么爱啊恨啊之类肉麻的话，而是安慰她，关心她，希望她能尽快渡过难关。他说人生中总会碰到很多沟沟坎坎，只要有信心，总能度过的；他说也许现在物议纷纷，但那不是她的错，而且时间总会抹平一切……每当看到孔步云的短信，她的心里都觉得暖暖的，也只有孔步云的短信，她才偶尔回几条，但是孔步云打来电话，她也是照样不接的。有时候她得意地想，也许新的爱情已经在招手了吧？

此时，颜思曦坐在电脑前无聊地浏览网页，孔步云又发来了短信。

曦曦，整天闷在家里不好的。你需要出来散散心，你会发现天还是那么蓝，阳光还是那么温暖，生活还是那么美好。就让倒霉的日子一去不复返吧，出来吧，呼吸一下自由的空气。我请你吃饭好吗？

孔步云刚认识颜思曦的时候，就叫她"曦曦"了，以前颜思曦并不在意，现在却突然觉得温暖。她回复道：

> 吃饭就不用破费了，明天我去找你。

回完短信，颜思曦随手打开了追远网，那是全国著名的门户网站之一，主服务器就在本市。一个喜气洋洋的红底白字广告弹了出来，标题字号很大很醒目：《中国互联网经济年会将在本市隆重召开》。中国互联网经济年会近几年来颇具盛名，会上专家学者的观点往往可以引领互联网的未来走向。颜思曦打开广告进入网页，看到的却是追远网的自吹自擂："……这届年会邀请了政府领导、专家学者、企业领袖、国内外投资机构、传播媒体等各界人士参加。本网首席执行官薛沐波将出席中国互联网经济年会，并发表主题演讲《议程设置理论在互联网时代的应用》……"

颜思曦不屑地笑笑，关掉了网页，紧接着一个更加触目惊心的大标题映入眼帘，她兴冲冲地正准备点击，门铃响起来了。

"谁啊？"

"曦曦，是我，你开下门好吗？"又是胡剑陵的声音。

"你来干吗？"

"嫂子，有话好说嘛！"颜思曦心中一动，她知道，那是胡剑陵的好朋友何少川。

颜思曦打开门放两人进来，对何少川说道："我不是你嫂子，你可以叫我颜思曦，也可以叫我曦曦。"

何少川爽朗地一笑："我还是觉得叫嫂子顺口。"

"不敢当。"颜思曦幽怨地看了一眼何少川。

胡剑陵央求道："曦曦，你原谅我吧，我真的知错了，我以后再也不敢了。"

"有的错误一辈子可以犯很多次，有的错误一辈子只能犯一次，还有的一次都不能犯，犯了就意味着结束，"颜思曦冷静地看着胡剑陵说道。

何少川却笑道："剑陵，还不快谢谢我嫂子，她原谅你了！"

"我什么时候原谅他了？"

"唉，嫂子，你不是说了吗？有的错误一辈子只能犯一次。你看，剑陵他，也就犯了这一次。"

"这种错误，是永远都不能犯的。"

"哎呀，嫂子，你没听说吗？我们男人这种动物啊，就是一种只用下半身思考的动物，这是一种本性，特原始的。我们的文明开化程度远比不上你们女人，男人常常可以和一个自己不爱的女人发生关系，而女人却只能和自己爱的男人发生关系。所以嘛，剑陵他只是一时糊涂，他心中爱的还是你啊！"

颜思曦恼怒地看着何少川问道："你也是这种男人吗？你也去嫖过娼吗？"

何少川一时愣怔住了，他虽然要帮朋友，但是这个屎盆子太大，他实在承受不起，何况是在颜思曦面前，难道要自己自诬？他张口结舌不知道说什么好，颜思曦却看着他微微笑了，眼神里露出一丝满意的意味，继续说道："既然那是男人的原始本性，那胡剑陵又怎么只是一时糊涂呢？"

"啊……啊……是这样，"何少川想了半天，说道，"他呢跟我一样，一直在克制着这种丑恶的本性，只是剑陵他一时糊涂没克制好，所以才干出那种蠢事。嫂子，剑陵他很爱你的，这些日子天天以泪洗面，动不动要抓这个打那个的，你再不理他，他就要疯掉了。"

"那是他自作孽，与我无关。"

"哎呀，嫂子，你大人有大量，宰相肚里能撑船，你就原谅他吧。"

"还撑船？我的肚子都快撑破了！你跟我来，给你看样东西！"颜思曦说罢往书房走，两个男人亦步亦趋地跟在后面。

她坐到电脑前，打开追远网首页，那个醒目的大标题分明写着："猛男嫖娼被偷拍。"

何少川一看标题，情知不好，赶紧点击进去。

颜思曦冷嘲热讽："评价很高啊，猛男呢！"

帖子在网站论坛里，被编辑置顶推荐。

"啊……哦……靓仔，你好猛啊……快点……啊……"

——就是那段视频！胡剑陵在一个妓女身上奋力耕耘。

此时，他如同五雷轰顶，呆若木鸡，他没想到，视频竟然上网了！

这是为什么？到底是谁干的？我到底得罪谁了？他觉得整个天都要塌下

来了！

帖子是昨天发布的，点击已经超过了一万多，口水帖也有上千条了，何少川大致看了看，都是网民表达对胡剑陵的"仰慕"之情的。

颜思曦问道："你觉得我还能跟他一起过下去吗？"

何少川嗫嚅着说道："嫂子……其实，剑陵现在更需要你，这对他打击太大了。"

颜思曦摇摇头："我不是救苦救难的观世音菩萨，我没必要去帮一个荒淫无道的人。"

胡剑陵绝望地摆摆手："不要说了，什么都不要说了。曦曦，对不起，是我害了你！我们离婚吧，我不能拖累你，就让所有的痛苦让我一个人品尝吧。"

颜思曦看着胡剑陵痛哭欲绝的样子，心中不免动了一丝恻隐之心，不过那只是一闪念的事，她很快又决绝起来："改天我们签份离婚协议书。"

"好，好，离婚吧，离婚吧。"胡剑陵跟跟跄跄地往外走去。

何少川赶紧追了出去，手机却骤然响了起来。

电话是蒋子良打来的，他说："少川，监控录像上的那只手看清楚了！"

14.黑网吧的秘密

蒋子良接到监控录像之后就马不停蹄地进行处理。监控录像的像素很低，放大之后变得更加模糊不清，还好借助先进的仪器，他不停地调整、校对，那只手渐渐清晰起来，最后手指上的戒指也显示出来，戒指上刻着一个人的名字！他又惊又怕，当即给何少川打了电话。

何少川把胡剑陵送回家，一路上又劝慰了一番，之后匆匆地赶回局里。

大屏幕上显示着一只手和一枚戒指。

戒指上刻的字清清楚楚：陈婷婷！

让蒋子良又惊又怕的，正是这三个字。

那是 QQ 诅咒中女孩的名字。

蒋子良看着何少川说道："不会是真的吧？"

何少川拍了一下蒋子良的脑袋："你是不是累糊涂了？咱们被耍了！"

"什么？"

"你见过把名字刻在戒指外面的吗？不都是刻在里面的？这是凶手故意布下的局，让我们真的相信什么 QQ 诅咒。"

蒋子良将信将疑地点点头。

何少川又突然伸出自己的手看了看，又抓过蒋子良的手端详着。蒋子良用力把手扯回来："干吗？gay 啊？我对你没兴趣的！"

"瞧你那德行，皮糙肉厚的，我对你也没兴趣，"何少川又指着屏幕上的那只手，说道，"那应该是只女人的手吧！"

"拜托，男人也可能长一双小手的。"

何少川不置可否。

同事洪跃宗打来了电话，电视台副台长顾松云被杀一案就是由他负责的。洪跃宗说："我们在顾松云家里，你也许有兴趣来看看他的电脑。"

顾松云死后，顾太太哭得死去活来，不知道谁会对老公下黑手，据她所知，老公从来没得罪过什么人，甚至没跟人红过一次脸。顾松云做事踏踏实实，从一个小记者一步一个脚印地坐到了今天这个位子上。想当年，顾松云是本市响当当的"红色记者"，主要负责拍摄、采访市主要领导的活动，市政府出台什么政策，他马上就能围绕新政策，挖掘出一个个鲜活的故事。市里出台文件，要打击黑婚介，他马上就能找到一个被婚托骗了无数次的男青年，声泪俱下地痛斥黑婚介给他带来的经济损失和精神创伤；市里要规范出版物管理，限制恐怖、灵异类小说的出版，他能马上找到一个中学生，痛心疾首地控诉恐怖灵异小说给学生们带来的巨大恐惧，甚至影响了学业；市里要消除问题校服带来的恶劣影响，他也能迅速找到一个女学生，借她之口告诉大家校服是没问题的；市里要弘扬中华民族的传统美德，他能马上找出一个侍奉公婆几十年如一日的贤惠儿媳妇……就是因为有了这些成绩，顾松云从一个小记者，爬到了主任的位子上，继而总监，继而副台长，他年富力强，蛮可以拼搏几年，把那个"副"字去掉的，可是他却突然死了，被人杀了！

顾太太百思不得其解，这到底是为什么？

这天她整理老公遗物，打开了老公的电脑。

顾松云的 QQ 设置的是自动登录，刚一登录，一个小头像就愉快地闪烁起来。

顾太太打开那条信息，满腹疑窦地报了警。

洪跃宗来看了之后，觉得事态重大，立即通知了何少川。

那是一条 QQ 诅咒。

我是一个叫陈婷婷的 girl，被绑架，后来死了。请你把这封信立即发给你的 6 个好友，1 天后，你喜欢的人就会喜欢上你。如果不发，你就会在 5 天内离奇死亡！这条信息始于 1877 年，从未失误过。

何少川看着那条信息，眉头拧成了一个疙瘩。

这到底是怎么回事？难道这真是一条夺命信息？

发来信息的 QQ 号码也是 842110985，昵称仍是"小迷糊"，发信息的时间是顾松云被杀的前一天。

这仅仅是巧合？不，不会的！

这是一个阴谋，虽然何少川现在还不明白，这条 QQ 诅咒与两起凶杀案有什么关联，但是只要找到"小迷糊"，一切将迎刃而解！

找到"小迷糊"很容易，根据聊天时间的记录，很快找到了 IP 地址，跟戴景然电脑上"小迷糊"的 IP 地址区段是一样的。

那是一个网吧，坐落在一个拥挤不堪的小区的角落里。

何少川和洪跃宗找到腾达网吧的时候，网吧的大门紧锁着，铁卷帘门垂下了，他们问询周围居民网吧什么时候开门，居民都笑而不答连说不知道。

洪跃宗马上打电话给工商局的朋友，帮忙查查这家腾达网吧的法人代表是谁，得到的消息是，根本不存在这家网吧。

这是一家黑网吧。

全市经常掀起一次次的整顿黑网吧行动，但是黑网吧总是如同星星之火，只要一有时机便冒出来燎原。

一个学生模样的人走到网吧门口看了看，然后敲了两下卷帘门，停顿片刻又敲了一下，再停顿，又敲了两下，卷帘门升起了一点，学生进去了，卷帘门随即又落了下来。

"奶奶的，还玩这种游戏。"何少川说道。

"难怪黑网吧打不干净！"

何少川走到门前，依葫芦画瓢，敲两下，停顿，又敲一下，再停顿，再敲两下。

卷帘门果然升起来一截，一个贼头贼脑的小伙子惊讶地看着他们。二人也不理会，弯腰钻了进去。网吧很大，有四十多台电脑，几乎每个电脑前都坐着人。很多人在抽烟，网吧里烟雾缭绕。

老板是一个看上去精明强悍的中年妇女，开始发福了，身材接近一个水桶，还是大号的。见到两人便笑呵呵地站起来："两块钱一个小时，交十块钱押金。"

"我们没有上网证啊！"

"没关系，我们是黑网吧，不需要上网证的。"

为了方便网吧管理，有效杜绝未成年人沉迷于网吧，前几年市里出台文件规定，上网必须办上网证，凭证上网，未满十八岁不办证，网吧不得接待无证人员上网。上网证由公安局核发，何少川和洪跃宗没想到，黑网吧根本不把上网证放在眼里。

何少川说道："我们不来上网，来打听个事。"

胖女人一听就沉下脸来："我们这里没什么事好打听的。"

洪跃宗拿出证件："我们是警察，来办案的。"

"警察？警察有什么了不起啊？"胖女人吼道。

"警察没什么了不起，"何少川说道，"但是就凭你开这么大的黑网吧，我们就可以通知工商、城管把你的电脑全部没收。"

"没收吧，妈的，大不了老娘跟你们拼了！"

"少安毋躁，少安毋躁，"何少川笑嘻嘻地说道，"做生意都不容易，这网吧的事也不归我们管，你走你的阳关道，我过我的独木桥，咱们是井水不犯河水。只是，我们的确有件事情要麻烦您。"

胖女人见何少川说得客气，便也和缓下来："什么事啊？"

何少川递去一张纸条，说道："这两个 IP 地址是哪两台电脑？"

胖女人狐疑地看了看两人，然后把他们带到电脑跟前："就是这两台喽，挨在一起的。"

何少川看了看自己的记录，问道："这台电脑 3 号下午两点半左右，这台电脑 6 号晚上八点左右，是谁在用？"

胖女人睁大了眼睛，惊讶地问道："哇？警官，你不会在考我吧？你以为我神童啊？"

何少川扑哧一声笑了："老板，我觉得你长得还真挺像神童。"

"哎哟，我可没那脑袋瓜子，记不得，记不得，这都几天了，每天进进出出那么多人。"

洪跃宗抬头看了一圈问道："你们这里没装摄像头？"

"没有，装那玩意儿干吗？侵犯人家隐私权。"

"可是公安局要求装的啊！"

"切，那是要求白网吧的，我们这是黑网吧。"

听胖女人把正规、注册的网吧称为白网吧，何少川禁不住又笑了。但是这条线索毕竟是断了！看来凶手早有预谋，故意找了一家黑网吧以逃避警方的追捕。

两人回到局里，向郑局长汇报了情况之后，郑局长指示两个案子并案处理，交由何少川全权负责，蒋子良协助，如有必要，洪跃宗提供帮助。

第三章　全国大搜索

　　发起这次搜索的是著名的追远网，所谓"追远"意思就是追着事实真相跑，真相在哪里，就要追到哪里，哪怕是天涯海角。追远网的特点是：针对普通人进行"人肉搜索"，对普通人发起群体性攻击！

15.爱情的曙光

颜思曦的婚礼闹出那么大一个笑话，同事们早就议论纷纷了。很多没去参加婚礼的同事都非常惋惜，一个劲地询问着当时的情景，那一幕虽然被一再重复，但是言者依然津津乐道，听者依然兴致盎然。

这天，一个同事突然叫道："快看，颜思曦老公的视频上网了！"

办公室里顿时炸开了锅，众人纷纷询问网址，点击欣赏。

"好黄啊。"

"好恶心啊。"

"靠，还换姿势呢。"

……

人们一边说着"很黄很恶心"，一边兴致勃勃地欣赏着。

孔步云也打开了视频，看完之后，心情越发沉重起来。颜思曦本来情绪就已经很低落，如果知道视频上网了，岂不是要崩溃了？这几天同事们当着他的面议论颜思曦，这让他心里很不是滋味。

"颜思曦也活该，我们小孔多好的小伙子，她不要，偏要一个离婚的。这下好了，倒霉了吧？"

"就是，也不知道那个姓胡的有什么好，是不是家里特别有钱啊？"

"不知道，估计是吧，要不颜思曦怎么会看上他？"

……

同事们都是站在孔步云这边的，但是孔步云并不因此而开心，他相信颜思曦不是那种见钱眼开的女人，爱情这东西向来是说不准的。她就是爱上了胡剑陵，这有什么办法？

他拿出手机给颜思曦发了一条短信，只有短短几个字：

曦曦，你要坚强。

信息刚发完，一阵"滴滴"的声音就在身后响起，回头一看，正是颜思曦，她不知道什么时候到办公室了。

颜思曦看完短信，嫣然一笑："谢谢你，我会坚强起来的。"

同事们听到说话声，不约而同地抬起头来，个个惊讶得合不拢嘴，赶紧把视频关了，这才陆陆续续地站起来："曦曦，你回来上班啦？"

颜思曦朝每个人微笑着点点头，说道："是的，步云让我坚强起来。"

颜思曦去找老总报到了，同事们都兴高采烈地围到孔步云身边。

"小孔，有戏啊！"

"她是听你的话才来上班的。"

"把握机会，这次一定把她搞到手。"

……

孔步云不好意思地笑了，脸红彤彤的，发烧发烫。曦曦叫他"步云"，这是第一次。

爱情，终于露出了一线曙光。

杂志社总编辑沈鹤龄看到颜思曦走进办公室，也是一脸错愕："颜思曦，你怎么来了？"

"我来上班啊。"

"你不是……不是……休婚假吗？"

"我还休什么婚假啊？都没婚成。"

沈鹤龄呵呵笑了起来："好好，你开心起来就好。那种男人不要也罢。不过呢，你也别累着了，这几天，你想上班就来，不想来就歇着。社里如果有什么急事就打你电话。"

"好的，谢谢沈总。"

"谢什么？忙去吧！"

颜思曦离开总编办公室，径直走到孔步云身边，同事们都偷偷地探出脑袋看。

孔步云觉得一股热量朝自己袭来，顿时浑身不自在，心跳也明显加速。他知道，那所谓的热量，其实不过是自己脸红罢了。他抬起头来，看了颜思曦一眼，马上又看看电脑屏幕。发短信，他可以无拘无束畅所欲言，但面对颜思曦的目光，他总有点不好意思。颜思曦太美了，皮肤特别白，白得能看到青色的血管，甚至能感觉到血液的流动。她的眼睛顾盼生辉，有着摄人心魄的力量，当初他就是被这双迷人的眼睛勾走了魂。

颜思曦笑了："你还是那么害羞。"

"呵呵，没有啦。"孔步云干笑着。

"你昨天不是说要请我吃饭吗?"

"哦，是啊，是啊。你想吃什么?"

……

颜思曦和孔步云走出杂志社，走进阳光里，两个人的心情轻松而愉快。

在孔步云，他心中的女神又回来了，在拒绝了他无数次的追求之后，她终于向自己秋波暗送了。他准备着，时刻准备着，保护曦曦，爱护曦曦，不让曦曦再受一点伤害。

在颜思曦，生活的阴霾总要过去，一个人不能总是活在过去的阴影里，总要开展崭新的生活。况且，她何必给别人犯下的错误埋单呢?

前方走来一个老头，破破烂烂邋里邋遢，头发好久没洗，粘在了一起。见到颜思曦之后，他突然两眼放光，嘴巴张得大大的，似乎看到了什么不可思议的事。颜思曦特别紧张，心跳加快，紧走几步把老头甩在后面。

"怎么了?"孔步云问道。

"没什么，那个老头很可怕。"

"哪个老头啊?"

"就那个。"颜思曦转过身手指前方，可是老头已经不见了。

16.人肉引擎

胡剑陵的嫖娼视频在互联网上迅速传播开了。从追远网开始，各大网站纷纷转载，各大论坛纷纷发帖，互联网上无异于平地一声惊雷，将许久没什么新鲜事的网络搅得沸沸扬扬风声四起。为了吸引眼球，各个论坛都给视频取了火辣刺激的标题：

《白领夫妻疯狂自拍》
《绝对真实！嫖娼被偷拍》
《绝对偷拍！做爱全过程！露点，无码，高清！》
……

每个帖子下面都有成百上千的人跟帖留言，留言内容也是五花八门。

"正点，太刺激了！"
"太疯狂了，看得我鼻血横流啊！"
"这两口子胆子很大很开放。"
"女人够浪，男人够猛。"
"简直就像牲口一样。"
……

何少川一直关注着互联网上的动向，当他又一次打开电脑，检索各个论坛的时候，一个帖子吸引了他的注意，看得他心惊肉跳。
帖子标题是：《全国大搜索，淫男浪女到底是谁？》

何少川眼前一黑，心想：完了，胡剑陵完了，人肉引擎启动了！

"人肉搜索引擎"是中国互联网上一个独特的景观，网友们自发地寻找他们共同关心的人物或者特定目标的所有信息，其搜索能力远胜于任何先进的网络搜索引擎。"百度"告诉我们，人肉搜索引擎起源于猫扑网，跟很多论坛一样，猫扑上也经常有人问这样那样的问题，同时猫扑有种虚拟货币叫做 Mp，问问题的人往往会用 Mp 来奖励可以帮助他们的人。虽然 Mp 不能吃不能喝，但很多人却醉心于挣取更多的 Mp。那些惯于通过回答问题挣取 Mp 的人，在猫扑一般叫做"赏金猎人"。这一模式迅速被各大论坛采用，"赏金猎人"在互联网上遍地开花。可是后来，人肉搜索引擎逐渐走向极端，它不再满足于帮助人们解决各种棘手的问题，甚至开始了对人的搜索。

2006 年 4 月的魔兽"铜须门事件"是人肉引擎的一次发动。猫扑人肉引擎发动后，将这起偷情事件的男女主角的照片、工作单位、学校、姓名等详细资料公布于众。尽管偷情并不犯法，更不是犯罪，当事人却遭到了公众舆论的一致谴责。还有网民对"铜须"发出"追杀令"，更有黑客成功窃取了铜须的MSN 密码。

2006 年 4 月的另一件事是"踩猫事件"。网民们靠视频截图中出现的大桥，认出了视频拍摄地点是黑龙江萝北县，并迅速挖出了踩猫者，一位离婚的中年护士。尽管并没有触犯法律，该护士仍然被单位解职。

2007 年 4 月深圳"钱军打人"事件。几个小时之内，殴打老人的钱军和其妻子的电话号码、身份证号码、家庭住址、工作单位以及孩子的姓名、年龄、就读的学校、读几年级全部曝光，许多人发短信给他的妻子，声称要弄死他们一家。

2007 年，还有著名的流氓外教案。一名"外教"在博客上写自己与多少中国女人发生性关系，这一博客被上海社会科学院教授张结海披露，引起了全国性的"网络通缉令"。很快，行为艺术家承认，流氓外教是自己搞的"行为艺术"。

此外，还有"陈易卖身救母事件"、"伊莱克斯女助理案"、"史上最牛小三事件"、"周老虎事件"等等，无不显示出人肉搜索引擎的强大威力。

如今，胡剑陵也要被搜索了！

用不了多久，他所有的个人信息都将大白于天下。

发起这次搜索的是著名的追远网，所谓"追远"意思就是追着事实真相跑，真相在哪里，就要追到哪里，哪怕是在天涯海角。追远网的特点是：针对普通人进行"人肉搜索"，对普通人发起群体性攻击。

在这篇帖子下面，已经有人跟帖留言，开始推测视频男女主人公当时所处的环境。

——根据小弟的经验，房间灯光昏暗，摆设简单，应该是在一个"鸡窝"。再看墙壁装修程度，应该是个比较高档的"鸡窝"。

——你厉害，是不是常去啊？

——男人嘛，嘿嘿。

——男人不吃腥，还是男人么？

……

还好，有效、有价值的信息还没披露。

何少川返回论坛首页，另一个帖子的标题又一次击中了他。

《淫男浪女在哪里？我知道！》

打开帖子，作者开门见山，说这张床以及墙上的招贴画透露了做爱地点。

他说的没错，正是本市的一家夜总会，作者甚至把夜总会的名字都说出来了！

何少川手心直冒汗！

人肉搜索将再一次发挥它无坚不摧的战斗力了，无数的网络暴民将参与进来，搜索胡剑陵，讨伐胡剑陵。虽然很多人可能也嫖过娼、宿过妓，但是他们的视频没有上传，他们的丑行没有暴露，于是，他们就可以肆无忌惮地以道德卫士自居，对胡剑陵展开大肆的挞伐了！

17.议程设置与网络暴力

    颇具盛名的中国互联网经济年会隆重召开了，追远网的首席执行官薛沐波应邀参会发表主题演讲。面对台下几百双眼睛，薛沐波微笑着一鞠躬。他喜欢那种众星捧月的感觉，喜欢记者们的镁光灯对着他不停地闪烁。十几年前，他迈出复旦大学校门进入追远网工作的时候，便已踌躇满志，他相信凭借自己的实力和努力，必能闯出一片属于自己的天空。那时候他只是一个小编辑，但是仗着在复旦新闻系学到的扎实的理论知识，加上他对各种新闻传播学理论的活学活用，很快便在追远网崭露头角，并随着追远网业绩的提升，职位和工资待遇也跟着水涨船高，最终被聘为首席执行官。

    薛沐波做了简单的自我介绍之后，立即转入正题："如果几年前，人们还在疑惑、还在彷徨、还在焦虑互联网到底能不能赚钱的话，那么几年后的今天，这些都不再是问题。众所周知，网盛科技领跑的行业电子商务开创了互联网市场新的价值增长点，中国企业电子商务的应用也逐渐走向成熟，阿里巴巴的上市更为 B2B 增添了强大的引擎；久游、金山、巨人的先后上市，再次证明了网络游戏的市场潜力，也预示着一个更加广阔的前景；互联网与通信产业也开始加速融合，移动、联通都推出了各自的即时通讯产品，网通、电信也是跃跃欲试……但是，"薛沐波话锋一转，"这些都与我无关，我是追远网的首席执行官。追远网是做什么的？追远网是做娱乐的，我们立志做中国第一娱乐门户，我们要用娱乐的信息取悦大众，扩大市场，靠实打实的采编功夫赢取广告。提起娱乐，大家都会想到明星啊，歌星啊什么的，如果仅仅是这些，那你就错了，追远网的口号就是'娱乐无处不在'，我们就是靠娱乐大众来提高我们的人气，增加我们的流量。现在我们的注册用户已经达到了 1500 万，就是这 1500 万用户给我们带来了源源不断的财源。但是，1500 万是个大数字吗？

不是！2007 年底，中国网民数量达到了 2.1 亿，并以每天 20 万人的速度增长。1500 万对 2.1 亿，这个数字当然太小，我们的目标是用两年的时间，注册用户数量突破 5000 万。"

5000 万？

台下的听众个个吃惊地张大了嘴巴。

这个数字太不可思议了！如果追远网成功，这将是中国互联网发展史上的又一个奇迹！

薛沐波看着惊讶的观众，更加得意了，他朗朗说道："5000 万是不是太夸张？如何吸引众多网民注册成为我们追远网的用户？这就是我今天演讲的题目：《议程设置理论在互联网时代的应用》。"

议程设置理论是薛沐波在复旦大学新闻系求学时学到的，当时教授讲起这个理论，他就眼前一亮。这个理论说穿了，就是要引导受众取向，甚至操纵舆论。议程设置理论是由美国的两个学者麦克姆斯和肖于 1972 年提出的，他们认为，大众传播往往不能决定人们对某一事件或意见的具体看法，但可以安排相关的议题，左右人们关注哪些事。大众传播可能无法影响人们怎么想，却可以影响人们去想什么。通过议程设置，媒介可以使意见相左的团体就某些议题达成某种一致，从而实现不同团体的对话；公关人员通过议程设置，可以构造事件，吸引眼球，捕捉公众的注意力。

几年来，薛沐波就是活学活用议程设置理论，不断地构造事件，操纵舆论，在网络上掀起了一个又一个热点。

薛沐波说："大众传媒对事物和意见的强调程度与受众的重视程度成正比，受众会因媒介提供议题而改变对事物重要性的认识，对媒介认为重要的事件首先采取行动。对于以前的传统媒体，这一理论似乎还显得有点苍白。比如一份报纸，记者编辑们把所谓重要的新闻放在头版，企图通过这种议程设置来引导读者。但是读者不会理会你的，因为现在的很多报纸已经没有多少信誉可言，读者拿到一份报纸，会直接跳过头版。所以，这样的议程设置就全是无用功。但是互联网来了，互联网带来了信息时代，我们用信息大爆炸来形容这个时代。面对海量信息，网民要关注什么、不关注什么，这就需要我们进行议程设置。比如，去年某局公务员把乡下来的父母挡在门外，这本来只是一件小事，不出两天，这条新闻就会被淹没在铺天盖地的信息中。但是我们通过不断地置顶，引起了持续的讨论，形成了一个热点，并最终在全国掀起了一个高潮，电视、广播、报纸等传统媒体也随着跟进。这就是议程设置，这就是议程设置的力量！例子还有很多，像铜须门事件、踩猫事件、史上最毒继母事件……我们都成功地进行了议程设置，吸引了大量的用户。以'史上最毒继母事件'为例，我们进行议程设置，不断置顶之后，访问流量每天都会增加 100 万，那几天新注册的用户平均每天有一万个。至于那人到底是不是最毒继母，与我们是没有关系的……"

薛沐波口若悬河滔滔不绝，从议程设置理论，又讲到了人肉搜索引擎，他说人肉搜索虽然不是追远网的发明，却是被追远网发扬光大的。

听众被他的口才所吸引，被他的观点所折服，很多网站编辑都跃跃欲试，急于回去一展身手了。这时候，一张纸条不知道从哪个角落，一点点传到前排，最后交给了得意扬扬的薛沐波，他展开纸条看了看，脸色稍微一沉，继而又恢复了镇定自若。

"我们一位听众说，追远网是让群众去斗争群众，让弱者去攻击更弱者，让谎言去揭露谎言，让流氓去批判强权。以真假难辨的事实，行道德判断之高标，聚匿名不负责之群众，暴普通人之隐私，所有事件，全部是被煽动的弱势网民，去伤害更弱势的个体……哈哈哈，说得特别义愤填膺啊！如果我没记错的话，这应该是一位网名为'麦田'的网友一篇文章里的观点，我承认，总结得很精道，很深刻，"薛沐波说道，"其实只要四个字就可以概括了，那就是'网络暴力'。但是朋友，别把我当成一个学者，我只是一个商人。商人是干什么的？商人就是要使钱生钱，就是要讲投入和产出比，网络暴力毕竟不是法律规定内的暴力，说白了，只要能提高流量，增加人气，带来广告收入，来点暴力又何妨？"

台下爆发出一阵笑声，接着开始轰然鼓掌了。

薛沐波受到了鼓励，继续说道："我们今后还要进行议程设置，还要大肆进行人肉搜索。给大家透个底儿，这几天，网络上流传一段男人嫖娼的视频，各大网站都把这个消息放到首页上了，但是我们追远网走得更远，我们已经启动了人肉搜索引擎，全国寻找这两个男女。我相信，这将是今年的第一个热点。"

……

薛沐波在雷鸣般的掌声中结束了演讲，他满面笑容地走下演讲台，跟几个熟悉的朋友握手告别。一离开会场，他马上给追远网的一个编辑打电话问人肉引擎的搜索情况怎样，编辑说点击很多，也有一些比较有价值的线索了，而且已经基本断定这事就发生在本市。薛沐波交代，把有价值的线索重开新帖，同时置顶。他相信这种狂轰滥炸式的议程设置，将推动网站流量不断攀升。

刚刚放下电话，一个警察拦住了他的去路。

警察斜叼着一支香烟，问道："是薛总吧?"

"是。什么事?"薛沐波对警察不礼貌的举动感到十二分的不满意。

"我是市公安局刑侦科的何少川，有个事情跟薛总商量一下。"

"哦，什么事?"

"想请薛总删除追远网上的几个帖子。"

"什么帖子?"

"关于男人嫖娼被偷拍的。"

薛沐波顿时很反感："现在刑警也管这事了? 这不是公安局网络科管的吗?"

"哈哈哈，我想有些事情私下解决就行了，犯不着冷冰冰地公文来往吧?"

"这个，恐怕我不能答应你。"

"薛总很固执啊。"

"一个人能固执，才能坚持，能坚持，才能成功。"

"可是，你们涉嫌传播淫秽物品罪。"

薛沐波对这个警察越来越烦了："不知道视频上的男主角是何警官什么人? 不会是何警官的朋友吧? 警察的朋友怎么会去嫖娼呢?"

何少川恨恨地说道："薛沐波，哪天追远网真的被追了，别怪我没提醒你。"

"谢谢何警官的提醒，不过你说的那段视频我们早就删除了，我们只是截了几张图片而已，而且关键部位都打了马赛克，一点黄赌毒的内容都没有。何警官如果没有其他事情的话，我就先走了。"

"薛沐波，你不要再伤害别人了，不要把你的成功建立在别人的痛苦之上。"

"我不想伤害任何人！我只是想帮助你们啊，你们警察无法取缔色情场所，我只好通过我的方式，打击每一个妓女，每一个嫖客，以换来社会风气的彻底好转。"

"你根本是强词夺理。"

"对不起何警官，我还有事。"

薛沐波说罢扬长而去，何少川看着他离去的背影，恨得直跺脚。

薛沐波跟何少川一席谈之后，心情特别激动。视频男主角让一个刑警这么上心，看来此人来头不小，如果成功把此人挖出来，那么轰动效应将无异于广岛上空那朵漂亮的蘑菇云。他回到家的第一件事情就是，打开电脑，看看人肉搜索引擎的运行情况怎样。论坛首页三个关于男人嫖娼的帖子被置顶了，下面还有二十多个帖子。

在这些帖子的夹缝中，一条与此主题无关的帖子也吸引住了他，标题不是很醒目：《QQ诅咒网络横行网下杀人》。他点击进入，写的是本市最近发生两起命案，一起是股神戴景然被谋杀之后伪装成心脏病猝死，一起是电视台副台长顾松云被杀之后伪装成交通事故，而两人在死前都收到过一条QQ诅咒。

薛沐波无奈地笑了笑，这种无稽之谈的帖子也有这么多人点击、回复，中国网民的素质真是亟待提高！

打开QQ，看看有没有人跟他联系。跳动的小头像很多，他一一点击查看，都没什么重要的事。刚想关掉电脑上床睡觉，QQ突然传来一个系统消息，有人请求要加他为好友。

虽然网上的资料很多不可信，但是薛沐波还是习惯性地打开了对方的个人资料。

号码是842110985，昵称"小迷糊"，女，21岁，就读于复旦大学新闻学院。

一看到是师妹，薛沐波立即通过了，马上跟"小迷糊"聊了起来："小师妹，你是什么专业的啊？"

可是小师妹并没有回答他，只是发了一条短信过来：

我是一个叫陈婷婷的 girl，被绑架，后来死了。请你把这封信立即发给你的 6 个好友，1 天后，你喜欢的人就会喜欢上你。如果不发，你就会在 5 天内离奇死亡！这条信息始于 1877 年，从未失误过。

薛沐波坐在电脑前笑了："小师妹，你可真是小迷糊啊，也相信这个？"
"小迷糊"没有理他，过了一会儿，头像由彩色变成了灰色，小迷糊下线了。

18.风波迭起

对警察来说，最难破的案子就是看上去没有杀人动机的案子，这样的案子让人摸不着头脑找不到南北。戴景然和顾松云的被杀就属于这种，连续几天来，何少川和蒋子良想遍了所有的可能性，依然是毫无头绪，案件的侦破陷入了停顿。

激情视频男女主角的大搜索还在持续展开，网络上议论纷纷，各路人马献计献策，为挖出这一对男女的真实身份不遗余力。

这天，何少川终于等到了邓贤初的电话，便马上找到胡剑陵，一起来到夜总会。

何少川没有说错，激情视频出炉之后，邓贤初比胡剑陵还要紧张，连忙派人到湖南张家界一带寻访，用了一个星期的时间，终于找到了方燕薇。

胡剑陵见到方燕薇的时候，眼睛要喷出火来，他压低声音质问道："你为什么要害我？"

在何少川眼里，方燕薇看上去倒很清纯的样子，眼睛大大的，里面汪满了泪，晶莹闪烁，更添几分楚楚动人。他难以想象，这样一个女孩子竟然是一个妓女，难以想象这么楚楚动人的女孩子，在床上竟然叫得那么嘹亮、高昂……

方燕薇面对胡剑陵的质问，眼神躲躲闪闪。

何少川呵呵笑道："剑陵，别吓着人家。方燕薇，你是拿了人家好处吧？"

方燕薇畏缩地看着何少川点点头。

"是谁让你这么干的？"

"我不知道。"

胡剑陵又忍不住骂道："妈的，臭婊子，谁让你干的，你会不知道吗？"

何少川不耐烦地看看胡剑陵，心想当初搞人家的时候没见你这么凶。都说婊子无情，戏子无义。其实，嫖客比婊子还要无情。他点燃一支烟，然后递给方燕薇一支："要吗？"

方燕薇犹豫着接过香烟点燃了。

"不要怕，你只要把经过告诉我们就行了。"

"那天，妈咪叫我到 308 房上工，于是我就去了。走到 307 门口的时候，一个客人突然把我拉进屋去，拿着一叠钞票在我眼前晃……"

方燕薇被拉进 307 房间的时候特别紧张，虽说是做皮肉生意的，但也不愿意随便被人强奸，直到那人拿出了厚厚的一摞钞票，她才放下心来。刚想开口说话，那人却抢先说道："你是不是到隔壁服务的？"

"是。老板，有事么？"

"时间不多，我长话短说，我是私家侦探，隔壁那个男的是我的目标。他有外遇了，他老婆托我搜集他寻花问柳的证据，将来离婚打官司的时候能多分点家产。我这里是两千块钱，如果你能帮我的话，这些钱就是你的了！"

"怎么帮你？"

男人拿出一个女式的挎包，说道："这个包里有一个针孔摄像机，只要把它放到床头柜上，对准你们的床就 OK 了。"

方燕薇犹豫了，两千块毕竟不是小数目，要被多少个男人搞多少次才能赚这么多钱啊？可是为了两千块冒这个险值得吗？摄像机一拍，拍到的不仅仅是嫖客，连自己都会拍到。

男人似乎猜出了方燕薇的心思，宽解道："这个视频不会流传出去，最多在法庭上放一下，你不要有太大的心理负担，两千块只是定金，事成之后，再出三千。那些明星当年拍三级片的时候，也没这么高的价钱，一次服务两个小时，这其中前戏后戏都可以不用拍，真正需要拍的，只有不到一个小时的时间。一个小时赚五千块，除了比尔·盖茨和李嘉诚，没人能和你比。"

方燕薇终于被男人说通了，详细询问针孔摄像机的用法之后，拎着挎包走到了隔壁……事毕，侦探验货之后，果真又给了她三千块。

方燕薇拿到五千块之后，毕竟心里不踏实，第二天就辞工回了老家，她要回去躲躲风头。没想到，都过去了一个多月，她以为已经风平浪静了，邓贤初却派人把她"挖"了出来。

听完方燕薇的故事，何少川问道："那个私家侦探长什么样？有什么特征？"

方燕薇回忆半晌，说道："那人黑黑的，瘦瘦的，长得像根排骨。左边嘴角一颗黑痣，上面长了一撮黑毛。"

方燕薇说话的时候，胡剑陵一直阴狠地看着她，这时候冷冷地说道："你以为你拍完那段视频就一了百了了吗？那段视频现在已经被人上传到网络上，全国两亿多网民都在找你呢！"

"啊？"

"不出几天，你的姓名、年龄、籍贯、老家地址、父母姓名都会被公布到网上，你父母一定不知道你在外面打什么工吧？那些以正义自居的网络暴民会打电话到你老家去，会辱骂你的父母，到时候，看你怎么向父母交代。"

方燕薇一听这话就急了，眼泪汪汪地问道："那……我该怎么办？"

何少川不满地看着胡剑陵，事已至此，何必还要刺激这个女人呢？他站起身来说道："是福不是祸，是祸躲不过，船到桥头自然直，现在何必杞人忧天？还是随遇而安的好！"

两人刚刚离开夜总会，何少川手机又响了，局里通知要立刻召开紧急会议。

这几天，110报警中心异常忙碌，很多人打来电话，说是收到了QQ诅咒，请求警察保护。接到第一个这样的报警电话，接线警员觉得市民是在打骚扰电话，义正词严地警告了对方；接到第二个电话，接线警员觉得市民是神经质，接到第三个电话，第四个电话……甚至一天接到上百个电话，接线警员紧张了，他意识到事态的严重性，立即报告了报警中心的刘主任。刘主任认为这不过是一出恶作剧，没有放在心上。可是第二天、第三天，这样的报警电话越来越多，刘主任不禁也紧张起来。他刚准备向郑局长汇报，谁知道郑局长先打来了电话。

"这几天，有没有接到QQ诅咒的报警电话？"

"郑局长，你怎么知道的？"

"操你妈的，"郑局长的臭脾气在警局是出了名的，"出现情况怎么不汇报？你马上给我滚过来！"

郑局长说完就摔断了电话，刘主任战战兢兢、提心吊胆地走进了郑局长的办公室。郑局长虎着张脸也不说话，只是瞪着刘主任，刘主任涎着张脸，低眉顺眼地说道："我正准备跟您汇报呢，我之前还以为是市民胡闹呢。"

"市民胡闹？所有的市民像商量好了似的一起来胡闹？是不是需要派兵镇压啊？"

刘主任被吼得一愣一愣的，他不明白郑局长是怎么知道有这么多报警电话的。只见郑局长扔过来一叠材料，说道："你看，兄弟省市都打来电话问是怎么回事了！"

那是公安局对外联络处的一份情况汇报，原来这几天北京、上海、广州、深圳、成都、武汉、宁波、哈尔滨……几十个城市的110报警中心都接到了当地市民的求助电话。当地警方核实之后发现，一切都源于本市的两宗未破的神秘案件。郑局长一查，这才发现戴景然和顾松云被杀一案竟然上网了！他据此推断，本市肯定也会接到这样的报警电话，果不其然！

刘主任束手而立，做出一副随时准备挨剋的恭敬相。这时候，门口一人大声喊道："报告！"

"滚进来！"

刘主任一见，来人是网络管理处的秦主任，他也是一副惶恐相，估计刚才也被郑局长在电话里剋过了。

"郑局长，我刚才问过了，我们前天就通知追远网把那个帖子删除了，只是他们一直没有执行！"

"没有执行，你们不会强制执行啊？关闭它的服务器，看它能追多久！"

秦主任还想搬出《行政许可法》来辩解几句，但是看到郑局长一副盛气凌人火冒三丈的样子，吓得不敢说了。他前天看到那个帖子之后，马上要求追远网的首席执行官薛沐波删除那个帖子，薛沐波当时就答应了，可是却一直拖延着不见动静。也是秦主任心存侥幸，心想那个帖子也不会掀起多大的浪来，晚几天删就晚几天吧，谁知道竟然这么火！

郑局长要求马上召开紧急会议，刘主任和秦主任战战兢兢地连忙布置去了。

半个小时后，会议在多功能厅举行。

何少川走进多功能厅的时候，会议已经开始了，郑局长正在咆哮："到底是谁把案发现场的照片泄露出去的？你们得了多少好处？《国家保密法》你们有没有学过？是谁干的？我限你今天晚上之前到我这里来认罪自首，来了，承认了，就算是人民内部矛盾，警告一下、停职几个月就算是处罚你了，如果不来，被我查出来了，我就把你送进监狱！"

郑局长说完，一拍桌子，震得整个办公室轰轰地响。

何少川不明白郑局长为什么发这么大的火，正准备小声问旁边的同事，只听郑局长在台上吼道："何少川，你给我站起来！"

何少川连忙立正站好，不知道郑局长要说自己什么。

"你嘀咕什么？"

"郑局长，我没有嘀咕啊。"

"你怎么回答上级问话的？在警校怎么学的？我看你们都把警察的纪律丢到爪哇国去了！看你那吊儿郎当的样，我看我们需要整风了！何少川，我再问你一遍，你嘀咕什么？"

"报告！我没有嘀咕！"

郑局长这才满意，继续问道："没有嘀咕，你把脑袋转过去干吗？"

"报告！我正准备嘀咕，就被您发现了，但是我还没嘀咕出来。"

多功能厅里传出阵阵窃笑。

郑局长依然虎着脸，巡视了全场，把窃窃的笑声压了下去，然后说道："坐下！"

何少川如释重负地刚刚坐下，只听郑局长又吼道："何少川！"

何少川腾地站起来，吼道："有！"

郑局长语气放得和缓了，打开电脑和投影仪说道："这些照片是谁泄露出去的？"

　　那是追远网的首页，除了嫖娼视频的抢眼大标题之外，还有一个标题也是触目惊心：《QQ诅咒网上流行网下杀人已有两人暴毙》，点击进入，作者竟然就是薛沐波的真名，熟悉追远网的都知道，薛沐波为了吸引更多流量，用真名注册了ID，用来跟网民们交流。而这篇文章竟然是他写的！文章里详细地描述了戴景然和顾松云的被杀现场，每一个细节跟警方掌握的一模一样，更令人吃惊的是，文章还配发了图片，戴景然那惊恐的表情，顾松云被撞烂的汽车……这些照片只有警方才掌握的，怎么会流失到薛沐波手上？为了吸引流量，这个薛沐波真是无所不用其极了！这篇文章不但泄露了案情，还说两个人死前都收到过一条QQ诅咒：

　　我是一个叫陈婷婷的girl，被绑架，后来死了。请你把这封信立即发给你的6个好友，1天后，你喜欢的人就会喜欢上你。如果不发，你就会在5天内离奇死亡！这条信息始于1877年，从未失误过。

　　薛沐波最后下结论说：

　　千万不要小看QQ诅咒，因为它很可能是真的。当你收到这条信息的时候，一定要及时发给6个好友，最好是马上打电话报警！

　　何少川记得，之前追远网上曾经有过这样一篇文章，但是那篇文章只是捕风捉影的推测，没有案发现场的详细描述，更没有那些恐怖血腥的照片，甚至作者也不是薛沐波。难道薛沐波不满意此前的帖子，自己又炮制了一篇？他的照片到底从哪儿弄来的？

　　"说话啊！"郑局长吼道！

　　"报告！我没什么好报告的。"

　　同事们再也忍不住了，哈哈笑了起来。

　　"坐下，坐下！"郑局长不耐烦地说道。

之后，报警中心的刘主任、网络管理处的秦主任、对外联络处的庄主任分别汇报了几天来关于 QQ 诅咒的情况，最后郑局长说道："这条 QQ 信息已经在全国引起了恐慌，兄弟省市都来质问我们到底是怎么回事，各位说说看，我们该如何处理这事？"

众人议论纷纷，开始献计献策，但是出的主意无非是在网络上登出启事稳定民心。可是，薛沐波的帖子说得言之凿凿，警方要澄清此事，必须提出有力的证据才行，也就是说，一定要用铁的事实告诉全国网民，戴景然和顾松云的被杀只是两宗普通的谋杀案，与 QQ 诅咒无关。他们收到 QQ 诅咒，只是一个偶然。

何少川觉得很可笑，难道全国网民都是糊涂蛋，相信什么 QQ 诅咒可以成真，相信什么超自然力？也许人的心是很脆弱的，在彷徨无助或者心中有鬼的时候，特别相信这些东西吧？

"何少川，你说说看，这个启事该怎么写？"

何少川无奈地站了起来，大声吼了声："报告……"

"行了行了，给你个棒槌你还当针了！不用报告了，你有什么想法？直说吧。"

何少川答道："QQ 诅咒里说，收到这条信息必须在 5 天内发出，否则会离奇死亡。但是电视台副台长顾松云被杀前并没有收到 QQ 诅咒，在他死后，他的老婆打开他的电脑才看到那条信息。这就是一个最有力的证据，凶手给顾松云发完信息之后，以为顾松云会看到，于是就杀了他，谁知道他并没有收到那条信息。"

郑局长点点头，对秦主任说道："你按着这个意思，写一个启事，送给市内各大网站。"然后又对庄主任说道，"小秦写完之后，你把启事发给兄弟省市公安局。"

布置完之后，郑局长又问道："追远网的事情应该怎么处理？"

在看到薛沐波那篇文章之后，何少川就知道他完蛋了。前几天他还牛 B 轰轰的，似乎天不怕地不怕，现在终于捅出娄子了吧？

秦主任说道："薛沐波涉嫌网上造谣传言，扰乱社会秩序，根据相关法规，应该处以十天的行政拘留！"

秦主任刚说完，多功能厅外响起一声清脆的"报告"声。

一个女孩子推门进来，刘主任认得那是自己的部下小雪。

小雪看了看刘主任，又看了看郑局长，不知道该向谁汇报。

郑局长虎着脸说道："小刘，你出去。"

刘主任红着脸走出去，只听他对小雪小声呵斥着："没见我开会吗？"

何少川看着刘主任失魂落魄窘迫不堪的样子暗暗好笑。一会儿，刘主任又慌里慌张地走了进来："报告，红鼎花园发生一起凶杀案。"

19.置顶之灾

贾美兰做了午饭给孩子吃了之后，匆匆地赶到红鼎花园。她是一名钟点工，每个星期五中午一点，她都要到2801房间打扫卫生，可是今天她按了半天门铃也没人开门。

这家主人生活一向很规律，给他做钟点工已经三个多月了，逢周五下午一点，主人总会等在家里，即便临时有事，也会提前通知她取消服务。今天是怎么回事？难道在家睡觉没听见？她又按了几遍门铃，可依然没人开门。她试着敲敲门，稍微一用力，大门却吱呀一声打开了。

贾美兰犹豫着走进屋，主人似乎并不在家。反正都是老主顾了，先把房间打扫了再说，回头跟他要钱！贾美兰这样想着，便走进洗手间，拿出扫帚、拖布开始打扫。

屋里有一股怪怪的味道，就像冰箱断电之后，冻肉腐臭了一样。她拿着扫帚走进主人房，臭味越来越浓郁了。她抬头一看，大叫一声"妈呀"，然后一屁股坐在地上，瑟瑟地发抖，眼前的一幕让她四肢百骸冰冷异常，每个毛孔都渗透了恐惧。

主人被杀了！

尸体吊在天花板上。

面部朝下，脸上的肌肉已经腐烂。

血液溅得满床都是，不过已经干涸。

贾美兰从没见过这么诡异的场面，呼吸都变得困难了，她连滚带爬地跑出了2801房间，急忙报了警。

十几分钟后，警车闪着警笛呼啸着开进了红鼎花园。

死者是薛沐波。

虽然尸体已经开始腐烂，但何文川还是一眼就认出来了，小区管理处提供的资料也显示2801的业主正是薛沐波。

天花板上钉了四个钉子，垂下四根钢丝，绑住了薛沐波的四肢。

置顶！

何文川立即想到了这个网络名词。

想到置顶，他便想到了胡剑陵！

如果采用这种方式杀人的话，无疑就是不满意薛沐波的所作所为。而最近，薛沐波启动人肉搜索，要查出激情视频的男女主角，胡剑陵会不会一时想不开走了极端呢？

经检查，致命伤在心脏处，是一刀致命的。

权聪根据尸体的腐烂程度，初步断定死亡时间是五天前。

"五天前？"何少川重复着。

薛沐波就是在五天前发的那个帖子。

也是在五天前，薛沐波参加了中国互联网经济年会，并发表了主题演讲。

电脑开着。

页面停留在《QQ诅咒网上流行网下杀人已有两人暴毙》的帖子上。

帖子下面没有跟帖，这意味着发完这个帖子之后，薛沐波就再也没有刷新，没有上过网。这同时也印证了权聪关于死亡时间的推断。

可是薛沐波从哪儿找来的图片呢？

唯一的可能是，杀害薛沐波的凶手就是杀害戴景然和顾松云的人。他拍摄了两人的被杀现场，来杀薛沐波的时候，应该是先把薛沐波绑架了，逼问他的账号和密码，然后用薛沐波的名字登录追远网发布了那个帖子。

如果这个推断成立的话，那胡剑陵就不会是凶手，因为五天来，关于激情视频的搜索依然在继续。如果是胡剑陵杀人的话，他肯定会以薛沐波的名义，要求追远网停止搜索！要停止其实很容易，只要把相关的帖子删除就可以了！或者是胡剑陵故意使的障眼法？那更不可能！假如胡剑陵杀人，那么目的只有一个，就是停止搜索！他现在几乎要崩溃了，如果有机会停止这种搜索的话，他绝不会放过的。再说，顾松云出车祸的时候，胡剑陵就在自己车上，他是没有时间杀人的。

那么凶手另有其人。

到底是谁呢？

蒋子良看过了小区管理处的监控录像，五天前没发现可疑人员进入电梯。

消防通道没有安装摄像头，凶手应该是步行爬到了 28 楼。

何少川坐在电脑前发呆，一阵"咚咚咚"的声音从音箱里传来。

那个声音太熟悉了，只要经常上 QQ 的人都知道，那是好友上线了。

薛沐波的 QQ 登录着。

他有没有收到过 QQ 诅咒呢？

刚才上线的好友叫"小迷糊"，QQ 号码正是 842110985。

何少川眼前一亮，急忙翻看薛沐波和"小迷糊"的聊天记录。

果然，最后一条聊天记录就是那个 QQ 诅咒。

我是一个叫陈婷婷的 girl，被绑架，后来死了。请你把这封信立即发给你的 6 个好友，1 天后，你喜欢的人就会喜欢上你。如果不发，你就会在 5 天内离奇死亡！这条信息始于 1877 年，从未失误过。

小迷糊在线，这是天赐良机！

蒋子良立即跟踪小迷糊的 IP 地址，迅速找到了小迷糊的所在地！

20.QQ 申诉

青云中学初三四班的教室里，德育课老师柳苗拿出一张报纸，展示给学生们看，报纸上印着一张大大的彩色照片。

"大家知道这是谁吗？"

学生们嘻嘻哈哈地笑了。

"知道！是程高希和章白芝。"

"对了，这就是最近闹得沸沸扬扬的'靓照门'事件的主角。今天的课呢，我们就讲讲如何进行自我保护，以及如何尊重他人隐私。"

之后，柳苗便把靓照门事件的来龙去脉如数家珍地说了一遍，虽然学生们对这事早就耳熟能详，但听着老师讲来，依然是兴趣盎然。

讲完事件之后，柳苗便告诉学生们，要尊重他人隐私，学会保护自己，并要求学生不要上那种很黄很暴力的网站，拒绝参与任何形式的网络暴力。

有学生问："老师，什么是网络暴力？"

"百度百科对网络暴力的解释是：网民在网络上的暴力行为，是社会暴力在网络上的延伸。表现形式有，网民对未经证实或已经证实的网络事件，在网上发表具有攻击性、煽动性和侮辱性的失实言论，造成当事人名誉损害；还有，在网上公开当事人现实生活中的个人隐私，侵犯其隐私权，对当事人及其亲友的正常生活进行行动和言论侵扰，致使其人生权利受损等等。比如靓照门事件，就是网络暴力的一种，还有最近追远网正在进行的一次人肉搜索，也是一种网络暴力。每个人都可能成为网络暴力的受害者，所以我们作为新时代的小公民，要自觉抵制网络暴力。"

下课后，还有学生追着柳苗问这问那，全是关于那几个明星的，柳苗觉得有些问题已经越过了讲义上的内容，于是笑而不答，只是告诫学生要好好学习，那些明星的生活是很淫乱的，不要把他们当偶像。

回到办公室，柳苗打开电脑上网，她惊喜地发现可以上 QQ 了。

柳苗检阅着好友名单，发现除了几个同学和同事之外，以前她加过的好友，很多都不认识了，有的还有点印象，有的一点印象都没有。

学校外面响起一阵急骤的警铃声，柳苗和几个老师好奇地走到窗口张望，只见七辆警车一字排开停在了学校门口。车门一开，几十个全副武装的警察冲下车，迅速进入学校。

老师们大吃一惊，不知道发生了什么天大的事。

过得片刻，十几个警察手握冲锋枪突然闯进了办公室，几个女老师吓得花容失色。

何少川的目光从左边转到右边，从右边又转到左边，犀利地打量着每一个人。屋里有七个老师，五个女的，两个男的，其中一个男老师长得高大魁梧，脸上写满了桀骜不驯。

学校的网络管理员小麦胆战心惊地走进来。

何少川拿出一张纸来，上面写着一个 IP 地址，问道："这是哪台电脑？"

小麦张望一下，指着一台电脑说道："那台。"

何少川走到电脑旁坐下，翻看一会儿 QQ，问道："这是谁的电脑？"

柳苗慌里慌张地说道："我的！"

话音一落，十几个警察的冲锋枪一齐对准了她，柳苗吓得一声大叫，不知道自己做错了什么。

何少川不禁一怔，怎么会是她？

一个女人连杀三人？而且竟然能把薛沐波吊在天花板上？不过这世界上，没什么事情是不可能发生的。他示意同事们把枪放下，然后问道："你是'小迷糊'？"

"是。"柳苗机械地点点头。

"不要慌，坐！"

柳苗顺从地坐在了警察对面。

"我是市公安局刑侦科的何少川，我们怀疑你与三宗谋杀案有关。"

"啊？"柳苗吃惊地张大了嘴巴。

何少川掏出三张照片递给柳苗，问道："说说看，你跟这三个男人是什么关系。"

三张照片，一个人脸上露出惊恐的表情，一个是车祸现场，一个是吊在天花板上的尸体。

柳苗一阵恶心，把照片还给何少川："他们是谁啊？我根本不认识他们。"

何少川微微一笑，拿着鼠标，点击着柳苗 QQ 的好友名单，分别把三人的 QQ 号码找到，说："这是被你注射了氯化钠导致猝死的戴景然，这是被你设计车祸撞死的顾松云，这是被你吊在天花板上的薛沐波。"

柳苗渐渐恢复了平静："对不起，我不明白你在说什么。我根本不认识他们，我也不知道他们是谁，我已经好久没跟他们聊过了。"

"这么说，你以前跟他们聊过了？"

柳苗一怔，说道："应该聊过吧。"

"聊的什么呢？"

"不记得了。"

"记性这么差？"

柳苗不满地看了一眼何少川："你有没有用过 QQ 啊？"

何少川呵呵一笑："拜托，是我在问你啊。"

"用过 QQ 的人应该都有这种体会，刚开始的时候不断地添加好友，有的人聊了几天之后就再也不聊了。随着时间的推移，好友们把昵称改来改去，于是所谓的好友一个个变成了陌生人。所以，我也不知道我什么时候把那三个人加为好友的，更忘记跟他们聊过什么了。"

"如果是几年前加的好友，你忘记了聊天内容倒也罢了，可是这几个人都是最近才成为你的 QQ 好友的，而这位薛沐波，是五天前加你为好友的。"

柳苗越发紧张，额头开始渗出汗珠。

"想起来了？"何少川乘胜追击。

而柳苗却恢复了平静，说道："何警官能不能让一下？我进信箱找几个邮件给你看。"

何少川往旁边让了让，不知道这个"小迷糊"要搞什么鬼。

柳苗打开信箱，找到几份邮件，都是腾讯公司发来的。

"何警官，你自己看吧。"

点开最近一封邮件，写的是：恭喜你，申诉成功。新的 QQ 密码是 1983liumiao……

何少川看了看柳苗，又打开了稍早前的一封邮件：对不起，你填写的资料不全，申诉失败。

再打开几封邮件，都是申诉失败的信。

柳苗说道："一个多月前，我的 QQ 号码被盗了，于是我通过 QQ 账号服务中心申诉找回我的 QQ 号码，上面的问题特别多，像经常使用这个 QQ 的地点，最后一次登录的时间和地点，第一次使用号码的时间和地点……问题那么多，很多我都忘记了，于是腾讯总是说我申诉失败，直到最后一次才成功。今天是我一个多月来第一次登录 QQ。"

"哈哈哈，"何少川笑道，"你的谎言编得倒很圆啊，谁不会故意填几次申诉表以混淆视听呢？难道你不知道腾达网吧安装了摄像头吗？你不知道你在腾达网吧上网的时候全都被拍下来了吗？"

何少川目不转睛地看着柳苗，他要诈一下她，看她有什么反应。但是柳苗却很疑惑地看着他，问道："什么腾达网吧？我从来不去网吧上网，更不知道腾达网吧在哪儿。"

蒋子良问道："你的 QQ 被盗后有没有杀过毒？"

QQ 盗号一般是木马所为，木马程序会生成一个表单发送给木马投放者。只要木马程序还在，就可以查出表单发给了谁。

可是柳苗说："电脑中毒了，当然要杀毒了！"

何少川无奈地站起来说道："对不起，打扰各位了，我们撤！"

柳苗此时却不依不饶："就这样算了？你们干扰我们正常教学，难道一句对不起就可以了吗？"

另外那个身材魁梧的男老师也嚷道："就是，你以为这是哪儿啊？这是学校，不是夜总会，不是你们想来就来的地方。拿着冲锋枪冲进学校，吓着学生怎么办？"

几天来，三人被杀线索全无，何少川本来就很火大，现在跳出两个刺头找他麻烦，骨子里那股嚣张跋扈的气焰又升腾起来，他挥挥手命令道："QQ 号码被盗不光可以通过木马程序，朋友、同事都有嫌疑。子良，你们留下几个人，把这几位园丁好好查查，"他看着那位男老师继续说道，"没准 QQ 号就是被一个老师盗走了呢！"

老师们气得满腹牢骚，却也无计可施，只好接受警察的盘问了。

21.绝对隐私

颜思曦的影子一直在眼前晃，忘记她是一件很困难的事。虽然上次答应离婚，可一想到今后要永远离开她了，胡剑陵还是痛不欲生。他经常想起第一次见到曦曦时的情景，那时，曦曦穿着一身洁白的 T 恤衫，脑袋后面扎着一个马尾，脸上挂着迷人的微笑："胡科长，我们要做一个关于城市管理的专题，希望能得到你们的帮助。"

曦曦的声音太甜美了，听着那天籁之音，胡剑陵觉得浑身都酥了。他总觉得以前在哪儿见过曦曦，也许是在梦里，也许是在前世吧？那种感觉太奇妙了，他整天沉浸在那种忐忑不安又充满期待的感觉里，渐渐他跟老婆越来越疏远，整个心里装满了曦曦的每一个微笑，每一句话，甚至每一个眼神。他曾经说他跟曦曦是五百年前的一对怨偶，触犯了天界，被罚五百年后才相遇。曦曦当时依偎着他的胸膛，甜甜地埋怨道："没准儿，以前我们就曾见过面，只是匆匆路过了。而你却不再等我，急吼吼地结婚了。"

现在想起那一幕，胡剑陵觉得甜甜的，酸酸的。这五百年前的怨偶啊，难道还要再等五百年吗？他没有勇气去找曦曦了，每天只是徒劳地打着电话，但是颜思曦关机了，到后来，话筒里传出提示音：对不起，您拨打的号码已停机。

曦曦换手机号码了！

胡剑陵打开电脑，登录 QQ，他要在线上找曦曦，他要在网上跟曦曦一诉衷肠。

　　QQ一登录，一个小喇叭马上闪烁起来。点击，是一条好友申请，胡剑陵看也不看就通过了。

　　可是，小喇叭还在闪。又是一条好友申请，胡剑陵又通过了。

　　小喇叭依然闪个不停！

　　还是一条好友申请？胡剑陵很纳闷，今天是怎么了？我什么时候成大众情人这么受欢迎了？

　　他拒绝了，他不需要那么多好友。

　　拒绝之后，小喇叭依然闪烁。他不停地拒绝，小喇叭不停地闪……他点击拒绝一百多次了，小喇叭就是没有消停的时候。

　　方才加进来的一个好友"强悍男人"发来了一条信息。

　　你是胡剑陵吗？

　　既然知道自己的名字，也许就是哪个同事吧？胡剑陵跟他聊了起来。

　　——我是。
　　——哈哈哈，兄弟，你厉害啊！
　　——什么意思？
　　——你搞鸡时的动作太潇洒，太完美了。
　　——你他妈什么意思？
　　——没什么意思，就是崇拜你而已。108式，你是不是都试过了？
　　——你是谁？
　　——我是你粉丝啊！

　　胡剑陵气得立即把"强悍男人"拖到了黑名单里。

　　接着，另外一个刚加入的好友"温柔一刀"也发来了信息：

　　你真是个畜生啊！嫖娼真的那么有意思吗？你对得起你老婆吗？你就是个

人面兽心的人渣，你这种人应该被枪毙。

胡剑陵气吼吼地把"温柔一刀"也拖到黑名单里。

QQ的小喇叭还在跳跃着。

胡剑陵猛然想到，QQ号码泄露了！他赶紧拿出手机向何少川求救，一个陌生的手机号码却拨了进来。

"是胡剑陵吗？"

"我是，你是哪位？"

"我是你粉丝啊！"

"什么粉丝？"

"什么时候教我几招御女术吧。"

完了，全完了！手机号码也泄露了！

他不耐烦地挂断电话，马上拨打何少川手机，可是号码还没输完，又一个电话打了进来。

"嗨，老大！问候你们全家啊，祝你们全家得梅毒淋病艾滋病……"

胡剑陵的整个世界坍塌了，他绝望地闭上眼睛，可是手机铃声依然不断。他狠狠地把手机往地上一摔，机身和电池脱离，手机屏幕也被摔坏了。

手机终于不响了。

可是，家里的固定电话又叫了起来。

他犹豫着，不知道该不该接听，站在电话旁好久，他才鼓起勇气拿起了话筒。

"王八蛋，你竟然搞我闺女，哈哈哈，什么时候也让我搞一下啊！"

胡剑陵觉得天旋地转，他再也不能忍受这种折磨了，拿起电话用力地摔在地上，看着电话变成了一堆七零八落的碎片，他才感到安心。

可是，电脑上，QQ的小喇叭还在不断地响。

嘀嘀嘀的声音，本来多么清脆悦耳，此时却变得如同电闪雷鸣。

胡剑陵的耳朵里灌满了小喇叭的声音，每一次响起，都冲击着他的耳膜，震撼着他的神经……

他恐惧地看着电脑。

不，那已经不是一台电脑，而是一个怪物，一个妖精。

那个怪物随时都会把自己捏成齑粉。

看啊，它的森森白牙已经露出来了！

看啊，它的嘴角挂着一丝涎水！

看啊，它的眼睛里流露出凶狠的笑容！

……

胡剑陵不敢再看了，他夺路而逃！他要到楼下的公用电话亭打电话，他要向何少川求助。可是，刚打开房门，几十张纸片纷纷撒落下来，原来那些纸片本来塞在门缝里，一开门，全飘下来了！

赞叹、辱骂、诅咒……

每张纸条上都写满了字。

家庭地址也泄露了！

再看门面上，贴着一张大幅照片，正是他奋力耕耘的妓女方燕薇的截图！

他一把将照片撕下来，匆匆忙忙跑下楼。

这个家不能待了！

找到公共电话亭，拨打了何少川的电话。话筒里传来嘀——嘀——的拨号音。

每一秒钟的等待，胡剑陵都觉得度日如年。

终于，电话接通了，何少川压低了声音说道："我忙着呢，待会儿电话你！"说完不由分说地挂断了电话，胡剑陵捧着脑袋蹲在电话亭旁。

第四章 黑客

　　"小迷糊"上线一共五次，五次上线，分别给戴景然、顾松云和薛沐波发送了QQ诅咒，又给姚冰发送了胡剑陵的照片，最后又上线接收姚冰传来的"激情视频"。

22.黄雀在后

傍晚时分，倦鸟归巢。

姚冰车停在电视台对面已经等了很久了，一辆辆小汽车从电视台大门鱼贯而出，他目不转睛地看着每辆车的车牌号码。终于，目标出现了，那是一辆新款的别克君越3.0，他马上启动引擎，慢慢地跟了上去。

别克君越出了电视台大门，驶上城市的快速道，不疾不徐地向前行驶。大约开了二十多分钟，别克君越在一个商业银行门前停了下来，路边树荫下站着一位长发飘飘的女子，对襟白色小褂，黑色短裙，黑色丝袜，黑色的高跟鞋……女子打扮得楚楚动人。但是姚冰没心思欣赏女子的美，他忙把车停下来，从副驾驶座位上拿起一个高倍数码照相机，对准了长发女子，啪啪啪地按着快门。女子袅袅娜娜地向别克君越走去，优雅地拉开车门，头一低钻了进去。透过别克君越的后挡风玻璃，姚冰看到车上的一男一女吻在了一起，快门继续啪啪啪地按着……

两人激情了一小会儿，嘴唇分开了，别克君越继续往前行驶。

姚冰微笑着跟了上去。

这座钢筋水泥的城市啊，到底隐藏了多少的罪恶与激情，到底有多少女人在出墙，多少男人在寻欢。从事这份工作以来，他已经拍过十几次偷情照片了，不过这次主人公的身份更具轰动效应，那是电视台体育频道的主持人江文武。提起此人，在本市可以说是无人不知无人不晓，他主持的足球节目收视率一直高居不下，但是没想到这个江文武竟然背着老婆在外包养情人。

他跟着江文武的别克君越在钢筋水泥的森林里穿梭了一会儿，便一踩油门越过了江文武的车，一会儿在一个城中村村口停了下来。在接到这个订单之后，姚冰先是摸清了江文武包养情人的所在，然后自己又租了隔壁楼的一室一厅。他很鄙夷江文武，心想一个主持人应该不缺钱啊，跑到城中村来包养情人，也太节约成本了！

回到自己租的房间之后，他马上拉下窗帘，架好相机，镜头对着隔壁楼的窗户，那正是江文武的第二个家。城中村里，楼与楼之间距离非常近，两栋楼的住户伸出手来就能握个手，所以被称做"握手楼"。正因为如此，在这里拍摄，角度非常好。

对面房间卧室的门打开了，江文武和女人一进门便紧紧地拥抱在一起，女人的双臂勾住了男人的脖子，头微微仰起，火热的嘴唇凑了上去。

男人应和着，将女人紧紧地箍在怀里，舌头像蛇一样缠绕在一起。爱情的火焰在两人体内燃烧，欲望的火焰在房间升腾。

姚冰看得口干舌燥，手指却没有停下，一个劲地按着快门。

两人拥抱着，热吻着，一起倒在了床上。

江文武脱掉了女人的衣服，一对俏生生的乳房像两只小兔子一样弹了出来。可就在这时候，女人看了看窗户，江文武快步走过来。姚冰吓得心脏怦怦直跳，生怕被江文武发现。还好，江文武只是快速地拉上了窗帘，又返回到床上。透过窗帘缝隙，可以看到四条腿纠缠在一起，一会儿紧绷绷的，一会儿软绵绵的，姚冰看得索然无味，收起相机离开出租屋，回到了车上。坐在驾驶座上，姚冰开始检查战果，热吻的照片比比皆是，虽然没有做爱的场面，但是那几张脱衣服的照片已经足够说明问题了。

明天把照片一交，马上就可以拿到两万块钱的现金，做私家侦探这么多年，他是第一次遇到这么好的雇主。一般来说，像这种调查"第三者"的定金是3000元，事成后再付5000元。估计是男人的老婆已经出离愤怒了，或者根本就不了解行情。女人真是一种可怕的动物，当她们发现自己上当受骗时，倾家荡产地进行报复也在所不惜。

他得意地收起相机，正准备启动引擎，却听后座传来一阵短促的手机铃声，他正疑惑着，却听后座有人接听了电话："我忙着呢，待会儿电话你！"

姚冰大惊失色，急忙转过头来，却看到一个戴着墨镜的年轻人玩世不恭地微笑着，只听他致歉道："对不起，接个电话。"

"你是谁？"姚冰慌里慌张地问道。

年轻人却嬉笑道："这些照片很经典啊。"

姚冰心中一紧，身子就像僵住了一般不敢动弹，他知道坏事了，行踪暴露了。江文武肯定是早已发现了自己。他颤抖着问道："你到底是谁？我不认识你。"

"我认识你就够了，姚侦探！"

"你……你认错人了，我……我不姓姚。"

年轻人始终挂着不可捉摸的微笑："不会，我怎么会认错人呢？就凭你嘴角这撮黑毛，我也知道你就是大名鼎鼎的姚冰姚侦探。"

"你……你想干什么？"

"呵呵呵，没什么，就是想看看艳照。"

"你要删就删吧，"姚冰将相机递给年轻人，"这是我的工作，我也是受人之托。"

年轻人乐呵呵地接过相机翻看着照片，时不时地发出一声声惊呼——

"哇，好激情啊！"

"哎哟，这张好这张好。"

"靠，这身材真是一级棒啊，啧啧啧。他妈的，当个主持人就是爽，什么正点的妞都能搞到手。"

……

听着年轻人的话，姚冰疑窦丛生，壮着胆子问道："你不是江文武派来的？"

"江文武？他算个屁，还能派我！"年轻人说着将相机还给了姚冰，照片一张没删，"受人之托，就该忠人之事，你怎么能随便让我把照片删除呢。"

"呵呵，"姚冰干笑几声，"我以为……我以为你是江文武的人呢。"

"小姓何，何少川。"年轻人主动地自我介绍。

那天在夜总会得到了私家侦探的相貌特征之后，何少川立即遍撒英雄帖，要求他的线人帮忙寻找这个嘴角长着一撮毛的侦探。姚冰长得实在太有特色了，所以何少川很快就掌握了他的资料和行踪。当姚冰跟踪江文武的时候，何少川好奇心大起，心想这个知名的主持人难道也有外遇？于是便跟着姚冰一起来到了这里。

见何少川似乎并无恶意，而且与江文武毫无瓜葛，姚冰心里踏实了："何先生有什么事吗？"

　　何少川并不回答姚冰的问题，而是说道："如果我没记错的话，公安部早在1993年就发布了《关于禁止开设"私人侦探所"性质的民间机构的通知》，严禁任何单位和个人开办私家侦探社，只有公、检、法才有调查权。你现在的行为，就是侵犯他人隐私。"

　　为了钻法律的空子，姚冰公司的营业执照上只写了"信息咨询"的字样，根本没敢提什么"私家侦探"，但做的却是私家侦探的事。他又开始紧张起来，这个何少川就是来找碴的！难道是敲竹杠的？

　　何少川却呵呵一笑："别怕，我不是来找麻烦的。现在私家侦探这么多，说明有市场需求，你说是不是？"

　　姚冰尴尬地点点头。

　　何少川却突然问道："你去夜总会偷拍过吧？"

　　姚冰脸一红，本能地否认："没有啊。"

　　何少川掏出一张照片递过去："这是视频截图，你敢说这不是你拍的？"

　　"没有，我没拍。"

　　"姚冰啊姚冰，下次要是想隐藏自己的行踪，你就去医院把那颗黑痣连着那撮黑毛，一起用激光点了。我再问一遍，你真的没拍？"

　　"是我拍的，又怎么样？"

　　"没什么，查清楚就行了。谁让你干的？"

　　"我不能说，我要对我的客户负责。"

　　何少川笑了笑，掏出了警官证在姚冰面前晃了晃："识字吗？"

　　"您……您是警察？"

　　"怎么样？还要对你的客户负责吗？"

　　姚冰支吾着说道："我……我……我不知道。"

　　"你真是敬酒不吃吃罚酒啊！"

　　"不，不是的，我是真的不知道，"姚冰忙不迭地解释着，"我只是收到一条短信，约我上线聊聊，于是我们就在QQ上聊了。她给我发来她老公的照片，要我拍摄一段他嫖娼的视频，所以我就去拍了。自始至终，我都没见过她。”

“嘿嘿，没见过她？那你怎么知道那是他老婆？”

“她在 QQ 上说的嘛！除了男人的老婆，谁还会去拍他嫖娼啊？”

“那她怎么给你钱啊？”

“我们约好了，在市政府附近的天桥旁有一个垃圾桶，她把钱放到垃圾桶里，我就去取。”

“她长什么样？”

“不知道。”

“嗯？”

“真的不知道，当时人来人往的，我只看到一个捡破烂的在那里翻过，当时还特担心万一他把钱拿走了怎么办？后来又看到一个小孩往垃圾箱里扔了一个纸袋子，刚投进去，我就收到了短信，说是钱已经放进去了。我赶紧过去拿出来，一看果然是钱。拿到钱后，我就在 QQ 上把视频文件传给她了。”

何少川觉得事态越来越严重了，整胡剑陵的人绝不是普通人，此人心思缜密滴水不漏，自始至终都没有露面。也许只有那个往垃圾箱里扔钱的小男孩看到过他，但是要找到那个小男孩简直就是大海捞针。人家是“山重水复疑无路，柳暗花明又一村”，他刚好反过来了，是“柳暗花明刚见村，山穷水尽又无路”。不但调查胡剑陵激情视频如此，调查那三宗谋杀案也是如此！真他妈点儿背！

“那人的电话你还有吧？”

姚冰查阅通讯录，找出了那人电话，何少川看了看，是个神州行的号码，估计又是竹篮打水一场空了。那人心思如此缜密，这个号码肯定已经不用了。他拨打过去，果然，语音提示是空号。

“那人的 QQ 号码，你还记得吗？”

“号码不记得了，但是昵称还记得，叫什么‘小迷糊’。”

“小迷糊？”何少川顿时愣住了，难道就是那个发送 QQ 诅咒的“小迷糊”吗？QQ 昵称重名虽然很多，但不会这么巧吧？“小迷糊”连杀三人，又拍摄胡剑陵的嫖娼视频，他到底意欲何为？

何少川递出一张名片，说道：“你回去看看小迷糊的 QQ 号码是多少，打电话告诉我。这事很重要!"

姚冰连连答应着。他这是在跟警察合作了,没准,还能就此找一个警察做靠山呢。这对一个私家侦探来说,是可遇不可求的天赐良机。

23.离婚

何少川回到家的时候,胡剑陵正失魂落魄地坐在家门口等他。听说胡剑陵的信息已经被公布到网上了,何少川大吃一惊,他没想疯狂的网络暴民这么快就把胡剑陵挖出来了,赶紧开门进屋,打开电脑,进入追远网,首页同时出现两个大标题。

一个是《激情男主角系城管局公务员》。

一个是《本网首席执行官遇害,死前收到 QQ 诅咒》。

看来,薛沐波虽然已死,但是他的经营理念却原封不动地被追远网继承下来了,甚至连自己网站的首席执行官遇害,也拿来大肆炒作一番。薛沐波地下有知,不知道该自豪还是该悲哀。

《激情男主角系城管局公务员》的帖子下面,详细介绍了挖出胡剑陵的经过。先是某网友认出那是本市的一家夜总会,接着大伙开始唧唧喳喳议论不休,最后有人报料称,在一次搞少儿城管宣传活动时见到过这个人,当时活动还没开始,他五岁的儿子就急着要去玩一个城市环境管理的小游戏,但是被视频上这个人严厉制止了,说是要等领导。接着,隔了几层楼,有人回应此事说,的确在那次少儿城管宣传活动中见过男主角;之后,线索越发明朗,有一个自称是记者的网友说,一次跟着城管局去郊区采访,结果由于他们采访时间长,视频上这个人就把他们丢下了,他们采访完之后到处打听公交车在哪儿,这才回到了市区。这个记者还算留口德,没说出胡剑陵的名字。可是随后一个"云飞过"的 ID 完全公布了胡剑陵的所有信息,姓名、民族、年龄、籍贯以及

QQ 号码、手机号码、家庭电话、家庭地址……一应俱全。到此为止，胡剑陵已经被脱得光溜溜的了。可是之后，网友们似乎并不满意，继续深挖，有人把他的履历全部曝光了，父母是谁，是干什么的，父母家电话是多少，有几个兄弟姐妹等等，以及小学是在试验小学就读，初中在南门中学，高中在江陵中学，大学在江汉大学……

胡剑陵看着盖了几百层楼的帖子，表情越发僵硬了，坐在椅子里一动不动，喃喃地说道："报应啊，都是报应啊！"他紧紧地捂住脸孔，使劲地揉着额头，陷入了痛苦的思索，良久才抬起头来，茫然地问道："少川，你有没有参与过这种网络暴力？"

何少川微微叹了口气没有言语。

网络暴力，他是参与过的，他曾经也是一个网络暴民。

五年前，他上警校的时候，出了一件小事——某电视台的新闻里播出了一段关于学生素质亟待提高的报道，其中采访了一个只有十几岁的女学生，女学生语出惊人地说："凭什么我给老头老太太们让座？他们就不该出门。"

这一新闻播出之后，全国网民愤怒了，人肉搜索引擎随即启动，搜索出了这个女学生的详细资料。当时，何少川激情盎然地发表了几篇文章，对女孩子进行无情地抨击。由于文笔犀利泼辣，分析细致入微，他的几篇文章都被版主置顶。

事情过去一年后，冷静下来的何少川觉得太过火了，要知道那只是一个小小的中学生，她可能说的是不对，但是我们应该允许孩子们犯错误，他们毕竟还小啊。这样无情地谩骂一个孩子，不知道会对她的心理造成什么影响。于是，他又写了几篇文章，一是悔过，表示歉意，二是呼吁网友们重视他人的隐私权，不要再用流氓的手段去欺凌弱小了。但是这次，他的帖子很快就石沉大海了。在这个暴力充斥网络的时代，这种温吞吞的帖子是不受欢迎的。工作后，他渐渐忘记了这件事，如今被胡剑陵一问，心中又不禁一痛。

他没有回答胡剑陵的问题，而是拨通了蒋子良的电话，他请蒋子良帮忙，查出 ID"云飞过"的 IP 地址。

"剑陵，别担心，事情总是会过去的。查到 IP 地址之后，我们就能知道是谁泄露了你的信息，泄露信息的人，很可能就是找私家侦探偷拍你的人。"

胡剑陵默默地点点头，此时他已经六神无主了。

"这几天，你就别回家了，就住在我这里吧。"

胡剑陵木讷地点点头。

看着胡剑陵的样子，何少川更加自责了，他不知道五年前被他伤害的中学生，是不是也像胡剑陵这样失魂落魄过。

手机响了，是颜思曦打来的。

"是少川吗？"

"哎呀，嫂子啊！你找剑陵吗？"

"不要叫我嫂子了，如果愿意跟我做朋友的话，就叫我曦曦好了。胡剑陵在你那儿吗？"

"在，在，你找他吗？我把电话给他！"

"不用！我就在你家附近，我来找他。"

"好，好，欢迎欢迎。"

放下电话之后，何少川说道："剑陵，曦曦要来找你。你好好表现着，也许还有和解的机会。"说完之后，何少川竟觉得心里微微有点酸。

听到颜思曦来找他，胡剑陵的眼泪忍不住流了出来，他抹一把眼泪，问道："她会原谅我吗？"

"人非圣贤，孰能无过？我想，她会原谅你的。"

门铃响了，胡剑陵按照何少川的指示，挤出一个笑脸，把门打开："曦曦，好几天没见，你瘦了。"说罢，又忍不住流下了眼泪。

颜思曦看了看胡剑陵，又看了看何少川，眼圈也红了红，但还是忍住了。她走进客厅，跟何少川打了个招呼，便开始数落起胡剑陵："你真是造孽啊！叔叔阿姨那么大岁数了，也要跟着你担惊受怕！"

"啊？爸妈他们怎么了？"

"他们的电话在网上公布了，今天都打爆了，很多人骂他们，嘲笑他们。"

胡剑陵一听，眼泪止不住地哗哗流淌："我……我真是畜生啊！我不是人！"

"你知道就好，你这是造的哪门子孽？你这种人活着只能给人带来痛苦！老两口打你电话找不到你，去你家找你，只看到门上贴满了纸片，只好到杂志社找我，让我告诉你……”

胡剑陵嗷嗷大哭着，他痛不欲生，恨不得一刀了断了自己。

何少川听着，胸口突然一阵酸楚。颜思曦既然这么数落、痛骂胡剑陵，就意味着还有和好的可能。女人就是这么怪，如果她骂你，那说明她关心你，所谓打是亲、骂是爱嘛！当她对你一点不理不睬的时候，那才是彻底的没戏了！这时，他插话说道："嫂子，剑陵遇到了人生最大的难关，这时候，他最需要家庭的温暖、朋友的关心，尤其是你的原谅。你看……是不是就原谅了他？"

颜思曦幽怨地看了一眼何少川，长长地叹了口气："我无法忘记他跟那个妓女在一起时的情景，你知道吗？那个画面几天来一直在我眼前上演，闭上眼睛，耳边全是他们的叫声，你让我怎么原谅他？"她从包里掏出几张纸来，递给胡剑陵，"这是《离婚协议书》，你看看，如果觉得没问题的话，就签个字。"

"唉，嫂子，这事可以缓一缓，大家都冷静几天……"何少川犹豫着劝解道。

胡剑陵断然说道："少川，什么都别说了。我不想让曦曦一直活在这件事的阴影里。也许只有离婚，才能减少对她的伤害。曦曦，我对不起你！"胡剑陵说完，接过笔在《离婚协议书》上签下了自己的名字。

看着胡剑陵痛不欲生的样子，颜思曦也有点哽咽了："剑陵，你多保重！"说完接过《离婚协议书》离开了何少川家。

夜色阑珊，城市里灯光璀璨。

一段痛苦的还没有开始的婚姻就这样结束了。

我还会有新的生活吗？我还能找到幸福吗？也许幸福早已离我远去了。

马路上人流熙熙攘攘，颜思曦不经意间回头，只见一个人影迅速躲到了一棵树后。颜思曦不以为意，继续往前走，可是当她再次回头的时候，那个人影又迅速地躲开了。

她被人跟踪了！

24.爱情在飞翔

孔步云坐在星巴克点了一杯焦糖玛奇朵，喝着咖啡，看着杂志。其实他的心思根本不在杂志上，脑海里装得满满的都是颜思曦的影子。这几天，他特别快乐，因为他经常跟颜思曦一起吃饭、泡吧、逛街、看电影。在外人眼里，他们已经像是一对小情侣了，在孔步云心里，又何尝不这样想呢？

他觉得上天真是太眷顾自己了，正当他的爱情穷途末路的时候，正当他看着心爱的姑娘马上成为别人的新娘的时候，一切都在瞬间逆转了！

下午他陪着颜思曦来到了民政局，询问了《离婚协议书》应该怎么填写，当时他心中满是激动和喜悦，曦曦要跟胡剑陵彻底地脱离关系了，她马上就要投到我的怀抱了！

填完《离婚协议书》后，他本来要陪着颜思曦一起去找胡剑陵的，但是颜思曦说："算了，你去干吗？找难堪吗？"

孔步云的脸又红了，他实在是太欠考虑了。

颜思曦让他在星巴克等她，说很快就办完了。可是，曦曦去了那么久，怎么还没回来呢？孔步云坐立不安，时不时地张望一眼门外。他太担心了，他怕颜思曦见到胡剑陵后，心肠一软，放弃了离婚的打算。她会不会当场撕掉《离婚协议书》，然后把自己忘记在星巴克呢？

透过星巴克的落地玻璃窗，他似乎看到了曦曦的身影。

高挑的身材，袅娜的步态。

T恤衫，牛仔裙。

清爽，利落，阳光。

他寻思着，什么时候大着胆子抱抱她，亲亲她。

颜思曦突然停住了脚步，回头张望了一眼。

孔步云并不在意，可是后来，颜思曦明显加快了脚步，而且时不时地回头看一眼。

出什么事了？

孔步云连忙走出星巴克，看着远处的颜思曦。

他看到了，颜思曦身后跟着一个鬼鬼祟祟的人，他一直尾随着颜思曦，可是当颜思曦回头的时候，他便马上躲进阴影里。

难道是胡剑陵？

只见颜思曦毅然地转过身，走到那人面前。

那是一个畏畏缩缩的老头，穿着一身破破烂烂的衣服。

他向颜思曦伸出了手，大声地说着什么。

孔步云见状，赶紧冲过去："曦曦，怎么了？"

颜思曦不耐烦地说道："没什么，一个神经病。"

老头满脸皱纹，满嘴酒气，浑身散发着汗臭味。

颜思曦挽起孔步云的胳膊说："走吧！"

孔步云的脸又红了，心跳也跟着加快了！曦曦这样做，是不是等于接受了他？是不是等于答应做自己的女朋友了？他步伐轻松愉快起来，整个人感觉像是在飞翔。

是人在飞，还是爱情在飞？不，是人的心在飞。

他情不自禁地篡改了慧能禅师那句著名偈语。

糟老头却不依不饶，大声叫着："我对不起你啊……"

颜思曦回过头来，大声吼着："老人家，你认错人了！"

糟老头停下了脚步，呆呆地看着颜思曦离去的背影，喃喃地重复着："像，真像。"

摆脱了糟老头，颜思曦突然转头问道："哎，你怎么也不问一下我事情办得怎么样了？"

孔步云一直沉浸在幸福之中，这时候才回过神来："哦，对了，办得怎么样了？"

颜思曦春光满面，咯咯地笑了起来："你呀，真呆！挺顺利的，他签字了。"

"哦，好，好。"

颜思曦突然停下了脚步，面向孔步云，神情也变得严肃了："步云，我现在已经是一个离过婚的女人了，你会嫌弃我吗？"

孔步云又摆手又摇头："不，不会，我爱你，我会永远都爱你的。"

"爱我？爱我要付出代价的！"说罢，颜思曦便去挠孔步云痒，孔步云最怕痒了，被颜思曦突然出击，痒得嘎嘎笑着到处躲避。

颜思曦说："笑一笑嘛，不要整天绷着张脸。"她寻思了一会儿，又说，"嗯，不错，怕痒的男人会疼老婆。"

孔步云终于大着胆子一把抱住了颜思曦："我会一直疼你的。"

"好了，知道了，我们看电影去吧。"

"好啊。"

"不过得快点儿，看完电影我还有事呢。"颜思曦掏出手机看看时间。

"这么晚了，还有什么事啊？"

"哎呀，你别管了，快走了。"颜思曦推着孔步云往前走。

肌肤相触，孔步云心里喜滋滋的。

"对了曦曦，我刚才在星巴克看杂志，说是慕容瑾要来开演唱会了。"

"慕容瑾？"

"就是那个非常火的歌手啊，最近很多报纸都说，她是靓照门的女主角之一。"

"她呀！好，来得好，"颜思曦说道，"我特别喜欢她，我们去看演唱会吧！"

"嗯，我们明天晚上一起吃饭，吃完饭我们就去买票。"

颜思曦面露难色："可是明天晚上我有事啊。"

孔步云有点失望，脸色也红了，初恋中的人总是这么敏感。颜思曦看出了他的心思，打了一拳："你呀，别胡思乱想了，老同学聚会而已。"

孔步云这才绽放出了笑容，两人说笑着往电影院走去，空气中充满了爱情的味道。

25.IP 地址

胡剑陵的事情闹得沸沸扬扬，办公室里交头接耳，谈论的都是胡剑陵的嫖娼事件，甚至三五扎堆，凑在电脑前看那段激情视频。没参加胡剑陵婚礼的同事本来很遗憾，现在他们总算大饱眼福了。

马培安局长这几天的心情特别低沉，胡剑陵毕竟是手下爱将，正准备提拔他，没想到他却捅出这么一桩丑闻。之前处长被双规，牵连着他也被纪委问了几次话，本来已经够倒霉了，现在又碰上手下嫖娼这事！他本来以为这事到此为止，可是谁能想到，人肉搜索引擎启动了，胡剑陵马上被曝光了。让他更没想到的是，胡剑陵的激情视频事件，已经从网络向传统媒体蔓延。早晨开车上班的时候，他听到广播里也报道了这事；一进办公室，桌子上厚厚一摞报纸，每份报纸的封面上都登出了巨幅的彩照，写着醒目的标题：《城管局公务员性爱视频网上流传》、《激情视频男主角疑似城管局一科长》……

每一篇报道都详细地叙述了激情视频的内容和在网上流传的情况，每一篇报道都说："经过网友的搜索，性爱视频的男主角可能是城管局负责宣传的一个科长。"

报纸上为什么不写"嫖娼视频"？这是有原因的。

所谓嫖娼，不是说跟妓女做爱就叫嫖娼，做完爱之后还要给妓女钱，这才叫嫖娼。视频里只有做爱的画面，没有付钱的画面，也就是说没有进行交易，那嫖娼就是不成立的。网络上随便怎么说都行，一旦见了报，白纸黑字的，编辑就得谨慎一点，所以一概称为"激情视频"或是"性爱视频"，正文里也只能说"网友怀疑其在嫖娼"。

本来马培安一直担心公安部门会过问此事，要知道，嫖娼是违法行为，轻则罚款，重则拘留。那样一来，胡剑陵就真的完了！看了报道之后，马培安心里稍微踏实一点儿，虽然胡剑陵提升没指望了，但是保住这个饭碗还是可能的。

正在这时，办公室的门敲响了，一个大个头、大脑袋、嘴角生疮的男子走了进来，正是熊冠洋。他点点头，哈哈腰，满脸堆笑，叫了声："马局长。"

"什么事？"马培安和颜悦色地看着他，尽量不显露出自己的无奈和沮丧。胡剑陵完了，法规处处长的位子非熊冠洋莫属了。这个小伙子虽然比胡剑陵稍逊一筹，但是工作能力也是一顶一的。

"马局长，有个事情要汇报一下。我这手机从昨天晚上开始一直就响个不停，快被打爆了，电视台、电台、报纸的记者都联系我，说要采访您……"

"采访我什么？"

"嗨，还不都是关于胡剑陵的事？"

"这些人……这些人……真是唯恐天下不乱啊！"

"是，这些个记者，都是这副德行，都被我挡回去了。而且，我早晨跟每个科室的处长、科长都打了招呼，约束手下的人，一概不能接受媒体的采访。"

马培安赞赏地点点头，心想这小子处变不惊，堪当大用啊！

熊冠洋又说："马局长，您看是不是给市委宣传部打声招呼，禁止媒体炒作胡剑陵的事，媒体都得听宣传部的。"

马培安越发赞赏熊冠洋了，自己看到报道之后，就知道心烦意乱，竟然忘记这茬了。去年一个城管队员把一个卖鸡蛋的老太太打伤了，当时全市媒体都在指责城管局无法无天，后来也是得了胡剑陵的提示请宣传部出马，才封住了媒体的嘴平息此事。现在一听熊冠洋的话，他马上操起电话，拨通了市委宣传部新闻出版处赖关金处长的电话。

尽管通话双方都知道对方的真实意图是什么，但是话还要说得婉转，马培安从精神文明建设、从社会稳定等大局出发，请求赖处长帮忙，停止对胡剑陵事件的议论和报道。而赖处长，一个电话就能赚回一个天大的人情，自然是乐此不疲，连声答应了。

放下电话，马培安觉得该对熊冠洋说点什么了，想了想，便又玩起了说三分留七分的老把戏："小熊啊，今年多大了？"

"再过几个月就二十八了。"

"嗯，年轻啊！年轻就是资本，像我们这样都老啦。"

"马局长，您可千万别这么说，您年富力强，城管事业可不能没有您啊！"

"哈哈哈。那个什么……胡剑陵是你同学？"

"是，中学同学。"

"哎，人啊，一失足成千古恨。你有空劝劝他，让他想开点儿，不要有那么大的压力，老同学嘛，说话也方便一些。城管宣传工作任重道远，还需要他早点回来上班，多出出主意嘛！"

马局长虽然还在夸奖胡剑陵，但是熊冠洋已经听出了弦外之音，胡剑陵回来还得继续搞宣传工作，那法规处处长的位子自然没他什么事了。但是熊冠洋并不满意，他觉得有必要再诚恳地损老同学几句，于是说道："是，是，我没想到他能做出这种荒唐事来，我抽空一定得跟他谈谈。其实他人挺好的，也就是一时糊涂。"

马培安知道熊冠洋和胡剑陵为了法规处处长的位子一直暗中较劲，现在听熊冠洋还在帮胡剑陵说话，对他更满意了，觉得他有度量，能担当。

办公室的门又被敲响了，一个年轻帅气的小伙子走了进来。熊冠洋认得他，他是胡剑陵的朋友，公安局刑侦处的何少川。

何少川微笑着向马培安做了自我介绍之后，马培安有点紧张了，难道胡剑陵嫖娼要被抓了吗？直到听说他是胡剑陵的朋友，马培安才放心了。

何少川开门见山："胡剑陵的个人信息被泄露了，马局长应该知道吧。"

"想不知道都难啊！"马培安把报纸一推，"都上报了。"

"我这次来就是想查一查，谁把胡剑陵的个人信息公布在网上。"何少川说着，看了看熊冠洋。

熊冠洋被何少川锐利的眼神扫过，心中一凛，忙说道："我去给何警官倒杯茶。"

"不用了，"何少川不客气地打断了熊冠洋的话，"泄露胡剑陵个人信息的人是'云飞过'，我们查过了IP地址，此人就是在城管局办公室上网发的帖。"

"有这种事情？"马培安怀疑地看着何少川，他实在不敢相信，手下会泄露自己同事的个人信息，他绝不能容忍这种窝里斗的事在他眼皮子底下发生。

熊冠洋说："何警官太武断了吧？通过代理服务器上网，哪能查到IP地址啊？"

何少川微微一笑，说道："你怎么知道'云飞过'是用代理服务器上网的？"

熊冠洋一愣，脸色更红了："我哪知道啊？我只是随便说说。"

"厉害厉害，熊科长随便一说就说对了。不干警察真可惜了！"

那天蒋子良调查了"云飞过"的 IP 地址，发现他是使用国内的一个代理服务器上网的，根本查不到 IP 地址。蒋子良查看了"云飞过"发帖的时间，然后溯查在这个时段哪些 IP 访问了这个代理地址，于是调查范围缩小到 100个 IP。何少川将 100 个 IP 地址对应的物理地址打印出来，让胡剑陵看看，除了城管局办公室那个 IP 地址之外，使用其他 IP 地址的人或单位，胡剑陵根本不认识。于是，何少川就把目标锁定在城管局。此时，他笑呵呵地问道："不知道熊科长电脑的 IP 地址是什么啊？"

"这个……呵呵……我哪儿知道什么 IP 不 IP 的啊。"

"熊科长太谦虚了，连代理服务器都知道，IP 地址反而不知道了？"

马培安见两人你一言我一语地说着，而且何少川的每一句话都指向了熊冠洋，不禁疑窦顿生，问道："小熊，这是怎么回事？"

"我……我不知道啊！"

"熊科长既然不知道，那我去帮你看看？"

"不用了，不用了。"

马培安见熊冠洋神色不安的样子，不免起疑："小熊，难道真是你干的？"

"不……不是……不是……"熊冠洋越来越紧张了，额头渗出了汗珠。

何少川步步紧逼："既然不是，就让我去看看你的 IP 地址吧。"

"这……这……"

马培安怒道："熊冠洋，你干吗这么吞吞吐吐的！"

熊冠洋嗫嗫嚅嚅地说道："马局长，我……我……我错了！"

"什么？你再说一遍。"

"那些信息，是……是我泄露的。"

马培安气得脸色铁青，他没想到，这个勤勤恳恳、任劳任怨的手下，竟然是这种人，他气不打一处来，怒吼一声："出去！"

熊冠洋看了看马局长，低着头正准备走出去，却被何少川拦住了。

此前私家侦探姚冰给何少川打过电话，证实跟他联系过的"小迷糊"的QQ号码是842110985，跟发送QQ诅咒的"小迷糊"是同一个人。而熊冠洋一直在跟胡剑陵作对，那么熊冠洋会不会就是盗用柳苗QQ的"小迷糊"呢？

何少川说道："马局长，我们需要熊冠洋协助调查三宗谋杀案。"

"什么？"马培安激动地站了起来，这几天，城管局出的事情实在太多了。

"没什么，只是协助调查。"

熊冠洋慌乱地看着何少川，两腿像筛糠一样抖。

26.审讯

何少川把熊冠洋带回局里关了起来，整整一天的时间，把熊冠洋一个人关在审讯室，除了中午、傍晚给他送饭外，不准任何人跟他接触。人是群居动物，这种禁闭生活，足以摧残一个人的所有防线。到了晚上12点，熊冠洋已经睡了，何少川和蒋子良却来了，大摇大摆地各搬一把椅子，坐在熊冠洋面前。

熊冠洋一见警察来了，马上来了精神，几乎是哀求着说道："警察同志，我没有杀人啊。"

何少川冷冷一笑："你怎么知道我们认为你杀人了呢？"

"这……这……你们不是说要调查三宗谋杀案吗？"

"不错，就因为你公布了胡剑陵的信息。"

"这怎么可能？公布胡剑陵的信息，怎么跟三宗谋杀案扯上关系了？"

"废话少说，你老实回答。"

"小迷糊"上线一共五次，五次上线，分别给戴景然、顾松云和薛沐波发送了QQ诅咒，又给姚冰发送了胡剑陵的照片，最后又上线接收姚冰传来的视频。

何少川和蒋子良详细盘问熊冠洋，当"小迷糊"上线的时候，他在干什么？

毕竟是一个多月的事了，熊冠洋被逼问得额头冒汗，尽力回忆着自己在干什么，然后一一交待。

一次是在打麻将，证明人是三个同事；

一次是在吃饭，证明人是几个朋友；

一次是在 K 歌，证明人还是几个朋友；

一次是回父母家吃饭，证明人自然是父母了。

熊冠洋每说一次，蒋子良便马上打电话核实，被问到的朋友深更半夜接到电话，本来就很不耐烦，待问到这些问题，又一个个莫名其妙，不知道熊冠洋出什么事了，不过最后每个人都详细地回忆起了跟熊冠洋在一起时的情景，跟熊冠洋描述的基本吻合。

但是，当问起"小迷糊"第五次上线时，他在做什么的时候，熊冠洋却犹犹豫豫吞吞吐吐："我……我……我忘记了。"

"哼哼，忘记了？那你就好好想想。"

"想不起来了，真的想不起来了。"

何少川微微笑道："你恐怕还不知道为什么要问你那段时间在干吗吧？"

熊冠洋摇摇头，他的确不知道。

"最近，有三个人被杀了，死前都收到过一条 QQ 诅咒，发这条诅咒的人叫'小迷糊'。我们怀疑就是'小迷糊'杀的人，我们还怀疑你就是'小迷糊'。"

"不，不是我，怎么会是我呢？"熊冠洋拼命地摇着头。

"十天前的晚上 10 点左右，是小迷糊最后一次上线，你要证明自己的清白，就告诉我们你当时在干什么。"

"我……我……"熊冠洋困窘不堪，深深地低着头。

"你真的想不起来了？"

"我……我……"熊冠洋鼓足了勇气，"我在夜总会。"

何少川一怔，继续问道："在夜总会干吗？"

"唱……唱歌。"

"然后呢？"

"没有然后了！"

"真的没有了？"

"真的。"

"你跟谁一起去唱歌的？"

"自己去的，一个人。"

"一个人？去夜总会唱歌？"何少川基本上明白熊冠洋去干什么了，一想到他竟然泄露了胡剑陵的个人信息，并以卫道士的身份发言攻击胡剑陵，就想好好羞辱他一下，于是继续追问道，"有谁证明你去夜总会了？"

"没……没人……"

"陪酒的小姐呢？"

"没……没……"

"你还是老实点儿，是不是叫鸡了？"

"是，是……"

"谁可以证明？"

"她……她叫……她说她叫阿芬。"

何少川得意地笑了，转头问道："子良，都记下了没有？"

"记下了。"

"熊冠洋，你知道嫖娼应该怎么处罚吗？"

"我……我……"

"没想到啊，平时装得跟正人君子似的，还搞人家胡剑陵，也不看看自己是什么鸟。按照《治安处罚法》，嫖娼的要么拘留 15 天，要么罚款 1 万元。"

"我愿意出钱，出多少钱都行，只要别告诉我们领导。"

"你也有怕的时候啊？子良，把治安处的同事叫来，给他开个罚单。"

在椅子里坐了一晚上，何少川累得腰酸背痛，此时站起来活动活动筋骨，这才发现天已经亮了。这时，审讯室的门被咚咚地敲响了，一个同事冲了进来："少川，又有人被杀了！"

27.第一支画笔

死亡现场在辉腾大厦的地下停车场里。

何少川和蒋子良带着一帮兄弟匆匆赶到地下停车场的时候，辉腾大厦的保安已经把现场拦起来了，边上站着很多围观的市民，踮起脚尖往里探视。

一辆宝马孤零零地停在中央，车门下流了一地的血，血迹已经干了，周围散发出血腥的味道。

何少川转头看看四周，竟然没有一个摄像头。

这是一个监控死角。

死者为男性，中年人，坐在驾驶座上，脑袋趴在方向盘上，一支画笔插进了颈部大动脉。

权聪把尸体从车上拖下来，检查全身，没有发现其他伤口。

何少川翻出了死者的证件：刘静江，34岁。他叫来了一个保安，问道："认识他吗？"

"认识，他是欧莱姆动漫公司的老总，在14楼上班。"

欧莱姆动漫公司的员工们已经上班了，每个人都忙活着手头的事，在电脑上绘图的绘图，配乐的配乐，没人知道自己的老板已经被人谋杀了。

一个经理模样的女人见何少川走进来，忙一脸笑容地迎上前来："先生，找哪位？"

何少川亮出证件，问道："刘静江的办公室在哪里？"

"他有事出去了，何警官，您有什么事吗？"

"什么？出去了？去哪儿了？"

女经理被何少川问得不知所措："我不知道啊。"

"那你怎么知道他出去了？"

"他的办公室门开着，电脑也开着……"

"今天早晨你见过他吗？"

"没有。但是他下班的话，都会把电脑关掉的，现在开着，那……"

"电脑一直开着？"何少川的眉头皱得紧紧的。

"是啊。"

"刘静江死了，被人杀了。"

一句话出口，办公室里几乎每个人都惊叫起来。何少川也不理会那些惊诧的目光，在女经理的带领下，走进刘静江的办公室。

办公室与工作间仅一墙之隔。何少川站在门口，巡视一圈，没发现可疑的地方，现场没有打斗过的痕迹，文件、书籍摆放得整整齐齐。

电脑开着，QQ登录着，何少川留意了一下，号码是983459418。

几个好友的彩色头像在愉快地跳动着。

QQ诅咒蓦然出现在脑海里，难道又是那个QQ杀手？

坐在刘静江的电脑前，打开每一个QQ好友，查看每一份聊天记录，但是都没有那条臭名昭著的QQ诅咒。既然没有QQ诅咒，刘静江被杀案就不需要并案处理，可以交给其他同事了。正欲离开电脑，却发现电脑桌面上一个视频文件，名叫《婚礼现场上映激情视频》。何少川连忙打开，却是一部动漫作品，描述的是一个婚礼现场，突然播出了一段新郎的嫖娼视频，然后新娘落荒而逃，新郎茫然失措。里面的每个卡通人物都惟妙惟肖，尤其是新郎新娘的角色，简直就是照着胡剑陵和颜思曦的脸画下来的。

怎么回事？

他怎么知道这段视频曾经在婚礼上播放过？

他怎么知道颜思曦长得什么样？

一连串的问号一起涌了上来，他转头问道："刘静江为什么要做这段动漫？"

女经理还在怀疑刘总死讯的可信程度，听到警察问话，马上答道："我们刘总一直喜欢画漫画，后来创办了自己的动漫公司，遇到感兴趣的题材，喜欢自己动手做成动漫在网络上发表。"

"以前画漫画？"

"是啊，十几年前，他在业界也是小有名气的。"

何少川想到了那支插在刘静江脖颈处的画笔，他死于画笔，这意味着什么呢？是嫉妒，还是他的画笔曾经得罪过什么人？

"他怎么知道这个视频在婚礼上放过？"

"这个你都不知道？"女经理略带嘲笑地说道，"昨天下午，无涯社区的娱乐八卦版里就发出来个帖子，说是这个视频在胡剑陵的婚礼上放过。"

在女经理的帮助下，何少川马上找到了那个帖子，作者是"海洛因"，帖子里把婚礼的情景写得清清楚楚，甚至还配发了图片，但是图片不是婚礼现场的，而是颜思曦的生活照。紧接着这个帖子下面，有好事者说："我们再来搜索一下吧，看看那个新娘到底是干什么的。"

完了！

颜思曦就要成为下一个网络暴力的受害者了！

可惜无涯网站不在本市，他只能听凭事态的进一步恶化了。

他一度怀疑是熊冠洋，但是仔细查看便否定了这个判断。

"海洛因"使用的是国外的 IP。这家伙很可能用了代理服务器，这样想着，他快速地扫描了一遍那个 IP 地址。不出所料，那个服务器安全性极差，属于最弱智的"肉机"，所谓肉机指的是因安全机制差而被黑客入侵并获取最高管理员权限的计算机。点开系统日志，近期的登录数据被擦除了！很专业的手法，这个"海洛因"心思之缜密，网络安全知识之丰富，远非熊冠洋可比。

蒋子良打来电话，让他马上到监控室，有新的发现。

辉腾大厦里每层楼都安装了监控系统，尤其在每个进出口都安装了摄像头。虽然刘静江的车停放在监控死角，但是通过其他摄像头，依然可以看到有无可疑人员进出。蒋子良之所以将何少川叫下来，正是因为昨天晚上 10 点左右，一个披着风衣的人走进了地下停车场。

辉腾大厦的停车场入口设的是自动取卡机，所以没有保安在场。

那人大概一米七出头，身材偏瘦，穿着一双黑色的皮鞋。

他一直深深地低着头，似乎知道周围有很多摄像头，最后转个弯不见了。

保安说，他去的地方就是刘静江停车的地方。

另外几个摄像头则显示，刘静江是 11 点多的时候，离开办公室走进电梯的。这就是说，凶手是提前潜伏在车上的，而蒋子良的发现也证实了这一点，车锁有被撬的痕迹。

让何少川惊讶的是，凶手杀人之后并没有马上离开辉腾大厦，而是乘坐电梯直上14楼。

他去14楼干什么？

那层楼只有一家公司，就是欧莱姆动漫公司。

在这一过程中，凶手始终没有抬头，风衣的帽子紧紧地扣在头上。

"等等——"何少川突然说道，"重放！"

蒋子良疑惑地看着何少川，那是凶手在走廊上走路的画面，他实在没看出什么不对劲的地方。

"你看他走路的样子，拖拖拉拉的，好像抬不起脚一样。这人要么脚有毛病，要么就是鞋不合脚。"

可是他去14楼干什么呢？

何少川和蒋子良再次来到14楼，办公室里吵吵嚷嚷一片，欧莱姆公司的员工已经证实老板的死讯了。

何少川找到方才的女经理问道："你们公司少什么了没有？"

女经理下意识地看看四周，说道："没少什么啊。"

"你到刘静江办公室仔细看看，到底有没有少东西。"

女经理依言走进老总办公室，最终还是一无所获。

蒋子良问道："最近你们公司有没有引进大项目，或是签订了什么合同，或者有没有什么竞争对手……总之有没有商业机密？重要文件有没有丢失？"

女经理摇摇头说道："动漫产业刚刚起步，我们公司也成立才几年，没什么秘密值得人偷的。"

刘静江的QQ又叫了起来。

何少川皱皱眉头，灵机一动：会不会是QQ上少了什么东西呢？比如，删除一个好友！

"子良，如果QQ上删除好友，还能不能恢复？"

"好像可以。"

"怎么恢复？"

"上网查一下就知道了嘛!"

通过百度搜索,何少川找到了恢复 QQ 好友的方法,可是提交恢复好友申请,需要 QQ 密码,何少川呵呵一笑,问道:"子良,怎么样?"

"傍晚给你结果。"蒋子良沉着地说道。

28.灰鸽子

颜思曦坐在电脑前面冷冷地笑着,对这种结果她早有心理准备。自从胡剑陵的视频上网之后,她就知道,总有一天,暴躁的网民会发起无耻的人肉搜索,他们将不仅仅满足于搜索胡剑陵,对胡剑陵的新娘自然也不会放过。对这一幕,颜思曦太熟悉了!所以,当她看到自己的照片上网了,并没有感到惊讶和难堪,该来的总是要来,该过去的也总会过去。若干年后,人们自然会把她遗忘。甚至不用那么久,在这个信息爆炸的时代,在这个千变万化的时代,在这个尽出奇事怪事的时代,也许不用几个月,她就会被人们遗忘,她还会像往常那样生活,与世无争,悠游度日。更何况,胡剑陵的嫖娼与自己有什么关系?自己毕竟是个受害者,是个受伤的新娘,即便把自己搜出来,她得到的也将是人们的同情和祝福,甚至……可能还会有很多的追求者呢。她想起了孔步云,那个傻傻的、痴情的大男孩,她甚至想起了何少川,那个油嘴滑舌幽默机智的警察……

孔步云打来了电话,今天晚上著名歌星慕容瑾的全国巡回演唱会要在本市举行,两人已经买了票,晚上要去看演出。孔步云说他已经到了,催颜思曦早点去。颜思曦抬起手腕看看表,说道:"还早着嘛!我有点事情晚点去,你先在体育馆旁边的星巴克喝杯咖啡等我吧。"孔步云对颜思曦的吩咐自然不敢违拗,连声答应了。

颜思曦挂断电话便关了电脑,拿出手提包检查了一下,东西都在,这才走出家门。一开门，却看到一个面色凝重的男子站在门前正欲敲门，那男子一见颜思曦，脸上马上露出不自然的微笑："嫂子，出门呢？"

说话的人，正是何少川。

颜思曦脸色红了红，反驳道："我不是你嫂子。"

何少川登时语塞，支吾着想说点别的，又不知道从何说起。看到他窘迫的样子，颜思曦不禁笑了："找我有事吗？"

"我当然是无事不登三宝殿啦！嫂……曦曦，你要出门？"

听到何少川这样称呼自己，颜思曦心中漾起一股暖意："我要去看慕容瑾的演唱会。"

"哦，就是那个玉女派的掌门人啊，我也喜欢她。"

"要不一起去？"

"哈哈哈，我可不去凑趣了，一看……一看……就知道你约了人了！"

"何警……你……你找我有事吗？"

"我来问你几个问题。"说起正事，何少川恢复了镇静。

"什么问题？"

"你的照片贴到网上了，我们查了 IP 地址，那人用了国外的肉机代理上网，所以查不出他的物理地址。但是，那几张照片都是你的生活照……"

颜思曦呵呵一笑，打断了何少川的话："现在警察也开始管网络暴力的事了？而且还是刑警来管。"

"因为你和胡剑陵都是我的朋友，所以……所以我想来帮你们。"

颜思曦心中一喜，语气却依然是冷冷的："你说清楚点，到底是要帮我，还是帮胡剑陵？"

"这都不是一回事吗？"

"当然不一样了，我是我，他是他。"

何少川看着颜思曦一副水米不进的倔犟样子，心中也不禁冒点火了，嚷道："拜托，大小姐，现在是你的照片上网了，不是胡剑陵的。你说我是在帮谁？"

看着何少川急吼吼的样子，颜思曦心中更乐了，这时候掩饰不住喜悦之情，笑道："呵呵，既然是帮我，那你就问吧。"

何少川瞪了她一眼，问道："网上有你三张照片，是在哪儿拍的?"

"大学时拍的。"

"都是山东大学的校园?"

"是啊。"

"你大学同学有你照片吗?"

"当然有啦，毕业的时候那么多人跟我要过照片。"

何少川十分不自然地笑了笑："也是，嫂子当年肯定是山东大学的校花，很多人追吧?"

颜思曦心中窃喜，嘴上却很强硬："这与今天的问题有关吗?"

"没有，没有，随便问问。"

"如果没有别的事我就走了。"

"演唱会还早着呢，我还有几个重要的问题要问。你是信息安全专业毕业的，你的同学对网络安全肯定也特别在行，做个黑客什么的肯定也是轻而易举。我想，会不会是当初你的追求者被你拒绝之后恼羞成怒伺机报复呢?"

颜思曦扑哧一声笑了："少川，你太瞧得起我了!"

"爱情这东西，本来就很难说。"

"你是找不到他的。"

"嗯?"何少川心中疑惑。

"我找过他了，但是没找到。"

颜思曦将何少川带到电脑前重新开机，拔掉了网线，然后找出一个文件打开，只见 Word 窗口弹出来，上面自动在书写着："我看了你的照片，你真的很漂亮!"

"灰鸽子?"

"是，就是灰鸽子。"

灰鸽子是最近几年最为疯狂的病毒之一，《2007 年中国电脑病毒疫情互联网安全报告》把它列为 2007 年第三大病毒。中毒后，电脑会被远程攻击者完全控制，黑客可以轻易地复制、删除、下载电脑上的文件，还可以记录每个点击键盘的操作，用户的 QQ 号、网络游戏账号、网上银行账号，可被远程攻击者轻松获得。而中毒后任黑客宰割的电脑就叫"肉鸡"。

颜思曦说，她打开电脑浏览网页，突然之间跳出了这样一个窗口，她立即意识到电脑被攻击了。但是她毕竟是信息安全专业出身，不慌不忙地跟黑客斗智斗勇，她没想到，那个黑客却很菜，她很快找到了黑客的 IP，然后顺着 IP 找到了一家网吧。

"那家网吧叫什么名字？"

"腾达网吧。"

又是腾达网吧！凶手是不是就住在腾达网吧附近？何少川继续问道："你找到那黑客了吗？"

"没有，他走了。电脑还开着，已经进入屏幕保护程序，上面滚动着几个字：'颜小姐，你真的很漂亮'。我去问老板娘，老板娘都不知道怎么回事，他交了二十块钱押金，只上了两个多小时的网，还要找十几块钱呢，他都没要。"

"你好好想想，到底有没有得罪过什么人？"

"没有啊，我会得罪什么人呢？"颜思曦无辜地耸耸肩膀，又看了看表，"少川，我真得走了，再不走就迟到了。"

何少川愧疚地笑道："真是不好意思，耽误你时间了。"

"没事，我的事你就别操心了。全市那么多黑网吧，你找不到他的。"

第五章　疯狂女歌星

　　歌迷们开始是震惊，后来变成了两派。一派是她的忠实粉丝，以女孩子居多，她们伤心地痛哭着，恨不得跑上台去，给偶像穿上衣服；另一派则接受了慕容瑾的新形象，津津有味地观看着慕容瑾的激情演出。

29.三条短信息

这是慕容瑾全国巡回演唱会的第五站。

前四站分别在北京工人体育场、上海虹口体育场、成都体育中心和深圳的体育馆，每次演唱会都吸引了大批的歌迷，几千个座位几乎是座无虚席，门票最高被炒到了三千块一张。每次演唱会，都有几十家媒体采访报道，闪光灯啪啪地闪个不停。由于慕容氏曾经在历史上兴建了前燕、后燕、北燕三个国家，于是媒体把她捧为"慕容公主"。

几年来，慕容瑾走的一直是清纯路线，人长得漂亮高挑，笑起来甜甜的，对媒体也一直温和有礼，于是顺理成章地成了所谓"玉女派"的掌门人。

前四次演唱会热热闹闹风风光光但也是平平安安地过去了，但是这次却不同。连日来，慕容瑾一直顶着巨大的舆论压力，玉女派掌门人的地位摇摇欲坠了。程高希靓照门事件发生后，很多人开始纷纷猜测，程高希的女人到底还有谁？不少人把矛头指向了慕容瑾，一些不负责任的媒体，甚至绘声绘色地讲述了她和程高希莫须有的爱情。这事根本就是空穴来风，慕容瑾一直想澄清此事，但是经纪公司却不同意，他们希望借助此事进一步提高慕容瑾的知名度，将来也许可以到港台地区举办一次演唱会。事情越演越烈，从电视到广播，从报纸到互联网，整天都在炒作着慕容瑾的所谓绯闻，经纪公司乐得要命，但是慕容瑾却再也承受不了了。她决定今天晚上演唱会的时候，现场给所有的歌迷以及媒体一个交代，她要当众澄清自己的清白。

离演唱会开始只有半个小时了，喧嚣声传到后台，歌迷们齐声吆喝着："慕容瑾，慕容瑾，慕容瑾……"

慕容瑾不慌不忙地坐在椅子上，化妆师给她盘起头发，画上眼影，敷一点白粉，点一点朱唇。

正在这时候，手机突然响了起来。

是一条短信息。

"你多久没有上 QQ 了？"

手机号码很陌生，慕容瑾看了看没有理会，继续化妆。

过了片刻，又一条短信发来了，还是那个手机号码。

"你知道 QQ 诅咒吗？"

QQ 诅咒最近在网上很流行，慕容瑾自然知道，她不耐烦地回了一条："无聊。"紧接着，第三条短信发来了：

"千万不要小看 QQ 诅咒，因为它是真的。"

慕容瑾紧张起来，心中升起不祥的预感，她立即拨通了那个手机号码，对方立即接听了。

"你是谁啊？"慕容瑾甜甜地问道，她怕是朋友在作弄她，所以也不好随便发火。

对方没有回答。

听筒里传出阵阵热情的呼喊："慕容瑾，慕容瑾，慕容瑾……"

喊声非常辽远，那人应该在体育馆附近，但绝不是在馆内。

"谁啊？"慕容瑾又问了一遍。

对方还是没有回答。

慕容瑾正准备挂断，突然听筒里传出一个男人的声音："哎呀，谁的手机掉了。喂？你的朋友把手机掉了，你过来拿吧……"

慕容瑾心事重重地挂断了电话。化完妆后，照例去了趟洗手间。她每次去洗手间，总会泛起一丝苦笑，这么隐私的事情，竟然也被狗仔队挖出来在报纸上大肆宣扬，说她心理素质差，经常临场紧张，上台之前必须上厕所。她知道这都是没办法的事，作为公众人物，是没有多少私人空间的。

走进洗手间，坐在马桶上，一抬头，发现门上写着几行字，竟然就是网上流传甚广的 QQ 诅咒。

我是一个叫陈婷婷的 girl，被绑架，后来死了。请你把这封信立即发给你的 6 个好友，1 天后，你喜欢的人就会喜欢上你。如果不发，你就会在 5 天内离奇死亡！这条信息始于 1877 年，从未失误过。

慕容瑾心中一紧，心跳不由得加快了。

收到短信，看到诅咒，难道仅仅是巧合？又或者，那个发信息的人也在洗手间里？他到底要干什么？

正在这时候，门外传来一阵沉重的脚步声，透过门缝，慕容瑾看到一双布鞋出现在门外，裤脚是淡绿色的。她知道那是体育馆清洁工的服装，可是那双脚那么大，又分明是一双男人的脚！

慕容瑾更加慌乱了。

女厕，竟然出现了一个男人！

而且这个男人就在自己的蹲厕外面。

"什么人？"慕容瑾的声音颤抖了。

男人没有说话，似乎要故意折磨这位当红的女歌星。

"快点出去啊！小心我投诉你！"

慕容瑾眼看着男人把一个小瓶子扔了进来，瓶口没有盖，袅袅地冒着青烟。慕容瑾奇怪地看着瓶子，渐渐觉得迷迷糊糊，似乎马上就要睡着了。她并没有感到恐惧，而是感到了大欢欣，她的灵魂仿佛已经离开了尘世，在天国飘游，有和煦的风，有温暖的阳光，有神的声音在召唤："打开门吧，让我进来。"

慕容瑾愉悦地打开了洗手间的门，神一样的人走进来，仿佛浑身被光环罩住，脸上挂着暖暖的微笑。

神说："我会让你更红的！拿着这个，待会吞下去……"

慕容瑾高兴地接过了一粒药丸。

30.演唱会

孔步云坐在星巴克焦急地等待着颜思曦，眼看演唱会就要开始了，颜思曦还没有来。他时不时地站起来张望一番，终于在人群中看到了颜思曦的身影。她穿着一身白色的连衣裙，扎着马尾，一跳一跳地走到孔步云身边，一见面便抱歉地说："对不起，来晚了。"

"没关系，演唱会还没开始呢。"

"哎呀，都怪那个何警官，我刚要出门，他就跑到我家来，说要查那些照片。"

"查出来没有？"

"他能查出个鬼啊？"

两人说说笑笑，检票入场。

原定时间已经过去十几分钟了，演唱会还没有开始。歌迷更加疯狂了，他们拿着小手拍，挥着荧光棒，有节奏地高喊："慕容瑾，慕容瑾，慕容瑾……"

两人找到座位坐下，颜思曦惊讶地发现孔步云买的票竟然是正中间，而且很靠前，应该算是二等票了！又过了五分钟，主持人仓皇地走上舞台中央，笑容可掬地做了一个简单的开场白，最后说道："现在有请慕容公主——慕容瑾……"

现场再次沸腾了，口哨声、尖叫声、鼓掌声此起彼伏……

慕容瑾穿着一身华丽的演出服，款款走向舞台。

尖叫声还在继续，荧光棒还在挥舞，热情的气浪足以把一个人捧上天。

但是，观众们看得真切，慕容瑾一丝笑容都没有，脚步甚至有点虚浮。

舞台一侧，几个工作人员惊讶地看着慕容瑾，紧张地指指点点。

谁都不知道慕容瑾出了什么事。

现场的歌迷更不知道。

他们只是在不停地鼓掌，不停地欢呼。

慕容瑾在舞台中央站定，缓缓地将右手举过头顶。

就像乐队的总指挥，现场顿时安静下来，六千人的体育馆座无虚席，此时却好像一个人都没有。

慕容瑾缓缓地把手放下，将话筒凑到嘴边，丹唇微启："大家晚上好！"

又是欢呼，又是鼓掌……

也许只有颜思曦听出来了，慕容瑾的声音是生硬的，就像一个机器人，在复述着一个指令。

她转头看看孔步云，发现孔步云也正看着自己，脸蛋马上红了，转了过去看着慕容瑾。她心中很是得意，二等票，起码也要一千多一张，这个腼腆的小伙子花了那么多钱，其实不是为了看慕容瑾，而是为了看我的。在孔步云的心里，我颜思曦比慕容瑾漂亮多了，我才是真正的公主！

想到此，颜思曦不禁挽住了孔步云的胳膊，仰起头，轻轻亲了亲孔步云的脸颊。孔步云心跳加快，头也不敢回，只是偷偷地动了动胳膊，把颜思曦拉得更近一些。

体育馆里的呼声渐渐微弱下去，慕容瑾继续说道："我今天想在演唱会开始之前，澄清一些事情，希望你们能相信我。"

众人一听就知道慕容瑾要说什么了，她跟程高希的绯闻早已闹得沸沸扬扬，现在每个女星都在极力和程高希撇清关系，只有慕容瑾一直没有开口。如今谁都没有想到，她会在这个场合谈论此事，不少媒体记者本来还打算在演唱会后追问她这个问题，现在倒省了，照相机、摄像机、录音笔都打开了。只有经纪人一直阴沉着脸，在慕容瑾上台之前，他就觉得她怪怪的，没想到她竟然要澄清她和程高希的关系。他本来想让这事一直成为一个谜，这样媒体就会一直追，歌迷就会一直关心，演唱会就会越来越成功。可是现在，慕容瑾竟然自作主张要提前澄清了！

"前不久，大家一直议论纷纷，说程高希的自拍照片里有我，说我很淫荡，很下贱……"

歌迷们起初沉默着，后来不知道被谁带了个头，大声叫道："我们相信你。"接着群体响应，体育馆里，六千多人一起喊着："相信，相信，相信……"

慕容瑾的表情还是木木的，呆呆的，眼睛里似乎没有一点光彩，对歌迷们的拥护和信任，也没有做出感激的表示，只听她继续说道："其实，那都是真的！我的确跟程高希在一起拍了很多照片。"

就像一个重磅炸弹突然爆炸了，爆炸之后，一片死寂。

六千多人目瞪口呆，惊讶得说不出话来。经纪人更是张口结舌，不知道慕容瑾在搞什么名堂。

慕容瑾继续说："我们互相口交，天天做爱，拍了很多照片。"

歌迷们愤怒了，他们一直爱着的慕容公主竟然是这样的人！他们上当受骗了！还有人不甘心地叫道："不可能，不可能……"

孔步云听到慕容瑾的话，同样吃惊地张大了嘴巴。更让他吃惊的是，慕容瑾伸出了左手，手心里有一颗蓝色的小药丸，她往嘴里一塞，头一仰，吞了进去。

"她要自杀！"孔步云紧紧地握住了颜思曦的手。

颜思曦不由得坐直了身子，看着舞台中央的慕容瑾。

只见慕容瑾的脸色渐渐红润起来，呼吸也越来越急促，她拿着话筒大声喊道："亲爱的朋友们，欢迎大家来到我的演唱会现场，现在我给大家表演一段脱衣舞好不好啊？"

没有人回应。

舞台一侧，有人跟经纪人商量，要不要把慕容瑾拉下来，经纪人恼怒地摇了摇头。当慕容瑾扬言要澄清事件的时候，他已经准备放弃她了。当她当众说出自己跟程高希的确有过一腿，甚至还说出了那么不堪入耳的话，他就决定放弃她了。现在她要出洋相，就让她出吧！如果这时候把她拉下来，六千多人的门票不是都要退了？他甚至指示工作人员播放一曲激情的歌曲！

音乐响起，鼓点激昂。

慕容瑾开始疯狂地扭动腰肢，扭动屁股……

有的歌迷流泪了，有的歌迷照样在大声叫好！

有的人在议论着："慕容瑾要转型了！"

慕容瑾突然一扯纽扣，演出服敞开了，黑色的文胸绽露出来。

接着，继续一扯，演出服扔到了舞台上。

光滑洁白的肌肤，平坦的小腹，洁白的大腿……

孔步云和所有的歌迷一样看得目瞪口呆，不知道慕容瑾变化为什么如此之大。他回头看看颜思曦，颜思曦正木然地看着台上慕容瑾的表演。

等他再回头的时候，慕容瑾已经把文胸摘掉了，两个乳房俏生生的，像是两只疯狂的兔子，在胸前一跳一跳的。

"有什么好看的？"颜思曦突然说道。

"哦，没……没什么。"

"走啦！"颜思曦站起身来，"淫贱！"

31.QQ 破解

何少川目送颜思曦上了一辆出租车后，匆匆回到局里。蒋子良说过，傍晚就可以破解刘静江的QQ号码，如果凶手曾经删除过一个好友的话，那么这个好友很可能就是凶手。"小迷糊"的密码后来通过申请找回来了，凶手也可能再去破解另外一个人的QQ，但是那样的话，他就没必要删除刘静江的好友记录了。破解QQ号码，对蒋子良来说是很容易的，网上本已流传着各种各样的QQ密码破解程序，再加上蒋子良的聪明才智，不用半天时间就能找出来！

可是当他赶到局里的时候，蒋子良却趴在办公桌上睡觉，看来是看了一天的电脑，现在累了。何少川可不会对一个大老爷们怜香惜玉，粗鲁地把他推醒了，蒋子良睡得好好的，一个激灵醒了："啊？怎么？来了吗？"

"来什么来？办公室约会啊？"

"哦，是你啊？"蒋子良揉一揉惺忪的睡眼。

"密码破解了没有啊？"

"破是破了，但是没用啊！"

"什么意思啊？"

蒋子良指指电脑："你自己看吧！"

原来，蒋子良下载了一个黑客软件之后，不到一个小时，就把刘静江的QQ密码破解了，然后立即提交恢复QQ好友申请，他发现刘静江三个月来只删除过一个QQ好友，心想那应该就是凶手的QQ号码了。他点击确定，提交……结果，系统显示："您的恢复好友申请已经成功提交，我们将在三个工作日内处理完毕，处理结果将使用QQ系统消息通知您。"

"什么？要用三天啊？"

"是啊。"

"奶奶的。"

"叫爷爷也没用。"

"你怎么不早说？"

"说什么？"

"唉，你这人……告诉我你搞不掂啊！"

"我有说过我搞不掂吗？"

听蒋子良这么一说，着急的何少川语气和缓了："我就知道你小子有后招。"

"我写了一个报告，找郑局长签了字，然后给深圳警方传过去了，现在等他们的回信呢。"

"找深圳警方？"

"腾讯公司在深圳，我请求他们配合，查一下刘静江删除的那个QQ好友是不是昨天晚上删的。"

"那就有得等了。"

"是啊，人家都是要讲程序的嘛，要一个领导一个领导地签字，然后再把公文传给腾讯公司……我都等了一个下午了，饭还没吃呢！"

"要很久吗？"

"应该快了吧，刚才还给深圳打了个电话，"蒋子良换了副贼忒兮兮的样子，说道，"跟我联系的是个姓彭的女警，声音超级好听，"他装作一个女孩子的声音，嗲声嗲气地模仿，"哦，对不起，我们要按程序办事的，蒋警官，你不要着急，我今天晚上一定给你。"

"哈哈哈，"何少川开怀大笑，"她今天晚上给你啊？她怎么给你啊？飞过来啊？"

"嘿嘿嘿，我飞过去都愿意。"

正在这时候，传真机响了起来。

蒋子良和何少川忙跑到传真机旁，传真纸一点点输送出来，抬头正是"深圳市公安局"。

经深圳腾讯公司网络安全部和客户服务部联合检查核实，用户983459418于昨天晚上11点23分删除QQ好友一人，号码为958932106。

让蒋子良和何少川没想到的是，深圳市公安局不但查出了刘静江删除的好友名字，还查出了更多的信息。何少川看着这些信息，不禁说道："慢是慢了点，办事还是很认真的嘛！"

深圳市公安局的传真显示：

用户983459418于一天前添加958932106为好友，并于昨天晚上8点20分接收了一条信息。

信息就是那条QQ诅咒。

我是一个叫陈婷婷的girl，被绑架，后来死了。请你把这封信立即发给你的6个好友，1天后，你喜欢的人就会喜欢上你。如果不发，你就会在5天内离奇死亡！这条信息始于1877年，从未失误过。

看着那份传真，何少川的脸色不禁阴沉起来。

958932106。

这个号码他太熟悉了，那是胡剑陵的QQ号码！

他的大脑飞速旋转着，难道真的是胡剑陵？

刘静江把他的婚礼改编成了动画，于是他就报复杀人！

可是，那个动画并没有上传到网上，胡剑陵怎么知道有那个动画呢？

这几天，胡剑陵为了避风头一直住在他家。可是昨天晚上回家后，胡剑陵不在家，十一点多他就到局里去了，不知道后来胡剑陵回来没有。

他昨天晚上去哪儿了？难道网络暴力让他崩溃，让他疯狂，真的干出了行凶杀人的勾当？他的QQ号码会不会被盗了呢？

"查查看他昨天晚上登录时的IP地址。"

传真机继续响着，蒋子良看了一眼说道："不用查了，彭美眉已经帮我们查到了。"

何少川拿起传真纸，拨了网络管理处的电话，值班民警小张记下了IP地址，说过会儿给他消息。

蒋子良已经假公济私地跟深圳市公安局的彭美眉聊上了。

何少川百无聊赖，正准备到屋外透透气，这时候偏偏又接到了电话，是另一个同事打来的。

"何警官，慕容瑾自杀了。"

"慕容瑾？哪个慕容瑾啊？"

"还有几个慕容瑾啊？就是那个慕容公主啊。"

"她晚上不是在体育馆开演唱会吗？"

"不知道怎么回事，总之是自杀了，你来看一下吧。"

"我又不是程高希，我去看她干吗？"

"哈哈，何大警官，你比程高希还程高希。不跟你开玩笑了，慕容瑾死得很蹊跷，现场也发现了QQ诅咒。"

"什么？"何少川惊讶地张大了嘴巴。

那边，蒋子良还跟彭美眉卿卿我我着："好啊，什么时候到深圳，我一定找你，你不要装作不认识我啊……"

何少川一把夺过话筒，放到嘴边说道："对不起，蒋子良现在有急事，回头他会给你打过去的。"

蒋子良正沉浸在泡妞的幸福之中，半路杀出一个莽撞的程咬金，不禁气得咬牙切齿："你有什么毛病啊！"

何少川不管那一套，拉着蒋子良的胳膊就往外走："慕容瑾死了！"

"什么？程高希杀人灭口啊！"

何少川打一下他脑袋："小心人家告你诽谤啊！快走啦！"

32.自杀疑案

体育馆乱成了一锅粥，六千多歌迷站在座位旁不肯离去。

就在刚才，慕容瑾疯狂地跳着脱衣舞，到最后浑身上下一丝不挂，不仅如此，还做出了种种挑逗动作。

歌迷们开始是震惊，后来变成了两派。一派是她的忠实粉丝，以女孩子居多，她们伤心地痛哭着，恨不得跑上台去，给偶像穿上衣服；另一派则接受了慕容瑾的新形象，津津有味地观看着慕容瑾的激情演出。

这个平时看上去娇滴滴的纯情美少女，原来疯狂起来竟也是如此的放浪。

大约跳了二十多分钟后，慕容瑾突然停了下来，慌乱地看看赤裸裸的自己，看看周围黑压压的人头……起码有上千个闪光灯在体育馆的不同角落交替闪亮着。

出什么事了？

我这是怎么了？

慕容瑾头脑里一片空白，最后的记忆就是洗手间门缝里扔进来的那个小瓶子。

见她停止了舞蹈，现场又爆发出一阵阵狂潮。

有的人喊："再来一个，再来一个……"

有的人喊："好骚，受不了啦！"

还有的人喊："上，上，上……"

完了，一切都完了！

赤身裸体地站在六千多人面前舞蹈……

羞耻！

慕容瑾满脑子里都是这个词。

她慌慌张张地捡起衣服，胡乱地遮住裸体，掩面跑到后台。

观众们见慕容瑾跑了下去，还不尽兴，赖在座位上不肯离去。主持人走上台来，说演出出了意外，演唱会到此结束。方才还看得津津有味的观众们，此时突然想起来要维护自己的权益，叫嚣着要退票！整个体育馆里回荡着"退票，退票……"

过了十几分钟，110、120的警笛声从远处传来，声音越来越近，最后停在了体育馆门口。

观众开始猜测，到底出了什么事？

这个时候，大伙更不肯走了，一定要留下来把热闹看个够。

一个警察走上舞台，拿着麦克风命令道："演唱会现在已经结束，请观众有秩序地离开……"

观众们就是不肯走，他们不走的理由冠冕堂皇，就是要退票！

何少川和蒋子良赶到体育馆的时候，六千观众还在起哄，局势随时都可能失控。

何少川找到经纪公司，要求他们答应退票，可是经纪公司的那个戴着一副黑边眼镜、看上去斯斯文文、实际上人模狗样的经理却说道："不行，我们已经有演出了，他们也看过演出了，凭什么退票？"

何少川冷冷地说道："这么说，这次演出是你们组织的？"

"当然是了！"

"好，按照《治安管理处罚法》规定，你这是组织淫秽表演，要行政拘留15天，罚款1万元。而你组织了六千多人观看，恐怕还得翻翻《刑法》了。来人啊，把他带走！"

经理这才着急了，连忙答应退票。

何少川马上联系了郑局长得到了同意，调来了几百名防暴警察和治安协管员，把体育馆的每个出口团团围住，又在观众席的每个通道安排了警力。一切布置停当，才让经理上台宣布可以退票，六千观众这才陆陆续续离开了体育馆，没有发生一起踩踏事故。

经理交代，慕容瑾哭着跑下台之后就躲到更衣间里去了，大伙怎么叫门她就是不开。最初她还在屋里哭，后来突然听到她开始呕吐，最后声音渐渐微弱再也没动静了，他们这才觉得大事不好，赶紧把门端开，发现慕容瑾已经嘴角发黑、瞳孔散乱，躺在一地的粪便里一动不动，周围吐得一片狼藉，屋子里弥漫着大蒜一般的臭味。

慕容瑾已经被120的救护车拉走了。

何少川检查了现场之后，乜斜着眼睛看了看经理："你们安排慕容瑾跳艳舞？"

"这……这怎么会呢？"

"那她跳了二十几分钟也没有制止？"

"我们……我们……没想到她会自杀啊！"

"没有制止就要负连带责任。"

"不是说答应退票就可以……"

"法律还有讨价还价的吗？我问你，慕容瑾上台之前，有没有什么异样？"

"感觉她呆呆的，没什么精神，我们跟她说话，她也不理我们。"

"那你不赶紧拦住她？"

"演唱会马上就开始了，拦住她，谁上去唱啊？"

"于是你们就看着她大跳脱衣舞？"

"本来还没跳，说了几句话，往自己头上扣屎盆子，说什么跟程高希拍了艳照，其实她根本没拍。我们气得够呛……"

"所以，她跳艳舞，你也不制止了？"

"话不是这么说，谁知道她怎么想的？她说完话就吃了一粒药，然后就像变了个人似的。"

"药？谁给她的药？"

"不知道啊，她一直攥在手心里的。"

更衣间里，慕容瑾的挎包掉在地上没有拿走，何少川翻了一遍，什么都没发现，在地板的角落里倒是看见一个蓝色的小瓶子，瓶子是空的。

"这个从哪儿来的？"何少川问道。

经理迷惑不解地摇摇头说不知道。

"有没有可疑的人进过后台？"

"没有，后台都是我们剧组人员、体育馆的保安和清洁工。"

这时候，一个三十多岁的中年男子莽莽撞撞地跑进来，喊着要找警察，他浑身上下只穿了一条底裤。该男子说，他叫王大虎，是体育馆的清洁工。他本来在体育馆外做清洁工作，突然被人拍了一下肩膀，之后就昏迷不醒了。当他醒来的时候，发现衣服、裤子和胶鞋都不见了。

何少川立即明白了问题的症结所在，抬头看了看遍布四周墙角的摄像头，跟蒋子良说道："我们去监控室。"

经纪公司的经理犹犹豫豫地说道："不用去了……摄……摄像头没开。"

"为什么？"何少川急了。

"慕容瑾她要求的，她一直这样。你也知道，现在狗仔队特别多，明星在后台肯定会有一些不雅的举动，那些狗仔队就买通演出场所的保安，把明星一些非常私人的视频截图发表出来……所以，我们跟体育馆签约的时候，就要求把所有的摄像头关掉。"

何少川一筹莫展，看了看蒋子良说道："我们去医院，看看慕容瑾。"

33.失踪

慕容瑾死了！

120急诊中心的金医生赶到现场的时候，一看慕容瑾的症状，知道她是中毒了，连忙给她灌盐水，之后将食指和中指伸到她嘴里，压住她的舌根，刺激咽部，催促她把胃里的脏东西吐出来。可是慕容瑾一点反应都没有。

金医生和同事们把她搬到救护车上往医院飞奔，在半路上，慕容瑾就停止了呼吸，监护仪上，心电图变成了一条直线。

何少川赶到医院的时候，慕容瑾的尸体已经盖上了白色的床单，他找到金医生问道："她是怎么死的？"

金医生叹口气说："呕吐物呈米泔水样，混有血液、黏液和胆汁，有大蒜气味。大便也是米泔水样混有血丝，慕容瑾很可能是急性砷中毒。"

"急性砷中毒？"

"就是我们平常说的砒霜中毒，不过详细情况还需要进一步检查。"

何少川白了金医生一眼，心想你就直接说砒霜中毒得了呗，还什么急性砷中毒，奶奶的，有啥好卖弄的？他马上拿出手机，却发现有六个未接来电，刚才吵吵闹闹的没有听见。他先不管那么多，拨通了权聪的电话："醒醒，别睡了。"

"还没睡呢。"

"有活干了。"

"你半夜打我电话，从来就没什么好事。"

"妈的，美死你！慕容瑾的尸体！你马上解剖一下。"

"什么？慕容瑾？你是说那个慕容公主？"

"懒得跟你啰唆，我忙着呢！"

说罢，何少川挂断了电话，又给未接电话拨了回去。他知道那是网络管理处的电话。值班民警小张告诉他，那个 IP 对应的物理地址已经找到了，在城西小区 11 栋 18C。

"什么？没搞错吧？"

"没有，不会错的。何警官，不会是你朋友吧？"

小张没说错，那正是何少川朋友家，胡剑陵住在那里。

撂下电话，何少川马上拨打胡剑陵电话，可是胡关机了。他想起来，胡剑陵为了躲避网民的骚扰，已经把手机摔了。

他立即带着蒋子良匆匆赶往城西小区 11 栋 18C。

大门紧锁，门下面的地板上粘着一些白色的污点，也许是当年装修时留下的痕迹。蒋子良敲了半天门也没人应，何少川说："算了，别敲了，这几天他都不敢回家了。"说着便掏出一把钥匙来开了门，那是胡剑陵单身时给他的钥匙，因为胡剑陵家离公安局近，何少川经常中午过来休息。

屋子里安静得很。

打开灯，走进客厅，一件风衣随意地扔在沙发上。

那件风衣太熟悉了，无论是颜色还是款式，都跟辉腾大厦监控视频里的风衣太像了。

何少川满腹狐疑地搜索了每个房间。

电脑开着，泛着清冷的光。

QQ 没有登录。

蒋子良如法炮制，下载了黑客软件，开始破译胡剑陵的 QQ 密码。

何少川在一旁嘟囔着说道："起码要一个小时吧。"

"差不多。"

"你试一下 19860217。"

蒋子良在密码框里输入 19860217，QQ 果然登录了。

"唉，你厉害啊！"

"没什么，这是胡剑陵老婆的生日。"

"哪个老婆的？"

"废话！老婆当然是后来的好啦！"

"有问题有问题，"蒋子良连连摇头，"人家老婆的生日，你记那么清楚干吗？"

何少川顿时脸色通红，骂道："娘的，干活！那么多废话干吗？"

蒋子良嘻嘻一笑，开始查找胡剑陵的 QQ 好友名单，果然在长长的列表里，找到了刘静江的 QQ 号码 983459418。

双击好友头像，打开聊天窗口，点击聊天记录，昨天晚上 8 点 20 分发送的那天 QQ 诅咒赫然在目。

我是一个叫陈婷婷的 girl，被绑架，后来死了。请你把这封信立即发给你的 6 个好友，1 天后，你喜欢的人就会喜欢上你。如果不发，你就会在 5 天内离奇死亡！这条信息始于 1877 年，从未失误过。

难道真的是胡剑陵干的？

刘静江把他的婚礼和激情视频，一起做成了动画；薛沐波开展了对他的人肉搜索，于是他便杀了两人。

可是戴景然呢？为什么要杀戴景然？

何少川想起来，胡剑陵跟他一样，也买了四海煤炭的股票。

顾松云的死又怎么解释？电视台的副台长也得罪过他？

何少川又想起一件事情，胡剑陵跟他说过的。去年的城管打人事件，电视台派记者采访报道，胡剑陵因为以前认识顾松云，于是便给他打电话，请求不要采访，但是遭到了顾松云的一口回绝。为这事，马培安局长把他骂了一顿，说他办事不力。后来，他才想到向市委宣传部求助。虽说是挽回了自己在领导心目中的形象，但是他经常骂顾松云不仗义，说吃吃喝喝的时候，他倒很积极，真有事要找他了，他就翻脸不认人了。

即便这些人都是他杀的，那慕容瑾的死又跟他有什么关系呢？

慕容瑾不是本市人，两人的生活根本不可能有重叠之处，更遑论仇怨了。

那么慕容瑾的死是另一个人所为？

QQ 诅咒又是怎么回事呢？为什么每次杀人，都要先发一条 QQ 诅咒呢？

许许多多的问题，不停地在何少川脑海里盘旋，他拨打了自己家的电话，铃声响了半天也没人接。

胡剑陵到底去哪儿了呢？

34.尸检

权聪披了一件衣服，匆匆地赶到医院，将慕容瑾的尸体拉回解剖室开始工作。

最初他听说要解剖慕容瑾的时候，心里是既惋惜又兴奋。惋惜的是，一个著名的当红女星死了，而权聪多多少少有点喜欢她。慕容瑾的很多歌他都听过，他觉得慕容瑾清纯可爱，而且是个知性女子，很多歌都是她自己填词作曲的，她还开了个博客，经常跟网友、歌迷们就各种社会现象、热点事件展开讨论。这样一个红颜女子突然离奇自杀，自然会引起很多人的同情。兴奋的是，他可以看到慕容瑾的裸体了，虽说要尊重尸体，可是那毕竟是慕容瑾的尸体啊！看不到活的，能看到死的，也是人生一大幸事。

可是，当他看到慕容瑾尸体的时候，心中就只有惋惜没有兴奋了。

尸体已经发青了，嘴唇黑糊糊的，浑身上下都是粪便和呕吐物。

权聪把尸体洗得干干净净，打量了一阵，心中突然泛起一股戚戚之感，美若慕容者，到头来也不过如此。

拿起手术刀，切开胸腔，掏出胃脏和肝脏，分别取出一块切片，放在仪器下检查，过了片刻，权聪便断定慕容瑾的确是砒霜中毒。

砒霜，也就是三氧化二砷，古代称为鹤顶红，毒性特别强，只要0.005到0.05克就能使人中毒，0.1到0.2克就能使人致死。三氧化二砷进入人体后迅速破坏某些细胞的呼吸酶，使组织细胞不能获得氧气而死亡；还能强烈刺激胃肠黏膜，使黏膜溃烂、出血；还会破坏血管，发生出血，破坏肝脏，严重的会因呼吸和循环衰竭而死。

除了三氧化二砷，权聪还在切片里发现了安非他明、甲基安非他明、苯巴比妥、咖啡因、氯胺酮、苯海拉明等成分，在一个人的胃里同时发现这些东西，基本上就可以断定，慕容瑾吃了摇头丸。

摇头丸，学名二亚甲基双氧苯丙胺，属于安非他明类兴奋剂的一种，具有强烈的中枢神经兴奋作用，一个人吃了摇头丸，往往会变成另外一个人，运动过度、情感冲动、性欲亢进、嗜舞、偏执、妄想、自我约束力下降以及幻觉和暴力倾向。

难道慕容瑾也是个"瘾君子"？平时看她在电视镜头前，总是一副淑女的样子，没想到还吸毒。

正当他聚精会神进行尸检的时候，手机铃声骤然响起，把他吓了一跳。电话是何少川打来的，他一接通就骂道："娘的，你吓死我了！"

"哈哈，不做亏心事，不怕鬼敲门。检查有结果了吗？"

"我是谁啊！当然查出来了！她死于砒霜中毒。"

"这我早知道了，金医生已经告诉过我了。"

"还有金医生不知道的呢。"

"我就是想知道他不知道的。"

"在她胃里发现了摇头丸的成分。"

何少川告诉他，慕容瑾演唱会现场当众吞下了一颗药丸，之后就大跳艳舞。权聪听着，肠子都悔青了，怎么自己不买张票去看看呢？

何少川说："药是她自己吞的，所以她肯定是被控制了。有没有什么药能控制人的神经？"

"有，当然有。"

"还有个清洁工，说是被人拍了一下肩膀之后，就什么都不知道了……"

"拍肩药嘛！这你不知道？"

拍肩药，是一种迷魂药。把药粉抹在手掌心，往对方肩上一拍，借助压力，粉末飞散，直接挥发，被受害人吸入，能迅速压抑大脑皮层和中枢神经，使人暂时性产生失魂状态，受害人完全失去戒心，事后对所发生事情全然不知。何少川自然知道这种药，他怀疑慕容瑾也是被人如法炮制，从而进入一种类似催眠的状态，这才乖乖地当众吞下了那粒摇头丸。

要想知道慕容瑾是否被人下了迷药也很简单，权聪取出了肺脏，照例做了一个切片放在仪器下检查成分，很快便发现了少量的三唑仑。三唑仑，又名海乐神，属于高效麻醉药，俗称迷药、蒙汗药、迷魂药。清洁工所受的拍肩药就属于三唑仑的一种，还有很多不良之徒把这种药混在香烟里，喷出迷雾把人迷倒之后抢劫财物，还可以制成可挥发的液体，装在小瓶子里，任其挥发，屋里的人就会全部中招。

权聪立即向何少川汇报了这一新发现，但是何少川并不高兴，只是淡淡地说了声"知道了"就挂断了电话。

权聪嘟囔着骂了几句，他不知道，何少川正烦着呢，越来越多的证据表明，他的朋友胡剑陵就是凶手。

蒋子良对胡剑陵的电脑进行了详细的检查，几千个 cookies，几千个 internet 临时文件，他都没放过，发现胡剑陵最近访问过一些本该封杀的网站，这些网站主要出售各种迷魂药、摇头丸等。

他闲着没事干，访问这些网站干吗？

何少川详细浏览了那些非法网站，发现这些药都是上百块钱一包，没有单卖。那么，胡剑陵把其他药放到哪里去了呢？

两人在屋里展开了大搜索，十几个抽屉、八九个柜子，甚至衣柜里每件衣服的口袋都翻了个底朝天，也没看到其他药品。

两人就要放弃的时候，卧室的床引起了何少川的注意。

床单不整齐，一角掖在了床下面。

何少川把床垫子掀开，果然在床下发现了一个黑色的塑料袋，装着各种各样的迷魂药，但是量都很少，显然已经用了很多。还有一个塑料瓶子，打开看，里面是十几粒药片，何少川倒出一片，仔细看了一下，药片上还刻着两个字：砒霜。

难怪！

体育馆更衣室的那个小瓶子应该就是装砒霜的。

胡剑陵知道慕容瑾大跳艳舞之后必会寻死，于是提前在更衣室内放了一粒砒霜，万念俱灰的慕容瑾一看到砒霜二字，自然是毫不犹豫地吞了下去。

没想到胡剑陵的心思竟然如此缜密。

他突然心里一咯噔，胡剑陵那么爱曦曦，现在曦曦却离开了他，他会不会因爱生恨，做出更加不可理喻的事情呢？想到此，他马上拿出手机，拨打了颜思曦的电话。

话筒里传出嘀——嘀——嘀——的声音。

可是，颜思曦就是不接电话。

过了很久，话筒里传出系统提示："对不起，您拨打的电话无人接听，请稍后再拨。"

难道这么快就出事了？

何少川的汗都冒出来了，重拨电话。

嘀——嘀——嘀——

每多响一次铃声，都让何少川的心揪得更紧一分。

35.QQ 杀手

要看演唱会却看到了一场激情演出，颜思曦十分不满，嘟囔着说道："这个女人怎么这么不要脸啊？本来还以为她多纯洁呢！整天娇滴滴的，像个小女生似的，谁知道竟是这么龌龊。"

孔步云第一次听颜思曦臧否他人，便饶有兴趣地洗耳恭听。他觉得曦曦越发可爱了，她的脸上泛起一抹红晕，眼睛里满是大义凛然的神色。他看得心旌荡漾，恨不得一把将她拥到怀里，拼命地亲她几口。但是他又没那胆量，颜思曦在他眼里，就像天上的仙女一样，侵犯不得。

颜思曦说着说着，突然转头问道："你说她是不是特虚伪啊？"

"是，"孔步云连忙应和着，"听说她还开了一个博客，经常点评热点事件呢。"

"那么喜欢对别人指指戳戳的，还以为她多正义呢，原来不过如此。"

两个人散了一会儿步，坐上了一辆的士。孔步云的心里就像揣了一个小兔子上蹿下跳，脸腮也像发烧一样红彤彤的，他犹豫着、积攒着勇气，要邀请颜思曦到他家里去住。他一直这样憋着，就是不敢开口，可是司机憋不住了，问道："两位去哪儿啊？"

孔步云心一横，决定破釜沉舟了，说道："曦曦，要不……"

话刚说出一半，就被颜思曦打断了，对司机说："师傅，先去长洲花园，"然后转头问道，"步云，什么事？"

"哦，没什么，没什么，我只是……其实也没什么，呵呵。"

颜思曦看着孔步云结结巴巴的样子，笑道："瞧你紧张成什么样了，我又不会吃了你。"

"没有啊，我没紧张啊。"

"你啊，漫画画得那么好，追女孩子却一窍不通。"

"呵呵，呵呵。"孔步云傻笑着，他还固执地以为这是他的优点呢，他还固执地以为女孩子都喜欢他这种老实巴交的男生呢。

颜思曦的手机响了起来，是何少川打来的。

"何警官，你好。"

"嫂……曦曦，你没事吧？"

"没有啊，你怎么了？"

"我打了你几遍电话你都不接，我很担心。"

"刚才太吵了，我没听见。你担心我什么？"

"你这两天见过胡剑陵吗？"

"没有，我还见他干吗？"

"我们在他家里发现了一些东西，怀疑他就是 QQ 杀手。你要小心点，我怕他去找你。"

"没那么夸张吧？"

"还是防范一点好，我找了他很久了，就是不知道他在哪儿。"

"好吧，我知道了。"

等颜思曦放下电话，孔步云关切地问道："怎么了？"

颜思曦沉思片刻，摇摇头说道："没什么。"

车行二十几分钟，到了颜思曦楼下，孔步云又蠢蠢欲动起来，思量着自己到底是该下车还是不下车。最后他终于做出一个大胆的决定，他要跟她下车，跟她回家。

出租车停了下来，孔步云终于鼓足了勇气："曦曦……"

可是，又被颜思曦打断了，她对司机说："师傅，再去景新花园，"说罢下了车，朝孔步云摆摆手，"明天见。"

孔步云百般无奈地向颜思曦挥挥手，有气无力地又对司机重复了一句："师傅，景新花园。"

司机是个"话油子"，颜思曦一下车，便笑呵呵地问道："你女朋友啊？"

"哦？不……不是。"

"要追人家吧？"

"呵呵，算是吧！"孔步云的脸又红了，在一个陌生人面前，他也不好意思袒露自己的心声。

"哈哈哈，哥们，你这样是追不到人家的。女人喜欢什么样的男人，知道吗？胆大，心细！该拉手就要拉手，想亲嘴，拉过来就亲，犹犹豫豫的，有啥出息啊？"

"人家不愿意怎么办？她会生气的。"

"生气是自然的，如果她喜欢你呢，就是撒撒娇，装作生气的样子，如果不喜欢呢，分手就行了嘛！女人这种动物啊，其实有时候喜欢男人粗鲁一点，老是彬彬有礼的不行，想当初我跟我老婆，刚认识一个礼拜，我就喜欢上她了，管你愿意不愿意呢，上了再说！这不，孩子都给我生了。哈哈哈……"

孔步云被司机逗得哈哈大笑，盘算着下次见颜思曦不妨粗鲁一点儿，虽然不必像司机那样霸王硬上弓，起码可以肆无忌惮地把她拉过来！

回到家后，孔步云还在盘算着跟颜思曦下次见面的种种安排，在什么情景下动手动脚，动手动脚到什么程度；如果得手了，是不是可以进一步试探，万一被拒绝了，就马上道歉，道歉了，她会不会原谅自己？

他满脑子胡思乱想，坐在电脑前，打开了电源。

电脑里有几张他画的漫画，下期杂志就要用的，他再次看了一遍，觉得没什么问题了，就发送给主编。接着又登录了QQ，打开了绘图软件，想象着曦曦的样子，准备画一幅曦曦的漫画。曦曦实在太美了，用尽世间最美的形容词都无法描摹她，只有通过画笔，才能再现曦曦的动人。

这时，QQ丁零零地响了起来。

是一个叫"无间道"的网友，前几天刚刚加上的，"无间道"说自己是孔步云漫画的忠实读者，想给孔步云提点意见。孔步云立即通过了，可是通过之后，"无间道"再也没出现。今天，他突然来了，正好可以跟他好好探讨一下，自己的漫画作品还有什么地方需要改进的。

双击"无间道"的头像，发来的却是一条QQ诅咒。

我是一个叫陈婷婷的girl，被绑架，后来死了。请你把这封信立即发给你的6个好友，1天后，你喜欢的人就会喜欢上你。如果不发，你就会在5天内离奇死亡！这条信息始于 1877 年，从未失误过。

　　QQ 杀人的事情早就在网络上流传了，起初网民还很惊恐，后来公安局出来澄清了，人心才算稳定了。孔步云从来就不信这些，只是没想到，这个忠实读者竟然会发来这么一条短信，于是回复道：

　　老大，你还信这个啊？

　　"无间道"的头像变成了灰色，原来他并不在线上。下次上线，他应该就可以看到了吧？就在这时候，手机铃声急骤地响了起来，是颜思曦打来的。
　　颜思曦的声音非常慌乱。
　　"步云，我……我……我收到诅咒了，QQ 诅咒。"
　　"别怕，那都是骗人的。"
　　"不，不，你不明白的，我怕，我好怕，你忘记了吗，一直有人跟踪我的。"
　　一个念头迅速从脑海里滑过，这不正是英雄救美的好时机？
　　"曦曦，我到你家去，你等我。"
　　"不，不，我不要待在这里，我怕，我不敢留在这里，我去找你吧。"
　　"好的好的，你赶快打个车过来，不要害怕，都是你自己吓自己。"
　　"哦，哦，哦，我马上过去。"
　　颜思曦说罢，匆匆挂断了电话。
　　孔步云的心跳又加快了。
　　曦曦要来了！
　　他巡视一圈房间，屋子好乱，赶紧进行大扫除。
　　然后又在每个房间喷了一点香水，准备了一根蜡烛，一瓶红酒，两个高脚杯……
　　一个浪漫的故事就要开始了。
　　浪漫的故事不都是这样开始的吗？
　　刚刚准备停当，门铃就响了。

孔步云深深地吸了一口气，平息一下紧张的心跳，然后整理衣襟，梳拢头发，三步并作两步，冲到门前一把将大门打开，开心地说道："欢迎光……"

"临"字尚未说出口，一阵烟雾扑面而来，他惊恐地看着面前的人，张大了嘴巴想说点什么，但是却什么都说不出来。

第六章　旧闻

　　童晓文捧着脑袋皱着眉，沉吟半晌终于犹豫着说："好像那个女孩被同学嘲笑了。她出了个什么事情真的是忘记了，总之，当时社会影响好像还挺大的。好像跟一个什么电视台的报道有关，但是这么多年过去了，细节真的想不起来了。"

36.第二支画笔

　　何少川将胡剑陵是疑凶的推断立即上报给郑局长，郑局长审时度势，连夜下令封锁机场、码头、火车站、长途汽车站等一切关口，并马上签发了通缉令，严密缉拿胡剑陵。

　　蒋子良却突然对何少川说道："老大，我觉得我们有个很重要的地方没去搜。"

　　"哪儿?"

　　"你家啊!"

　　什么都想到了，就是没想到胡剑陵可能还在自己家里。两人马上驱车回家，大门紧锁着，何少川掏出钥匙走进屋，试探地叫了几声："胡剑陵!"

　　没人答应!

　　两人搜查了每个房间，确定胡剑陵的确不在家。

　　何少川回忆着，最后一次见胡剑陵是昨天早晨上班走时，那时候胡剑陵精神几乎要崩溃了，但是除此之外，并没有任何异样。从昨天早晨到今天晚上，三十多个小时过去了，胡剑陵要逃跑的话，早已插翅高飞了!

　　蒋子良把何少川家翻了个底朝天，最后说道："这个胡剑陵还很仗义啊，你抽屉里两千多块钱都没拿。"

　　何少川叹口气说道："他其实人不坏，就是一时想不开。网络暴力，有时候真的能把人逼疯的。"

　　他不禁又想起了那个被他伤害过的小女孩，不知道她现在怎么样了。她现在应该上高中了吧? 她是否已经摆脱了网络暴力的阴影? 她是不是对互联网已经充满了恐惧?

　　这时候，颜思曦打来了电话："何警官，我……我……收到诅咒了，QQ

诅咒，是胡……胡……剑陵发的。"

"你在哪儿？"

"我……我……在家……我好怕……"

"不管谁敲门，你都不要开门，我马上过去，你等我。"

"不……不……我不要待在这里，我怕，我怕……"

颜思曦说完匆匆挂断了电话，何少川立即拨打过去，却是占线的声音。他马上带着蒋子良马不停蹄地赶往颜思曦家，胡剑陵难道真的疯了吗？他要大开杀戒了吗？

车刚到长洲花园，又接到了颜思曦的电话。

"曦曦，你在哪儿？我们已经到了。"

听筒里却传出呜呜的哭泣声。

"我在孔步云家里，他死了，他死了……"

"孔步云？在哪儿？"

"景新花园，你们快过来啊！"

撂下电话，何少川和蒋子良又匆匆赶往景新花园。救护车停在小区门口，红蓝两色灯不停地闪烁着，给躁动的夜增添了几分不安。孔步云家门口围着几个保安和医生，120 的金医生此时已经走出了人堆，看到何少川失望地摇摇头："已经没救了。"

地上满是鲜血。

孔步云躺在门口，睁大了双眼，面部肌肉由于痛苦而扭曲着。

右手紧紧地捂住了右耳，透过指缝，一根画笔的笔端露了出来。

又是画笔！

跟刘静江的死法一样，也是画笔戳进了耳后的大动脉。

门口有几个血脚印，何少川跟随脚印走到了消防通道里，脚印一直延伸到十楼，突然消失了。

垃圾箱里扔了一套血衣和皮鞋。

何少川认得，那都是胡剑陵的东西。

他提着两样东西重新爬到 14 楼，尸体已经被 120 的金医生拉走了。

孔步云的电脑开着，QQ 照例登录着。

一个聊天窗口，显示着那条夺命的 QQ 诅咒。

发来诅咒的正是胡剑陵的 QQ 号码：958932106。

发信息的时间也是昨天晚上。

他为什么要杀孔步云呢？

稍微想想就明白了，因为孔步云和颜思曦走得太近了！

爱情，招来了杀身之祸。

颜思曦还在哀哀地哭泣着。

何少川劝慰道："曦曦，节哀顺变吧！"

"为什么？为什么？他伤害了我还不够，为什么还要杀我们？难道我就不能追求自己的幸福了吗？"

何少川看着颜思曦悲痛欲绝的样子，眼睛里也不由得浸满了泪水。

颜思曦，一个孤儿，一生飘零，最后终于遇到了胡剑陵，本以为找到了人生的港湾，本以为找到了最后的归宿，可以快快乐乐地过一生，结果没想到，婚礼上遇到了惊天巨变，把她所有美丽的幻想击得粉碎。她不放弃，继续寻找自己的幸福。孔步云，一个帅气纯真的小伙子，本来可以带给她安定的生活，结果却惨遭横死。造化实在弄人，为什么就不能给颜思曦一个幸福的生活呢？那么美丽漂亮、温柔善良的女人，本该得到世间最美的爱情，本该过上最幸福的生活，可是这一切，竟然与她那么遥远。

如果有可能，他多想给曦曦一点温暖啊，他甚至想这样跟她说了，但是又生怕遭到耻笑，只好把这种念头深深地隐藏起来："曦曦，你不要哭了。这几天，你小心点儿，不要一个人出门，在家里的时候，不管谁来，都不要开门。"

"他……他……还会来杀我吗？"

"我不知道，他已经疯了，他不再是以前那个胡剑陵了。"

"让他来吧，"颜思曦大喊大叫着，"不就是一个死吗？就是死了，我也不会跟他在一起了！"

"冷静点，冷静点，我不会让你死的，我一定会把他揪出来的！"何少川看着颜思曦，斩钉截铁地说道。

37.溺毙之人

　　通缉令贴遍了各个交通场站和大街小巷，但是一个星期过去了，胡剑陵就像人间蒸发了一样不见踪影。何少川和蒋子良查遍了胡剑陵的每一个亲戚、朋友，都说好久没见到他了。胡的父母更是伤心透顶，自从婚礼巨变之后，他们一直闭门不出，儿子从那天起，也再也没有登门。乍一听儿子竟然是杀人凶手，两位老人老泪纵横泣不成声，何少川实在不忍心看下去，匆匆忙忙地离开了。

　　这几天，一直有一个疑问盘旋在脑海里，胡剑陵每次杀人为什么总要先给对方发一个QQ诅咒呢？这条莫名其妙的QQ诅咒到底扮演了什么角色呢？

　　慕容瑾死前手机也收到了QQ诅咒，发送信息的手机关机了。

　　如果其他几个人多多少少跟胡剑陵还有点仇怨的话，那慕容瑾怎么得罪他了？

　　后来总算在慕容瑾的博客里找到了一点牵强附会的理由。去年城管打人事件，媒体本来炒得沸沸扬扬，可是突然被市委宣传部叫停，网络上顿时骂声一片。慕容瑾自然不甘寂寞，也写了一篇冷嘲热讽的文章，博得歌迷的一致赞扬。

　　为这杀人？

　　虽然不是没有可能，可实在是匪夷所思。

　　何少川心头总有一层疑云，但是那疑云就像游丝一样捉摸不定。

　　还是查查QQ诅咒到底扮演了什么角色吧！

　　他把自己的想法跟蒋子良说了之后，两人立即着手调查。

　　登录百度、谷歌、雅虎等各种搜索网站，输入关键词"QQ诅咒"、"陈婷婷"、"5天内离奇死亡"……

每一个关键词下面都是海量的信息，少则几千条，多则几十万条。

每一条信息看上去都与本案没有丝毫关系。

已经没有更简捷的办法，两个人只能一条信息一条信息地排查，希望从浩渺的信息中，寻找出一点有用的蛛丝马迹。

功夫不负有心人，两人忙活了两天之后，蒋子良终于发现了看上去有那么一点瓜葛的信息。

这是十年前的一条旧闻了，是晨报记者童晓文采写的，标题是：

《15 岁女孩为躲避 QQ 诅咒离家出走》。

讲的是当时饱受争议、处于风口浪尖的罗姓 15 岁小女孩突然离家出走。父母伤心欲绝，到处寻访，毫无结果。后来在其 QQ 好友里发现了一条 QQ 诅咒，怀疑罗姓女孩看到了这条诅咒之后，生怕噩梦成真，于是离家出走，希望能躲避灾难。

文章很短，写得不尽详细。

那条 QQ 诅咒到底是什么内容？

是谁发来的 QQ 诅咒？

为什么一个 15 岁的小女孩能处在风口浪尖上，而且还饱受争议？

后来小女孩回来没有？

还是已经遇难？

……

何少川带着疑问的目光看了看蒋子良，迎来的同样是疑问。

就在这时候，何少川的电话响了起来，是 110 报警中心打来的。

在河边发现了一具尸体。

尸体是一个姓蔡的渔民发现的。中午他像往常一样摇着一艘小船到河里撒网捕鱼，最后一网捞起来沉甸甸的，蔡老头心中大喜，以为要发大财了，结果把渔网收起来一看，差点没吓死，渔网里兜着一具尸体。

尸体已经肿胀，肚皮鼓鼓的。

是一具男尸。

鱼虾鳖蟹光顾过，把尸体咬得斑驳一片，到处坑坑洼洼的。

尽管如此，何少川还是一眼就认出来了，死者是胡剑陵！

他和胡剑陵毕竟是多年的朋友了，此时见到胡剑陵如此惨死，不尽悲从中来，扑簌簌地掉下几滴眼泪。

权聪把尸体翻了个遍，根据腐烂程度，起码死了七八天了，但是由于时间太长，尸体又浸了水，具体的死亡时间无法得知。

从上衣口袋里翻出了胡剑陵的钱包，里面有一千多块钱，信用卡、借记卡一样没少，只是身份证不见了，也许胡剑陵生前拿去办什么事了。

胡剑陵身上没有伤口，要么是失足溺水，要么是畏罪自杀，总之胡剑陵的尸体明明白白地将他杀的可能性排除了。

唯一奇怪的是，胡剑陵的双手合在一起，右手还紧紧攥着一个死去的螺蛳。何少川觉得那个螺蛳很有问题，胡剑陵自杀，要拿个螺蛳干吗？陪葬吗？还有他双手的姿势——溺毙之人都会保持死前的最后一个姿势，即便自杀，出于本能，双手还是会胡乱挥舞的，胡剑陵为什么要把双手合在一起？除非他的双手当时是被绑着的，可是绳子不会自动脱落的，如果是双手被绑抛到河里，那绳子呢？

何少川蹲到尸体旁，仔细检查胡剑陵的手腕。

手腕处被鱼虾噬咬得特别深，露出森森的白骨。腐肉里一条细细的纤维吸引了他的注意，他小心翼翼地用镊子夹起纤维，对着阳光看了又看，纤维是红色的。

胡剑陵穿着一身红色的棉线T恤衫。

何少川把尸体翻来覆去地检查一遍，发现T恤衫后面少了一截。

众人都不知道他在寻找什么，个个疑惑地看着他，只见他站起身来，问蔡老头："大爷，水里什么东西最喜欢吃这种螺蛳啊？"

"螃蟹。"

"哦？"何少川眼睛微微一亮。

蔡老头继续说道："螃蟹最喜欢吃螺蛳、小虾、小蚌、小鱼，取食时靠螯足捕捉，然后将食物送到口边。这里的螃蟹跟别处又不同，肉没长多少，两个螯长得特别大，被它夹一下，那不得了！"

将所有的疑点联系在一起，何少川豁然开朗了，他斩钉截铁地对众人说道："胡剑陵不是自杀，是他杀。"

何少川的推断是：凶手用T恤衫上撕下来的布条绑住了胡剑陵的双手，并且在布条下面塞满了螺蛳，然后丢到水里，吸引了螃蟹前来争食。螃蟹取食用螯足，所以把捆绑胡剑陵手腕的布条撕扯开了，于是造成了胡剑陵自杀的假象。凶手在捆绑胡剑陵时，胡一定是清醒的，于是他在挣扎的时候紧紧地握住了一个螺蛳，用来提醒警察他死得冤枉。

众人听着何少川的推断，面面相觑。

何少川的话就像是天方夜谭。

见大家不信，何少川说道："权聪，你回去再检查一下，看死者有没有被麻醉过。"

38.案情分析会

市公安局召开了一次案情分析会，由郑局长亲自主持。

权聪的解剖结果表明，胡剑陵的尸体内发现了三唑仑成分，这就表明，胡剑陵死前被人麻醉过，胡剑陵死于他杀的结论是成立的。

现在的问题是，胡剑陵到底是不是QQ杀手？

蒋子良的意见是，虽然胡剑陵死于他杀，但很可能是他的仇人所为。发现胡剑陵尸体的河段，就在去年城管打人事件的发生地不远处。胡剑陵的死，会不会与这个事件有什么关联呢？蒋子良说："胡剑陵婚礼上播放了嫖娼的视频，这就说明有人一直想搞他。"

何少川反驳道："我们的调查已经表明，指使私家侦探偷拍胡剑陵视频的人，跟给戴景然、顾松云和薛沐波发QQ诅咒的，是同一个QQ号码，都是一个昵称叫'小迷糊'的人。所以，基本可以推翻胡剑陵是QQ杀手的可能。胡剑陵很可能跟其他几个死者一样，都是QQ杀手杀的。从胡剑陵被杀来看，凶手思维非常缜密，自杀场面安排得天衣无缝，这跟顾松云的车祸事故现场惊人的相似。"

蒋子良追问道："那孔步云呢？现场的确发现了胡剑陵的衣服和皮鞋，而且胡剑陵给孔步云发过QQ诅咒；他的家里有那件在辉腾大厦出现过的风衣；他的床底下翻出了迷魂药和砒霜，他上网浏览过卖这些药的非法网站。"

之前，这些信息使所有人断定胡剑陵就是凶手，虽然何少川一度疑惑过，但那十分不清晰的一点疑虑稍微一晃就过去了。而现在，那些疑点越来越清晰了。他侃侃而谈道："这些东西可能是QQ杀手嫁祸于胡剑陵的。我们可以试想一下，凶手把在辉腾大厦出现的衣服放到胡剑陵家，把迷魂药和砒霜放到他的床下，然后用他的QQ登录，给颜思曦和孔步云发送QQ诅咒，这样就把我们的目光轻而易举地转移到胡剑陵身上。此时，孔步云被杀了，我们非常容易地找到血衣和皮鞋，由于有了先入为主的偏见，于是我们断定胡剑陵就是QQ杀手。"

不得不承认，何少川的分析很有道理。

可是，办案仅有分析是不够的。

一直没有说话的郑局长此时问道："证据呢？"

何少川胸有成竹："胡剑陵的电脑当时已经被搬到局里来了，子良，麻烦你查一下，胡剑陵都是什么时候浏览过那些非法网站的。"

蒋子良点点头，招呼几个警察把胡剑陵的电脑搬来。

何少川继续分析："其实还有很多疑点，假如胡剑陵是QQ杀手，他之前为什么要盗取柳苗的QQ号码，假装是'小迷糊'，给戴景然、顾松云和薛沐波发送QQ诅咒？难道是为了隐藏自己吗？可是后来为什么又赤裸裸地用自己的号码登录呢？他此时难道就不想隐藏下去了吗？如果说，他被网络暴力伤害导致精神崩溃，于是不再考虑自己是否会被抓，这也能说得过去，可是证据呢？我们没有证据证明，网络暴力已经把他变成了一个精神病人。还有对杀人现场的处理方面，戴景然被杀后伪装成心源性心脏病猝死，顾松云被杀伪装成交通事故，薛沐波被杀虽然没有伪装，可是案发现场一个指纹都没有留下；还有慕容瑾在众目睽睽之下出尽了洋相之后自杀，而凶手竟然不需要露面。这足以证明凶手是个高智商的人！可是孔步云的被杀现场呢？先是血脚印出现了，然后是血衣、皮鞋又发现了，相比之前几宗，我们找到的东西太多了吧？所以，我想这是凶手故意让我们找到的。"

众人听着何少川的分析频频点头，郑局长这时又问道："那凶手为什么要把几个人的被杀现场进行伪装，而其他人的又不伪装呢？"

何少川略一沉吟继续说道："先死的戴景然和顾松云，现场都被伪装过，凶手的目的就是突出QQ诅咒，转移我们的视线，即使不能转移，起码也要引起市民的不安。当我们在网络上发布告示稳定民心后，凶手觉得没必要伪装了，于是对待薛沐波、刘静江和孔步云时，就省去了很多麻烦。至于慕容瑾，其实不算是伪装，凶手就是为了让她当众出丑，之后逼死她。慕容瑾所谓的自杀，凶手肯定知道我们不会上当。至于胡剑陵，则是凶手精心布的局，目的就是为了制造胡剑陵畏罪自杀的假象。"

何少川的分析滴水不漏头头是道，同事们不禁鼓起了掌。

一直在电脑前忙活的蒋子良这时候也说道："查出来了！胡剑陵只登录过一次非法网站，就是给颜思曦和孔步云发QQ诅咒那天。"

何少川说道："这就是了！他登录非法网站那天，正是慕容瑾被迷杀那天，也就是说，那时候胡剑陵即便在网上下了订单，也不可能那么快拿到药。这又是凶手给我们布下的一个局。"

蒋子良这时候抬起头来，问道："可是凶手不知道密码，怎么会登录胡剑陵的QQ呢？"

"老大，别以为只有你会破解密码，之前'小迷糊'柳苗的密码不是都被他破解了吗？"

一句话，会议室的人都笑了起来。

蒋子良不好意思地笑笑，指着何少川摇摇头，又继续检查胡剑陵的电脑。只过得片刻，他对众人说道："这里有个新证据，可以证明胡剑陵不是QQ杀手。"

众人都竖起了耳朵。

蒋子良说道："一个月前，胡剑陵也收到过一条QQ诅咒，发信息的就是那个'小迷糊'。"

看来，凶手早已把胡剑陵列为杀戮的目标了。

郑局长说："凶手连杀了七个人，大家说说看，作案动机是什么？"

蒋子良说："死者的财物都没有少，所以肯定不是见财起意。死者有男有女，年龄从二十多岁到三十多岁，所以基本可以排除情杀。死者的单位、公司、所从事的行业都不相同，所以也不会是出于商业方面的竞争。我想这可能是连环仇杀案，可是凶手为什么会跟这些不同年龄、不同性别、不同职业的人，有如此血海深仇，我们却不得而知。之前胡剑陵多多少少还跟其他死者扯上那么一点牵强附会的仇怨，可是胡剑陵一死，我们就无从下手了。"

何少川补充说道："从目前掌握的情况来看，凶手最恨的有两人。一个是胡剑陵，因为他先拍摄了胡剑陵的视频，破坏了他的婚礼，之后公布到网上，引起人肉引擎的搜索，使他身败名裂，最后残忍地杀害；另外一个是慕容瑾，他使一个当红的女歌星当着六千人的面脱光了衣服，极大地羞辱了她……"

"等等，"郑局长打断了何少川的话，"你说到羞辱！胡剑陵和慕容瑾都被羞辱了！羞辱是关键！找找看，这两人会不会同时羞辱一个人而遭到了报复。"

何少川点点头，他想不通，什么样的羞辱，能使一个人丧心病狂到如此程度，而且胡剑陵和慕容瑾彼此不认识，又怎么能同时羞辱一个人呢？

蒋子良汇报道："凶手每次杀人都发送了 QQ 诅咒，所以这两天，我跟少川正从 QQ 诅咒入手，看凶手与这个诅咒到底有什么关系。"

郑局长点点头："嗯，这也是一个方向。还有，胡剑陵家的门并没有被撬的痕迹，难道是胡剑陵自己没有关门？还是凶手有钥匙呢？"

何少川立即想到了两个人，一个是自己，一个是颜思曦。

只有他俩才有胡剑陵家的钥匙。

39.漫画的火焰

颜思曦坐在孔步云的书桌前，翻出了孔步云的十几本漫画集，有的是公开发表过的，有的尚未问世只是自己装订收藏的。孔步云是个漫画天才，他的漫画或者针砭时弊，或者讴歌美好生活，或者随意洒脱，寥寥几笔就勾勒出事件的来龙去脉，或者大肆渲染，浓墨重彩描绘出人物的音容笑貌。几千幅漫画，似乎浓缩了孔步云短暂的一生。有一组漫画，画的是同一个人物，主人公或者变身为楚楚可怜的小乞丐，或者被描摹成满脸麻子的中年乞丐，或者在垃圾箱里捡虫子吃，或者跪在地上乞求施舍……每幅漫画都清晰地传达着同样的主题——那是孔步云早年的作品，那时候他激情昂扬，生命中充满了创造的欲望。看着这组漫画，颜思曦更加伤痛，泪如雨下，捧着一摞摞的漫画，大声地叫着："为什么，为什么……"

没有人回答她，声嘶力竭的喊声在空落落的房间里回荡。颜思曦感到了前所未有的孤独和苍凉。

斯人已逝，就让他的创作跟着他一起去吧！

她拿出打火机，将成堆的漫画撕烂、点燃……

熊熊的火焰在卧室里燃烧。

烧吧，烧吧！

是你的东西你都带走吧！

熊熊的火焰映照着颜思曦的脸，那张脸挂满了泪水，越发的凄楚可怜了。

手机铃声响了起来，是何少川打来的，听筒里传来关切的声音。

"曦曦，你没事吧？"

"哦……我没事。你找我有事吗？"颜思曦哽咽着问道。

"我想当面跟你谈谈。"

……

何少川尚未进门，就闻到了呛人的烟味，浓烟从门缝里飘散出来，他大惊失色，一脚把门踹开，奋身冲了进去。

曦曦，你这傻瓜，你可千万别做糊涂事啊。

"曦曦，曦曦……"何少川一边大声喊着，一边往书房冲去，浓烟就是从那里冒出来的。

书房里浓烟滚滚，他呛得直咳嗽。地面上怒火熊熊，不知道什么东西在燃烧，颜思曦像疯了一样，呆呆地蹲在火堆前，出神地看着火堆，脸上挂着傻傻的笑。何少川情急之中，不管三七二十一，一把将颜思曦抱起来，喝道："你疯啦！"

突然被何少川抱起来，颜思曦脸色羞红了，但是她又感到特别安全，这种强烈的安全感是胡剑陵、孔步云无法给她的。仰头看着面前的男人，她能听到男人怦怦的心跳声，能闻到男人身上散发出来的迷人的雄性气息。

何少川将颜思曦抱到客厅的沙发上，然后赶紧到洗手间接了一桶水，冲到书房把火浇灭了。

木地板上烧出老大一个坑。

晚来一步的话，颜思曦就要葬身火海了。

他怒气冲冲地看着沙发上的颜思曦继续喝骂："你脑子有病啊？至于吗？他死了，你也要跟着他去吗？傻瓜，你怎么这么傻呢？"

何少川骂着骂着，眼眶竟然湿润了。他自知失态，马上不好意思起来，正准备转过身去，却见颜思曦嘴角一憋，眼睛一眯，嘴巴一张，哇的一声，眼泪夺眶而出，然后两条柔软的胳膊缠住了自己的腰。

何少川心中顿时暖洋洋的，两只手伸了伸，却又不知所措地停在了半空。

颜思曦抱着何少川，感到了力量，感到了安全，还有一丝甜蜜。也许，只有这样的男人才能保护自己，保护自己不受伤害，保护自己远离是非。就让这个男人骂我吧，打我吧！

"少川，你救救我，我好痛苦，我好害怕啊，为什么每个人都要跟我作对呢？"

何少川犹豫着，两只手终于放到了颜思曦的满头秀发上，轻轻地抚摸着："曦曦，坚强点儿，一切都会过去的。没人跟你作对，不要胡思乱想，生活终归是美好的。"

颜思曦呜呜地哭了十几分钟终于停歇下来，急忙松开双臂擦擦眼泪，问道："你找我有事吗？"

"是这样，"何少川只好放下双手，手心里依然有着温暖的感觉，他斟酌着说道，"胡剑陵死了。"

"他是怎么死的？他有没有说他为什么要杀孔步云？"

"人不是他杀的，凶手另有其人。"

"啊？"

何少川把警方掌握的材料做了介绍，颜思曦紧张起来："这么说，QQ杀手根本就没放过我？这几天，我天天都在等死，等着胡剑陵来杀我，原来竟不是他。好吧，不管是谁，我都不想活了，就让他来好了。"

"别说傻话，你不会有事的。记住，这段时间，不要一个人出门，不要让陌生人进屋。还有，胡剑陵家的钥匙你是不是有一把？"

"我已经还他了。"

"还他了？什么时候？"

"婚礼之后第二天，我就找了个快递公司寄给他了。"

"他收到了吗？"

"收到了，当天下午快递公司就给我打电话，说是快递送到了。"

"你把快递件寄到哪里了？"

"他单位。"

"城管局？"

"是。"

"快递单你还保留着吗？"

"还没扔。"

何少川眼前出现一线曙光，之前他认为胡剑陵家的钥匙只有他和颜思曦有，而颜思曦自然不会去谋害胡剑陵。现在……会不会是快递公司在寄件的过程中，出了什么问题呢？

又劝慰一番颜思曦后，何少川离开了孔步云家，一出门，便把双手凑到鼻子前闻了闻，淡淡的香波味道，让他觉得神清气爽、心旷神怡。

40.快递邮件

快递员闻立达一路碎跑穿过大厦大堂，走出室外推着自行车，飞身上车，正欲急速离开，车子却怎么也骑不动，回头一看，一个年轻人拉住了自行车的后座。无端受到如此挑衅，闻立达不禁火起，跳下车手指年轻人问道："你有病啊？"

年轻人却是微微笑着，问道："你有药吗？"

闻立达愣了一下，骂道："你神经病啊？"

"你能治吗？"年轻人还是一副毫不在乎的笑容。

遇到这种事，闻立达是哭笑不得，他决定不理会这个疯子，可是要推自行车却怎么也推不动。只见那年轻人掏出一支香烟，点燃，狠狠地吸一口，吐出一丝烟圈，又掏出一支香烟向闻立达示意："点一根？"

闻立达没有接，兀自气愤地问道："你是谁？"

"警察。"

"警察就了不起吗？"

"没什么，看你匆匆忙忙跑出来，所以过来问问。"

闻立达觉得自己的人格受到了侮辱："有什么好问的？别耽误我时间。"

"火气很大呀，"年轻人仰头看看大厦，然后笑呵呵地看着闻立达，"我叫何少川。"

闻立达白了何少川一眼，没有言声。

何少川却喋喋不休地说："从你进门开始算起，到你把邮件送到28楼再跑出来，只用了4分32秒。啧啧，了不起。"

人是自然界最好面子的动物，遭到一个警察如此有理有据、发自肺腑的夸奖，闻立达不由得火气顿消，脸上终于露出了笑容。

何少川继续夸奖："难怪你们公司方总说，你是飞讯快递公司跑得最快的员工。"

听到老总背后夸奖自己，闻立达更开心了，他咧嘴一笑，说道："其实，我是全市最快的快递员。"

"快递员需要的不仅仅是快，更重要的是准确吧？"

闻立达一愣，不知道警察什么意思。

"你每个月要投递两三百份快递，一次差错都没发生过？"

"那当然了。方总没跟你说，我是我们公司每个月的服务明星？知道什么样的人能当服务明星吗？不但要看业务量，最重要的是看有没有投诉，我每个月都是零投诉。"闻立达扬扬得意地说道。

何少川从口袋里掏出一张快递单，那是颜思曦给他的，他将快递单交给闻立达，说道："方总说，这个快递是你送的。"

闻立达仔细看了看，点点头问道："是啊，怎么了？"

"你确定把东西交给收件人本人了？"

"那当然了，不交给收件人，我交给谁啊？"

"你仔细想想，收件人是我朋友，那天他根本没上班。"

闻立达一听这事就慌了，邮件没送到，最多赔点钱，可是现在警察都找上门来了，他意识到问题的严重性，嗫嚅着问道："出什么事了吗？"

"别紧张，只要告诉我你到底把邮件交给谁了就行了，或者你根本就没送出去？"

"这怎么会呢？手机、照相机我都送过，我会贪污客人一把钥匙？"

何少川笑了笑："那你好好想想，到底把邮件交给了谁？"

"我得想想，"闻立达皱着眉头，开始回忆。何少川递给他一支烟，他毫不客气地接过去了，狠狠地吸了几口。香烟抽了一半，他想起来了："对，那天的确不是收件人自己接的。那天我骑车到了城管局楼下，保安把我拦住了，我说明来意，他让我登记之后，我就上去了。我按照快递单上的地址，找到了那个办公室，我记得是4025，办公室里人很多，有说有笑的，正在说什么嫖娼视频，什么结婚典礼。我敲了敲门，他们马上就不说了也不笑了。一个人问我干吗？我说我来送快递。那人问我送给谁，我说是给胡剑陵的。然后办公室的人又哈哈大笑起来，笑得我莫名其妙，还以为我脸上有什么黑灰呢。那个人说他不在，让我交给他。于是，我就交给他了，他还签了字……"

"他不是胡剑陵，签的却是胡剑陵的名字，你当时怎么也没在意？"

"我想，一把钥匙也不是什么大不了的事，而且他们都是政府部门的人，总不至于贪污同事一把钥匙吧？所以我也没多问就把邮件给他了。我一走，那人又开始跟办公室的人说话了，说什么'我们的视频男主角还收到邮件了'，然后办公室的人又在笑。我都不知道他们在笑什么，简直就是一群疯子。"

何少川点点头："你记得那人长什么样吗？"

"他脑袋特别大，伸手拿邮件的时候，我看到他手背上长满了黑毛，当时我马上想到了大猩猩，所以至今都记得。还有，他时不时地捂一下嘴角，跟同事说：'笑得我疮都裂开了。'我这才发现，他嘴角长疮了，应该上火了吧。"

熊冠洋的样貌马上浮现在脑海里。

难道又是他？

之前他和蒋子良已经详细盘问过熊冠洋了，他没有作案时间，难道他和朋友们串通好了？

他和被杀的七个人有什么过节呢？

除了胡剑陵是他的竞争对手外，其他六个人的生活跟熊冠洋根本就没有相交的地方。

也许潜藏的仇恨一直在地下孕育，一旦时机成熟就会喷薄而出。

不管怎么说，还要再找一次熊冠洋。

马培安局长正召集局党委班子，学习贯彻前不久刚刚落幕的市里大会的精神，主要是传达廖市长的《政府工作报告》。马培安把前几天媒体上的词全部拿来，活学活用了一番："廖圣英市长的发言总揽全局、内容丰富、实事求是、顺乎民意、鼓舞人心、催人奋进，对今后我市的发展具有非常重要的指导意义，这是一个凝聚人心、振奋人心、鼓舞人心的好报告，一是成就感更强烈，二是方向感更明确，三是责任感更重大。对我们城管工作者来说，要好好学习、消化这一报告，用报告的精神，指引我们的城市管理工作……"

马培安正讲得起劲，会议室的门被敲响了。看到是前些天来过的警察，他心里又是咯噔一沉，不知道又有什么祸事上门了。

"我先出去一下，大家先好好看看文件，这个讲话精神真的很重要，值得每个人好好学习啊。"

说完这些话，马培安才离开了会议室，满脸笑容道："何警官，有什么事啊？"

"打扰了，马局长。"

"嗨，没什么，都是些应景的会议，"马培安摇摇头，突然又问道，"是不是来找熊冠洋的？"

何少川一愣："马局真是神机妙算啊。"

"哎呀，这些天真是折腾死我了，先是不断有人打电话到局里来，说什么胡剑陵那种人就不能干下去，要求我必须把他开除；接着小胡又被人杀了。这一波未平一波又起，熊冠洋又不见了，我估计你就是来找他的。"

"什么？熊冠洋不见了？"

"十多天没上班了！"

"他去哪儿了？"

"不知道，打他电话也没人接，后来干脆关机了。也不知道城管局最近是怎么了！"

何少川沉重地点点头，然后说道："马局长，我想去找他同事们聊聊。"

"好好，去吧去吧。"

马局长回到了会议室，继续学习贯彻会议精神去了。何少川找到4025办公室，跟熊冠洋的同事们聊了一会儿，确定胡剑陵的邮件就是熊冠洋代收的。至于熊冠洋为什么突然不来上班了则没人知道。

好不容易找到的一条线索突然又断了。

何少川觉得眼前被一团迷雾罩着，而且这团迷雾越来越浓了，压得他几乎喘不过气来。

警局上下再次全体行动，虽然没像上次对胡剑陵那样到处张贴通缉令，但是跟每个交通场站都打了招呼，发现熊冠洋立即拦阻，不准他离开本市。另外，调阅了机场的航空旅客登记表，没有发现熊冠洋的名字；对火车站、汽车站和船运码头，则仔细审看每天的所有视频监控，也没发现熊冠洋的踪影，这就说明熊冠洋还没有离开本市。但是熊冠洋可能会去的每个亲戚朋友家里都找遍了，就是找不到人。

何少川和蒋子良当面问询了上次熊冠洋提到的几个朋友，他们证实戴景然、顾松云、薛沐波被杀时以及"小迷糊"跟私家侦探姚冰联系的晚上，熊冠洋的确是跟他们在一起。

可是，既然他不是杀人凶手，为什么要躲起来呢？他到底是畏罪逃亡，还是像胡剑陵一样被人杀了？

漫天大网已经撒出去，何少川只能耐心等待了。

人是群居动物，没有人会耐得住寂寞。

熊冠洋总会露头的，那时候就可以收网了。

41.晨报记者

云淡风轻，阳光普照。

何少川和蒋子良来到了晨报社，找到了童晓文。童晓文已经不是记者了，而是采访部的主任。这是一个风韵犹存的半老徐娘，举手投足无不彰显出一份自信和高贵。当时她正在电脑上审看一个记者的稿子：《瑾希恋情曝光》，写的是慕容瑾和程高希的所谓恋爱史，稿件里到处都是捕风捉影的"事实"，但这些"事实"很能吸引人，于是她毫不犹豫地审核通过了。就在这时候，何少川和蒋子良来了，她愕然地问道："有什么事吗？"

何少川拿出一份打印的文稿，递给童晓文。

那是十年前的一篇新闻稿，标题是：《15岁女孩为躲避QQ诅咒离家出走》。

看到这篇署着自己名字的文章，童晓文吃了一惊，她已经记不得什么时候写的这篇文章了，她茫然地抬起头来，问道："你们确定这是我写的吗？"

蒋子良笑道："这篇新闻是在晨报社的网站上找到的。"

童晓文半信半疑地点点头，问道："你们要干什么呢？"

"我们来打听一下这个 15 岁女孩的事。"

"天啊，这篇文章我都不记得了，哪还记得这个小女孩啊？"

何少川说道："童主任，你好好想想，这件事情与我们正在办的案子，似乎有很大的关联，我们需要你的帮忙。"

听警察这么说，童晓文又仔仔细细地看了一遍文章，最后她一拍脑袋恍然大悟："哦，难怪前几天我在网上看到 QQ 诅咒时，觉得那么熟呢，原来十年前这条诅咒就有了。"

"你还记得十年前的 QQ 诅咒是什么内容吗？"

"想起来了，想起来了，就是那个什么陈婷婷的女孩，被绑架了，后来死了嘛！说什么要给几个好友发送，否则就会离奇死亡。嗨，都是瞎扯的。"

"这篇文章里，那个 15 岁的小女孩就是因为看到这个 QQ 诅咒离家出走的？"

童晓文一边回忆，一边说道："嗯……好像是吧？我记得她爸爸说，她那天打开电脑，上了一会儿网就跑了，再也没回来。她收到的最后一条信息就是一条 QQ 诅咒。"

"是谁发的那条信息？"

"她爸说是她同学发的，我也没在意。孩子之间经常发一些莫名其妙的东西，有的我们成年人根本不明白，所以就没问。"

"后来小女孩回来了吗？"

"不知道啊，后来我就没再跟踪这事。当时之所以做这条新闻，是因为我们晨报专门搞这些八卦的东西吸引眼球，所以得到报料我就去了。至于小女孩是不是回来了，我们就没关心。"

"你文章里说，这个女孩饱受争议，而且处在风口浪尖上。一个 15 岁的小女孩，能受什么争议，经历什么风浪？"

童晓文爽朗地笑了："我刚才看到这几个字也在想这个问题。哎，也不知道我当时写这么几个字上去干吗？"

何少川呵呵一笑："真实是新闻的生命。这几个字，肯定不是随随便便写上去的，童主任，您再想想？"

童晓文捧着脑袋皱着眉，沉吟半响终于犹豫着说："好像那个女孩被同学嘲笑了。她出了个什么事情真的是忘记了，总之，当时社会影响好像还挺大的。好像跟一个什么电视台的报道有关，但是这么多年过去了，细节真的想不起来了。"

"既然社会影响很大，童主任怎么会想不起来呢？"

童晓文无奈地一笑："这十年发生的疯狂事，比之前几千年都多，我哪能记那么清楚啊。"

童晓文虽然说得夸张，但是想想近十年中国社会转型带来的各个层面的冲突，那么多奇事、怪事、惨事、啼笑皆非的事、出离愤怒的事一桩桩地发生，的确够眼花缭乱的，她想不起来一个小女孩的故事，倒也无可厚非。

何蒋二人只好客客气气地跟人家说声谢谢，意兴阑珊地离开了晨报社。刚走到楼下，就接到了报警中心打来的电话。一听电话，何少川就愣住了，简直不敢相信自己的耳朵。报警中心的同事告诉他，胡剑陵入住红树湾宾馆了，而且已经住了十二天了。

胡剑陵不是死了吗？

那天他明明看到尸体了。

当时尸体已经腐烂……难道是看错了？

又或者，胡剑陵根本没有死，而是找了个替死鬼，自己金蝉脱壳了？

42.高空急救

城管局监督管理处的处长郭远航带领一帮兄弟来到了红树湾宾馆。红树湾宾馆名字好听，其实只是二星级，只有六层楼。这是一家老宾馆了，走进大堂还能闻到一股霉味。老宾馆，地段好，位于中心区，客房入住率一直很高，有时候甚至会出现爆棚的现象。利欲熏心的老板陈强便不安分起来，准备再加盖一层，搞成七层楼，这样客房就可以增加 25 间。他说干就干，也没报批就拉来了砖头水泥，叮叮哐哐地盖起来了，结果干了才三天就被附近群众举报了。

这可是违法违章建筑，郭远航接到电话二话不说便赶到了红树湾宾馆，出示了证件，说明了来意之后，一行人便在当班经理贺柔的带领下走到顶层。工程刚刚开始，几个工人还在挥汗如雨，郭远航勒令工人们立即停止，并要求在三天内拆除。贺柔自然是唯唯诺诺地答应着，她知道老板陈强既然敢这么明目张胆地开工，就自然有他的办法，现在她要做的只是虚与委蛇，先把这帮瘟神打发走再说。果然，郭远航开了一个执法通知书，让贺柔签字之后就带领兄弟们下楼了。事情处理完了，大伙也便放松起来，于是唧唧喳喳地聊起了闲天，胡剑陵被杀一事自然是重点话题，说起胡剑陵，每个人都长吁短叹，话里话外却也透着几分嘲笑。

等郭远航带着一行人终于离开了红树湾，贺柔这才长长地出了一口气，走到了前台。

前台的一个小姑娘笑呵呵地问道："贺经理，又是哪路神仙啊？"

"唉，城管的大爷们。"

前台的几个姑娘都笑了。

贺柔走进柜台拿起入住登记本，边翻边问："怎么样？今天客人多不多？"

"多，基本上都满了。"

贺柔翻看着入住登记本，突然停了下来，疑惑地问道："这人还没走？"

一个小姑娘探头看了看，贺柔指着的住客名字叫胡剑陵，说道："没走啊！"

"住了十二天了？"

"是啊。"

"这几天你见过他没有？"

"没有，他自从住进来就没下来过，每天待在房间里，吃饭都是叫餐厅送上去的。"

贺柔觉得不对劲，刚才郭远航他们聊天时，她分明听到他们在谈论，他们的一个同事死了，有的说是自杀，有的说是他杀。

他们的那个同事就叫胡剑陵！

难道是重名？世界上有这么巧的事情吗？

即便是真的重名，可是那个胡剑陵为什么一直待在房间不出来呢？他是本地人，犯不着在宾馆一住就是十几天啊！

想到这里，她马上拨打110报了警，之后还不放心，亲自跑到510房间敲敲门，说要打扫卫生。

里面传来一个男人的声音："不用了！"

贺柔放心了，他还没走。

十几分钟后，何少川和蒋子良赶到了红树湾宾馆，听贺柔介绍了情况之后，看了看胡剑陵登记的入住信息，身份证号码正是那个"死去"的胡剑陵的。

二人蹑手蹑脚地来到了510房间门口，何少川打一个手势，示意贺柔将房门骗开，他和蒋子良则躲在门两边。

咚，咚，咚……

门敲响了。

过了半晌，一个男人的声音传来："谁啊？"

"先生，我们来打扫卫生。"

"打扫卫生？刚才不是问过吗？不用了！"

"对不起先生，这是我们宾馆的规定，一定要打扫一次卫生的。"

"好啦好啦，烦死了！"

胡剑陵的脚步声渐渐靠近了门口，然后停了下来，应该是在从猫眼里认人吧？只听胡剑陵又离开了门口，大声嚷道："滚远点！打扫卫生？服务生？有经理来打扫卫生的吗？"

原来是贺柔的穿着暴露了她的身份。

何少川和蒋子良面面相觑，暗暗自嘲，两个干练的刑警，竟然还犯这么低级的错误。

房间里传来砸玻璃的声音。

贺柔还想说点什么，何少川却腾得站了起来，骂道："他娘的，想逃！"他一把将贺柔拉到一边，后退几步，猛冲过去，用身子将房门撞开！

玻璃窗已经碎了！

"胡剑陵"坐在窗沿上，手里握着一把尖刀胡乱挥舞着，大声叫着："不要过来！不要过来！"

何少川和蒋子良愣住了，那不是胡剑陵，那是熊冠洋！

熊冠洋一手牢牢地握住窗框，一手疯狂地挥舞着尖刀，眼神里充满了恐惧。

"熊冠洋，你在干什么？你赶快下来！"

"不，你不要杀我，你赶快走！你们都走！我不当处长了行不行？"

"熊冠洋，这可是五楼，摔下去就没命了！"

"不要花言巧语骗我，我就是摔死，也不能落在你们手里！"

熊冠洋似乎精神错乱了，他就像疯子一样，根本不理会其他人说的任何一句话。

就在众人一筹莫展之际，何少川掏出了手机，讲起了电话："喂？……哦……是马局长啊？……是，是，是……我找到他了，他就在我身边……啊？现在就要上任啊？……可是他不听我的……哦，好，我把电话给他，你跟他说……"放下电话，何少川对熊冠洋说道，"熊处长，马局长找你。"

"什么？熊处长？"熊冠洋镇定下来不再疯狂，吃惊地问道。

"是啊，你不知道吗？你被提升为法规处处长了，马局长到处找你呢！"

熊冠洋眼睛冒光，惊喜地问："真的吗？"

"当然是真的了，你赶快下来！"

熊冠洋正准备放弃抵抗爬下窗台，突然又停住了："你骗我！"

"嗨，我说你这人怎么这样啊？马局长还在线上，你跟他说！"何少川说着话，拿着手机走向前去。

"你不要过来！"熊冠洋的尖刀指向何少川。

"你到底接不接电话啊？不接算了，"何少川将手机放到耳旁，说道，"马局长，熊冠洋说，那处长他不干了！"

"等等，谁说我不干了？"熊冠洋说罢，扔掉尖刀，向何少川伸出手来。

蒋子良微微一笑，暗自佩服何少川的处变不惊机智百出。

何少川拿着电话又往前走了几步，只要熊冠洋一接手机，他顺势就能抓住他的手。可就在这时，熊冠洋身体突然失去了平衡，往窗外倒去，只听他发出

"啊"的一声大叫，整个身体掉到窗外。

何少川想也不想，奋力向窗外扑去，身后的蒋子良一见，跟着往前冲。

熊冠洋落下窗户时，手一直挥舞着，想抓到一点救命的东西，终于何少川的手伸了过来。他这才踏实了，可是紧接着他发现，何少川竟跟着自己一起往下掉。

何少川抓住了熊冠洋的手，半个身子已经探出窗外了，蒋子良一扑，抱住了何少川的双脚。

三个人，一个掉在空中，一个搁在窗台上，一个匍匐在房间的地板上。

贺柔看得目瞪口呆。

蒋子良叫道："少川，撑住啊！"

何少川的肚子搁在窗台上，两头被拉扯，感到钻心地疼，他憋住呼吸，从牙缝里挤出一句话来："快把我拉上去，要不然，要把我的屁挤出来了。"

蒋子良没想到这时候何少川还有心思说笑话，扑哧一声笑了出来，这一笑，手上力道减弱，何少川的双脚滑出手心一点，他赶紧憋住笑意，用力握住了。

这下，何少川的胯部被搁在窗台上了。

他又憋出一句话来："靠，你要断我后啊？"

蒋子良毫不示弱："妈的，断你后，也好过吃你屁。"

贺柔哪见识过这场面，早已吓傻了，甚至两个警官说着笑话，她也没反应，待在原地就像木乃伊一般。

蒋子良叫道："贺经理，贺经理……柔儿，柔儿……"

贺柔这才听到："啊？怎么了？你叫我？"

"靠，叫柔儿才能听得见，"蒋子良小声嘟囔一句，又说道，"你过来，我跟你说句话。"

"到哪儿？"

"你躺下来，把耳朵凑到我嘴巴边上。"

贺柔果真躺倒在蒋子良身边，说道："你说吧。"

蒋子良万般无奈满腔痛苦地大声说道："你能不能提供点特色服务啊？"

"哦，好好。"贺柔总算清醒过来了，一跃而起，冲着床头柜过去了，操起电话，拨了几个号码："前台，510 客人需要特色服务。"

蒋子良彻底绝望了，大声嚷道："你能不能拉我们一把呀？"

"哦，哦。"贺柔这次应该是真醒过来了，她赶紧冲到窗台旁，探出身子，拉住了何少川的胳膊，最后总算把两人救了上来。

何少川来不及喘口气，直奔洗手间而去，一会儿又冲了出来。蒋子良坐在地上呼呼地喘着粗气，笑呵呵地问道："还在吧？"

"妈的，皮擦破了。"何少川无限惋惜。

"哈哈哈，好啊，省得做环切手术了。"

何少川恨恨地瞪了他一眼："娘的，幸灾乐祸！"之后又蹲到熊冠洋跟前，问道："熊冠洋，我问你……"

何少川的话被熊冠洋打断了，他义正词严威风凛凛地说道："请叫我熊处长。"

何少川一愣，抡起一巴掌，打得熊冠洋眼冒金星："妈的，给你个棒槌你还当针了！熊处长？看你那熊样！"

第七章　QQ杀手

　　"这些人职业不同，性别不同，年龄段不同，兴趣爱好也不相同，是什么东西能把这些人连接在一起？是网络！只有互联网才能把不同民族、不同种族、不同职业、不同地域、不同性别的人网罗到一起来。"

43.陈年旧事

熊冠洋又被带到了审讯室，见到何少川和蒋子良走进来，满脸谄笑："谢谢两位救命之恩。"

两人沉着脸，一句话都不说，直勾勾地看着他。

熊冠洋被犀利的眼神看得浑身不自在，不停地挪动着屁股。

何少川问道："干吗？长痔疮啊？"

"没，没有，嘿嘿。"

何少川将胡剑陵的身份证丢到熊冠洋面前："这是哪儿来的？"

"我……我不知道。"

"不知道？你当我们是三岁小孩啊？你拿着这个身份证在红树湾开房，你不知道？"

"不……不……我是说……我不知道胡剑陵的身份证为什么会跑到我这里来。"

"你是说我知道？"

"不，我不是这个意思。"

"那你老实交待，这个身份证你从哪里弄到的？"

"那天傍晚下班后，我回到家一开门，从门缝里掉下来一张卡片。我捡起来一看，竟然是胡剑陵的身份证。"

"妈的，你当我是傻子啊？"何少川大叫道。

"不，不，没有啊，我说的都是实话啊。"

蒋子良问道："你是哪天捡到身份证的？"

"8月3号。"

两人对视一眼，那正是孔步云被杀的晚上。

"怎么记这么清楚啊？"

"那天是我生日。"

蒋子良又问："你捡到身份证之后去哪儿了？"

"那天我本来要请同事吃饭，后来发现钱包没带，回家拿钱，才捡到了这个身份证。"

"你几点回来的？"

"吃完饭又唱歌，凌晨一点多才回来。"

"唱歌的都有哪几个同事？"

熊冠洋报了几个名字，何少川马上挨个拨打了一遍电话，证实了熊冠洋的说法，那就排除了他杀孔步云的嫌疑。

何少川又问道："你在家门口捡到胡剑陵的身份证，难道没觉得奇怪吗？为什么不还给他？"

"我本来想还给他的，可是那天晚上，那天晚上……"熊冠洋的眼神又开始散乱起来，恐惧的情绪四处游走。

"怎么了？到底发生了什么事？"

"太可怕了，我不敢说，我……"

"说！"

"那天晚上，唱完歌后回到家，我总是睡不着，于是打开电脑上网，当我登录 QQ 的时候，这时候，这时候……"恐惧再次漫了过来。

"没事，别怕。"蒋子良宽解道。

"一个 QQ 好友给我发了……发了一条信息，就是……就是那条 QQ 诅咒。"

"不就是一条 QQ 诅咒吗？至于怕成那样？"

"不，不，你们不明白的，这几天，我一直就在担心，担心那个诅咒回来，它会杀我的。不是有很多人死了吗？它不会放过我的。"

何蒋两人疑心顿起，互相对视一眼。

"你说那个 QQ 诅咒回来，是什么意思？"

"我，我……我不知道……我只是口误……"

熊冠洋犹疑的眼神没有躲过两人的眼睛，蒋子良循循善诱："如果你向我们隐瞒的话，我们就帮不了你了！"

熊冠洋无助地抬起头看着两个警察："你们一定要救我啊！"

"说吧，我们会保护你的。"

"那个QQ诅咒十年前就出现了！"

两个警察不由得坐直了身子，这个熊冠洋怎么知道QQ诅咒十年前就有了呢？只听熊冠洋继续说道："那个QQ诅咒就是我写的。"

"什么？"两个人同时惊讶地叫出来。

何少川问道："你为什么写这个诅咒？那个被绑架的陈婷婷到底是什么人？"

"陈婷婷的故事都是虚构出来的，我是为了吓唬一个人才写的。"

"吓唬谁？"

"我……我一个师妹，一个叫罗圆圆的女孩子。"

何少川和蒋子良同时想起了童晓文十年前的那篇报道，那个离家出走的15岁女孩不正是姓罗吗？

蒋子良问道："那个女孩子后来离家出走了？"

熊冠洋抬起头来，疑惑地看了看两人："原来你们都知道了。"

何少川问道："可是罗圆圆为什么收到一条诅咒的短信就离家出走了呢？"

"她当时压力特别大，我想即便没有我那条诅咒的信息，她也会离家出走的。"

"压力？"蒋子良问道，"一个15岁的小女孩有什么压力？"

"因为……因为她接受过电视台的一次采访，说了一句话，然后就被所有的人斥责、谩骂甚至诅咒了。"

何少川猛然间想起那个因为不肯给老年人让座而一鸣惊人的女学生，当时她遭到了全国网民的集体声讨。就连他也激情盎然地发表了几篇帖子对那个女孩进行无情的嘲讽。难道罗圆圆跟那个女孩有着相似的经历？

随着熊冠洋断断续续的讲述，十年前的那件往事逐渐浮出了水面。

十年前，学生的校服安全是全社会非常关注的话题，全国各地都有报道说，"问题校服"致癌染料严重超标。那时候，学生校服缺少有效的监管，不良厂家跟教育部门官员狼狈为奸，把一件件"问题校服"穿到了学生身上，这些校服大多使用了可分解芳香胺染料，也就是人们常说的"禁用偶氮染料"，经还原会释放出 20 多种致癌芳香胺类。如果长期穿着这种衣服，会导致头疼、恶心、失眠、呕吐、咳嗽、甚至膀胱癌、输尿管癌、肾癌等恶性疾病。

本市也存在这种恶疾，甚至有过之而无不及——给孩子们穿的不仅是问题校服，而且全市各中小学还要求每个学生一年买十套校服，上学期五套，下学期五套。这招致了学生家长的普遍反感，各报纸、电视台的报料电话几乎被打爆了，很多记者也纷纷出动，去采访学生，了解校服里的猫腻。

面对这种情况，市教育局坐不住了，一方面，他们自然准备大力整改，同时更重要的是，必须堵住悠悠之口。如果在事件初始，还可以打个电话给宣传部请求帮忙，可是新闻已经出街了，光靠堵是没用的，必须疏导。教育局的官员便把各路记者请来，先是解释情况，后是请客吃饭，饭后塞个红包，请无冕之王们笔下留情多多关照。

之后，记者们的报道便有了明确的方向。

电视台一个记者，采访了一个小女孩，这个小女孩就是罗圆圆。可是罗圆圆并不知道该说什么，采访的记者只好教她，告诉她怎么说，并且详细讲解应该用一种什么样的语气。于是当天晚上，罗圆圆就义正词严地出现在电视屏幕上，她面对镜头侃侃而谈："染料超标其实根本没什么的呀，用清水多洗几次就行了；一个学期五套校服，也很好啊，可以经常穿新的。以前，我们一个学期只有一套校服，到后来都穿得破破烂烂的，像一群叫花子。"

就是这么几句话，掀起了惊涛骇浪。先是被本地的网民转载到网上，接着迅速在全国各大网络论坛上蔓延，最后终于启动了人肉搜索引擎，罗圆圆所读的学校、家庭地址、家庭电话、QQ 号码全被泄露，一时间，一个 15 岁的小女孩成了全国舆论的焦点。在学校里，同学们经常嘲笑她，侮辱她，谩骂她……最后她不得不休学。

但是，伤害并没有停止。

当时，年少的熊冠洋出于一种好玩的心理，给罗圆圆发送了一条信息，就是那条臭名昭著的 QQ 诅咒：

我是一个叫陈婷婷的 girl，被绑架，后来死了。请你把这封信立即发给你的 6 个好友，1 天后，你喜欢的人就会喜欢上你。如果不发，你就会在 5 天内离奇死亡！这条信息始于 1877 年，从未失误过。

这之后，罗圆圆就离家出走了。

熊冠洋特别后悔，但是已经来不及了。

几个月过去了，罗圆圆还是没有找到，同学们都猜测她已经自杀了。

一天晚上，熊冠洋上网时突然看到罗圆圆在线，于是兴奋地跟她聊天。

——圆圆，对不起，你在哪里？

——我没有相信你，没有把那条信息发给 6 个好友。我在陈婷婷这里。

熊冠洋当时一看，浑身起鸡皮疙瘩。接着，罗圆圆又发来一条信息：

我会回来找你的。

之后熊冠洋给她发了多条信息道歉，但是罗圆圆始终没有回。

十八岁的熊冠洋一直提心吊胆，他坚信罗圆圆真的被陈婷婷带走了，他没想到，自己随便胡诌出来的一个诅咒竟然能应验。他没敢把这事告诉任何人，只是一直在戒备着。这样过了几年，熊冠洋长大了，把这事也忘了。他知道罗圆圆不可能被那个虚构出来的陈婷婷带走，她要么是自杀了，要么是失踪了，总之是不可能变成厉鬼的。

可是，QQ 诅咒突然重出江湖，他又开始紧张了。

要知道，十年前，他把那个诅咒信息只发给了罗圆圆一个人。现在，怎么会突然冒出来呢？

十年前的噩梦又开始折磨他了。

当他收到了那条 QQ 诅咒的时候，他开始崩溃了，他知道，冤魂已经找上门来了。

听着熊冠洋的话，何少川心潮起伏，他仿佛看到了那个被他伤害的女学生，不知道她现在过得怎么样了。

蒋子良说道：“你收到 QQ 诅咒之后，觉得很害怕，所以就躲起来了?”

“当时收到那个诅咒之后，我倒没觉得怎么样，还在自我安慰，因为这条诅咒最近已经开始在网上流传了，所以收到这样的诅咒并不是特别稀奇。可是，在那个 QQ 诅咒之后，那个好友又发来一条信息……天啊，我好怕啊!”熊冠洋捂着脸，竟然呜呜地哭了起来，“我好后悔啊，圆圆，你放过我吧，我错了……”

看着一个七尺男人哭成了一个泪人，何少川不禁问道：“到底是什么信息?”

“她说……她说——**十年前，我跟你说过，我会回来找你的。现在，我回来了。**”

两人面面相觑，难道这个罗圆圆就是真正的 QQ 杀手?

何少川又追问道：“你当天晚上就住到了红树湾宾馆，再也没出来?”

“是，我怕，我怕她来找我索命……正好我身上有胡剑陵的身份证，我就用来登记了。我想，这样她就永远找不到我了。”

何少川叹息一声，这个 QQ 杀手实在高明，先是把警方的注意力转移到胡剑陵身上，之后淹死他，伪造成自杀。怕这一招被识破，提前把胡剑陵的身份证放到熊冠洋家里，然后发来信息把他逼走。这样，警方就开始怀疑熊冠洋。再过几天，也许熊冠洋精神完全崩溃，就会跳楼自杀了，而自己则干干净净!

高，实在是高!

她预备了两个替死鬼，而且一环套一环，丝丝入扣，滴水不漏。

现在，两个人的嫌疑都撇清了，她会不会安排另外一个替死鬼呢?

44.“我回来了”

　　闵芳接到采访任务之后，带着摄像陈基匆匆赶到城管局。市里的大会结束了，电视台自然要做一组各个职能部门如何贯彻落实大会精神的所谓新闻。前几天已经把几个职能局采访过一圈了，那次是务虚，让各个局长大谈特谈廖市长的讲话如何打动人心，而现在就要讲落实了。之前他们已经约了马培安，所以诸事顺利，这个节骨眼上，哪个局长不巴望着在电视上露露脸，对着镜头拍拍书记市长的马屁？

　　既然讲城管，背景就不能是生硬的办公室，而必须有整洁的街道，于是采访在城管局楼下进行。陈基的机位架好摆正，闵芳伸出了话筒，马培安调整一下姿势，挤出一个满面春风、正义凛然、信心满满的表情，开始大谈今后准备怎样在大会精神的指引下，全面推进城区管理工作，以学习大会精神为契机，狠抓内部管理工作，进一步规范执法行为，文明执法，亲民执法，努力提高队伍素质，力争将城管局建设成为学习型、服务型的管理部门，打造一支作风优良、业务过硬、文明执法、勤政廉洁的执法队伍……

　　遇到这样的采访对象，两个记者都很开心，因为这种官话，并不是每个人都会说、都能说到点子上的。不少局长发言不是结结巴巴，就是语病百出，甚至根本无法组织语言，这时候就得两个小记者教局长们怎么发言了。而马培安不同，思路清晰，语言流畅，而且抑扬顿挫、掷地有声……可就在这时候，马培安突然张大了嘴巴，眼睛不再看着镜头，而是看着陈基的后面。

　　两人不知有何变故，忙回头瞅瞅，却发现熊冠洋在两个人的陪同下跌跌撞撞地走过来。马培安正是看到了熊冠洋才脸色大变的。

　　熊冠洋慌慌张张的，时不时左看右看，似乎担心被人跟踪似的。身旁两人倒是泰然自若，走到马培安跟前，其中一个说道：“马局，又当明星了？"

马培安尴尬地笑笑，问道："何警官，这是怎么了？熊冠洋，你小子去哪儿了？"

熊冠洋小心地看了一眼马培安，低声说道："我躲起来了，有人要杀我。"

马培安紧张地看了看两个记者，这种事情怎么能当着媒体记者说呢，于是厉声喝道："别胡说八道。"

何少川笑道："马局长，没事。熊冠洋带我们来取点东西。"

马培安机械地点点头，看着三人走进了大楼。

闵芳疑惑地问道："马局，出什么事了？"

"没事，没事，重新开始。"可是脑子里有事，说话毕竟没有方才那么顺溜了。

何少川和蒋子良在熊冠洋的带领下来到了办公室，众同事目光灼灼，熊冠洋在自己座位前坐下，掏出钥匙打开抽屉，取出一个邮包。邮包上娟秀的字迹，正是颜思曦的，封口密密实实的，没有被拆开过的痕迹。何少川打开邮包，取出一把钥匙，又从自己身上取出胡剑陵家的钥匙，仔细对比，纹路一模一样。

熊冠洋畏畏缩缩地看着两个警察，说道："我没骗你们吧？"

何少川马上回忆着颜思曦的一举一动，既然熊冠洋根本没拿过钥匙，那么颜思曦的嫌疑就是最大的了。

蒋子良说道："走吧，再到你家去一趟。"

"好好好。"熊冠洋忙不迭地答应着。

三人走下楼，马培安刚刚接受完采访，陈基正在收三脚架。见三人下来，忙问道："何警官，到底怎么回事？"

何少川没法，只好和盘托出。马培安紧张地看了看闵芳和陈基，生怕二人偷听了去给报道出来。闵芳笑呵呵地宽慰道："马局，您放心吧，我们有宣传纪律的。"马培安心里这才踏实了，冲熊冠洋喊道："快带两位警官去吧，一定要好好配合。"

熊冠洋像得了圣旨一般，带着两个警察回了家。

打开门，一股淡淡的尘土味扑面而来，十多天没住人了，屋子里冷冷清清。三人直接走到书房，熊冠洋的电脑还开着，QQ 还处在登录状态，甚至那个聊天窗口也没关。

那条 QQ 诅咒和后来那条罗圆圆说自己已经回来的信息显示在屏幕上。

发来信息的网友叫"樱桃妹妹"。

蒋子良查看"樱桃妹妹"的 IP 地址，追踪工作很快完成。对方使用的是国外代理服务器上网，追踪不到 IP 地址，只能检索发信息的那段时间，哪些 IP 登录过这个服务器。但是这需要的时间比较长。

何少川皱着眉头凑到电脑前，检索"樱桃妹妹"的个人资料，待看到 QQ 号码，他的脸色刷地变了。

"少川，怎么了?"

"这个 QQ 号码我知道，我的好友名单里也有她，只是以前她的昵称是'女娲小姐'，不知道什么时候改了。她是颜思曦。"

"颜思曦?"蒋子良愣住了。

怎么可能是她?

她也收到过 QQ 诅咒!

怎么可能不是她?

胡剑陵家的钥匙除了何少川之外，就只有她有了，虽然她婚礼第二天就邮寄了，但是完全有可能提前配一把!

现在她又给熊冠洋发来了 QQ 诅咒，而且跟熊冠洋说："十年前，我跟你说过，我会回来找你的。现在，我回来了。"

何少川思绪万千，他不敢想象，美若天仙的颜思曦，他暗暗喜欢的颜思曦，竟然是一个杀人不眨眼的恶魔?

45.跟踪

颜思曦坐在星巴克，轻轻摇晃着手中的焦糖玛奇朵，看着窗外来来往往的人群。

那是她和孔步云经常去的一家店。

那是孔步云最喜欢的饮品。

回思前尘往事，一股淡淡的忧愁笼罩上来。

幸福总是可望不可即。

何少川的面貌浮现在脑海里，竟然挥之不去。那是一个充满阳光的大男孩，高大帅气，有正义感，而且骨子里充满了幽默的细胞。比之胡剑陵，他多了一份正气；比之孔步云，他多了一份洒脱。那才是值得托付终身的人啊！

可是自己变成一个什么样的女人了？

交往过两个男人，两个男人都死了。

扫把星！

是的，扫把星！自己就是个扫把星。所有人都会这么看自己的！

一个扫把星，还有什么资格再去爱别人，还有什么资格再去接收别人的爱？

难道我当初的决定是错的吗？难道这一生，只能在孤独中老去了吗？一切都是咎由自取，谁让自己迷了心窍呢？

手中的焦糖玛奇朵晃了又晃，她再也喝下去了，整理一下衣襟，走进了暖风扑面的阳光里。

她漫无目的四处游走，如同行尸走肉，神思恍惚信马由缰，仿佛灵魂出窍。

不知道走了多久，灵魂做了长时间的漫游回归之后，颜思曦疑惑地打量着周围的景致，她迷路了，她迷失在钢筋水泥的城市里了。她不知道这是哪儿，不知道自己为什么会走到这里。

这是一条幽静的小路，路两旁栽着枝繁叶茂的梧桐树，阳光透过密密的树叶筛洒下来，地上的光影斑驳一片。周围是一排排低矮破烂的建筑，房子外墙上用红色的油漆写着大大的"拆"字。虽说这些老房子行将被巨大的机器碾成平地，但是院落里时不时地还能传出一两声狗吠，平添几分安谧和祥和。

可是，颜思曦却祥和不起来，她突然意识到自己被跟踪了。身后一直有个人不疾不徐地走走停停。她猛然回头，那人也赶紧转过头去，似乎在欣赏着周围的风景。

那是一个穿着西装的男人，面孔似乎有点熟。

颜思曦心跳加快，自己怎么会被跟上了？

影子被梧桐叶子剪碎了，零零散散地铺在地上，周围的一切都是那么恐怖。她加快脚步向前跑去，可是这条林荫小路仿佛没有尽头，路在脚下无限延展。她不顾一切，发疯似的往前冲，身后紧跟着传来一阵急促的嗒嗒嗒嗒的声音，那是皮鞋敲击地面的声音，那人在跟着她一起跑了，而且就在她的身后……

前方一家住户的大门敞开着，那是一栋破破烂烂的建筑，屋子里有说话的声音，有电视机的声音……

她急匆匆地趴倒大铁门上，啪啪地敲着门。

西装革履的男人不再躲躲藏藏，而是笑吟吟地朝她走来，大老远就吆喝着："哈哈哈，跑什么呢？我又不会吃了你！"

男人越来越近了！

颜思曦猛烈地敲打着铁门，终于铁门打开了。

一个满脸皱纹的老头出现在面前，一看到颜思曦，他顿时两眼放光，贼兮兮地笑着。

颜思曦大吃一惊，这个老头就是前几天跟踪自己的人。

老头咧嘴笑了："嘿嘿嘿，你……"

颜思曦来不及多想也不能多听了，转头就跑。

老头在后面步履蹒跚地追赶着："别跑啊，你回来啊！"

颜思曦转头看看，男人很快越过了老头，离自己越来越近。

她大声呼喊着："救命啊，救命啊……"

可是幽静的林荫小路上，竟然再也没有别人。

前方路口，一辆警车开过，她仿佛溺水的人抓到了一根救命的稻草，拼命地向警车挥着手。

可是警车呼啸着远去了。

颜思曦彻底绝望了。

何少川的影子又浮现在眼前，如果此时他在这里，那该多好？

就在她准备放弃逃跑的时候，警车倒退着开了过来，她终于又看到了希望，急速向警车奔去。一男一女两个警察下了车，女警问道："小姐，出什么事了？"

颜思曦扑在女警怀里，气喘吁吁地说道："有人跟踪我。"

"谁？"

颜思曦手指后方转过身："就是他们……"

她愣住了，后面根本没有人！

"小姐，你看清楚了吗？"

颜思曦不知道该怎么说了，难道刚才是幻觉？她支支吾吾地说道："对不起，没事。也许是我太紧张了。"

"小姐，要不要送你去医院？"男警问道。

"不用了，不用了！"颜思曦说着离开了两个警察，一辆的士疾驰而来，她忙拦下的士，上了车，心脏兀自怦怦地跳着。

46.公事私谊

何少川在一家茶馆约见了颜思曦。

一件红白格子的 T 恤衫，一条平整的牛仔裤，一双黑色的高跟鞋，马尾随意地扎在脑后，脸腮泛着红晕，挂着暖暖的笑意。颜思曦看起来楚楚动人。何少川不得不收摄心神，赶紧端起手中的碧螺春啜饮一口，即便如此脸腮还是微微发烫。

颜思曦心中也荡漾着一股暖意，甜甜地说道："我该叫你何警官呢，还是叫你少川呢?"

"这有什么区别吗?"何少川红着脸，故作洒脱地问道。

"如果是约会呢，我就叫你少川；如果是公事呢，我自然叫你何警官了。"

"哈哈，何必那么较真呢。"

"好吧，那就不较真了。你找我到底为了什么事?"

"公事！熊冠洋也收到了QQ诅咒。"

"他没事吧?"

"没事，不过已经半疯了。你知道谁给他发的QQ诅咒吗?"

"谁? 难道是我认识的人?"

"对，你认识！因为发QQ诅咒给他的就是你!"

"啊?"颜思曦吃了一惊，睁大了眼睛。

"所以我要问问你那天晚上在干什么。"

"我在孔步云家里躲着呢，自从收到QQ诅咒之后，我就不敢回家了。"

"有谁可以证明?"

颜思曦无奈地看着何少川，说道："没有人。"

"那你就是嫌疑人了。"

颜思曦张张嘴，不知道该说什么好。

"还有钥匙的问题。你寄给胡剑陵的邮包，是熊冠洋代领的。但是邮包完好无损，熊冠洋根本没拿过那把钥匙。你知道除了你之外还有谁有钥匙吗?"

"知道啊！"颜思曦毫不犹豫地问道。

"谁?"

"你啊，你不是有吗?"

何少川不禁笑了："那除了咱俩呢?"

"呵呵，何警官，你太逗了，我怎么知道啊?"

"你那天是什么时候把钥匙交给飞讯快递公司的?"

"一大早，八点钟左右就交给他们了。"

何少川意味深长地点点头，似乎明白了点什么。

颜思曦问道："怎么了？"

"没什么，总之案子没破之前，你小心一点就好，不要……"

"知道啦，不要一个人上街，在家里不要给陌生人开门。"颜思曦抢先说道。

"知道就好。"

"何警官，你这么关心我呀？"

何少川的脸又红了红，之后装作满不在乎地说道："保护每个公民的生命财产安全，是我们警察的责任。"

"哼！"颜思曦气嘟嘟地看了何少川一眼。

何少川心中一喜，禁不住多看了曦曦一眼，然后恋恋不舍地说道："今天……今天的谈话就……就这样吧，我还要去飞讯快递公司一趟。"

"唉，你总是那么风风火火……"颜思曦嗔道。

两人并肩走出茶馆，临分别时，颜思曦皎然一笑："希望下次见面，我可以叫你少川。"

何少川"嗯"了一声，马上意识到颜思曦话中所指，脸又红了红，正准备说点什么，颜思曦已经转身上了一辆的士车扬长而去了。

何少川看着绝尘而去的出租车，竟有些依依不舍之情。

网络管理处的小张得到秦主任指示后，立即检索全市的 IP 地址，筛选出两百多个 IP 登录过那个国外的服务器。蒋子良立即带领兄弟们，调查每一个 IP 对应的物理地址，这时候他接到了何少川的电话。

"子良，怎么样？有什么发现没有？"

"没呢，两百多个地址，遍布全市每个角落，哪有那么容易的事啊？"

"我觉得你可以把那些地址再筛选一下。QQ 杀手特别谨慎，不会在自己家上网的，她肯定是在公共场所上网。"

"行了，老大！小心驶得万年船，万一她一时迷糊，偏偏在自己家里上网呢。"

"哈哈哈，兄弟啊，那你就等着她犯迷糊吧。"

"行了行了，别耽误我工作。你呢？跟颜思曦约会得怎么样了？"

"什么呀，我是在工作。"

"唬谁啊？明明就是假公济私！"

47.倒霉的钥匙

闻立达拿着一摞的邮包、文件袋，刚刚离开公司准备飞身上车，又遇到了上次的警察。

"何警官，什么风又把你吹来了？"

"还是那把钥匙啊。"

"天啊，我都说了，钥匙是被收件人的同事代收了。"

"我问过寄件人，她是那天早晨交的钥匙，可是直到傍晚你才送到。你不是跑得最快的人吗？为什么那么晚？"

"何警官，你不会怀疑我吧？"

"在案件侦破之前，每个跟这把钥匙接触过的人都有嫌疑。"

闻立达无辜地看了看何少川，又看了看表说道："飞毛腿掺和到这事里来，也变成蜗牛了。你说吧，你觉得我有什么嫌疑？钥匙不是送到了吗？"

"你只需要解释一下，为什么你一个飞毛腿，一把钥匙却送了一天？我怀疑你去配了把钥匙，所以才会送得那么晚。"

闻立达将背上的包拿下来，递给何少川："你看看，我一天要送这么多邮件，总有个先后顺序吧？我为什么一定要先送那把钥匙？"

"你们这可是快递公司啊！"

"快递公司，快递公司……"闻立达急得不知道说什么好了，"快递公司的邮件也不需要每一份都像奔丧一样地送吧？你看看那份快递单，上面有没有写'加急'？如果写了，我保证市区内半个小时送到，如果没写，我只能最后送了。"

何少川想了想，那个快递单上的确没写"加急"字样，看着闻立达急得脸红脖子粗的样子，何少川不禁笑了，掏出一支香烟递过去："我只是问问，别着急嘛！"

闻立达气呼呼地接过香烟点燃了，问道："我可以走了吗？"

"不可以，我还有话没问完。"

"何警官，你就放过我吧，我还要送快递呢。"

"把你的嫌疑完全撇清，这才是最重要的。"

"哎呀，"闻立达无奈地叹道，"一把破钥匙，搞出这么多事来。"

"我想请你回忆一下，那天你一共送了多少邮件，先送的哪份，后送的哪份，分别是几点送到的？"

闻立达一听，头都大了："何警官，你这是玩我吧？你不去问那个代收的人，怎么总是来缠着我？"

"因为那个人根本没拆邮包。"

"可是如果是我拆的，那邮包也不可能完好无损啊！"

这个问题，何少川早就想过了，但他还是不放心，他来之前又检查了一遍。装钥匙的邮包是一个快递用的大信封，钥匙装进去后，撕开封口处的双面胶一粘就行了。地址不是直接写在信封上的，而是先打印在几张复写纸上，之后贴到信封上。问题就出在这里，那几张复写纸似乎被撕过，后来又重新粘贴上去了。如果有人拿出钥匙之后，换了一个大信封，把钥匙装进去，然后把复写纸贴到新的信封上，那就天衣无缝了。而熊冠洋是不可能找到飞讯快递公司的新信封的，能拿到信封的，只能是快递公司的人。

何少川说出了自己的疑问，闻立达觉得特无辜："好吧，我就从早上八点开始，把我的路线一五一十地说给你听。"

接下来的十几分钟时间里，闻立达一连说出了二十几个公司的名字和地址，以及邮件送达的大致时间，末了说道："我能告诉你的就这么多了，如果你要我说出一份邮件是几点几分送到的，那我做不到。"

何少川微微颔首："最后一个问题，你接到那个邮包的时候，信封就是那个样子吗？"

"我没注意。"

"邮包是从公司拿出来的?"

"是,你可以去问。"

何少川说道:"问话到此为止,要是发现你刚才说的话对不上的话,我还会来找你的。"

闻立达看了看何少川,说道:"算我倒霉。"

等闻立达跳上自行车飞速地远去,何少川才走进飞讯快递公司办公室。方总见到警察又来了,忙迎了出来,问有什么事情可以帮忙。何少川说明了来意,方总便把那天当班的一个女孩子叫了过来:"易叶,你过来,这位是公安局的何警官,有话问你。"

易叶忐忑地看着何少川,不知道出了什么事。

何少川问她是否还记得那个送钥匙的快递,易叶说记得。

"为什么复写纸贴了两次?"

易叶低头想了想,说道:"那天是个女孩子来交快递的,眼睛红红的,好像刚哭过。当时把地址写好了,信封也粘上口了。那个女孩子却突然把邮包要回去了,撕开信封,拿出一张纸,要我们重新再换个信封。"

何少川疑窦顿生:"拿出一张纸?什么样的纸?"

"好像是信纸,上面写着字。那女孩子把信纸拿出来之后就撕掉了,然后丢到垃圾桶里。"

"你……当时……后来,有没有捡出那张纸,看看写了什么?"

易叶笑了:"我可没那么八卦。"

何少川告别了方总和易叶,走出快递公司,马上拨通了颜思曦的电话。电话那头传来甜甜的声音:"公事还是私事啊?"

幸好隔着长长的电话线,自己的窘态不至于被她发现,何少川笑道:"公事。"

颜思曦说,她本来还写了一封信夹在信封里,在信里她把胡剑陵骂了一顿,后来觉得没什么意思,那个人连骂都不值得骂。于是撕开了信封,取出信纸当场撕碎了。

一条线索又断了!

何少川不知道到底该怎么办了。

他越来越觉得 QQ 杀手深不可测了。她或者他正在引导自己走向一个又一个死胡同。何少川眼前就像一个迷宫，但他坚信，走遍每一个死胡同，总能找到正确的路。

48.牙托粉困局

蒋子良的搜查终于有了点眉目，汇总各路兄弟的调查结果，目标最后锁定在一家网吧。何少川得到消息后匆忙赶过去，可是刚到目的地，就看到蒋子良垂头丧气地走了出来，唉声叹气地说："他娘的，怎么这么多黑网吧呀？"

何少川抬头看看，网吧的名字就叫"黑网吧"。实际上这也的确是间黑网吧，没有公安局的批准，没有工商局的营业执照，没有税务局的缴税执照，也没有消防局的消防认可……一个彻头彻尾的黑网吧。跟腾达网吧一样，没有安装摄像头，上网不需要出示任何证件，要想知道谁在这里盗用颜思曦的 QQ 发送诅咒信息，根本是不可能的！

两个失败的男人坐在车里，闷闷地抽着烟。

蒋子良转过头问道："喂！我们难道就这样干等着？"

"等着吧，只要有信心，天上总会掉馅饼的。"

蒋子良听罢，头伸出窗外仰望蓝天："妈的，什么时候掉下个林妹妹呀。"

何少川乜斜着眼睛笑道："你不是有个彭妹妹了吗？"

蒋子良顿时啧啧有声："那个彭妹妹声音真甜，就像鹧鸪鸟一样。"

何少川哈哈大笑起来，蒋子良莫名其妙地看着他："怎么了？"

"我说大哥，你听过鹧鸪鸟的叫声吗？"

"这个……没听过……就不能拿来比喻一下啊？"

"哈哈哈，你知道古人怎么形容鹧鸪鸟的叫声吗？'行不得也，哥哥，行不得也，哥哥'——鹧鸪鸟就是这样叫的。哈哈哈，行不得也，哥哥！所以，你还是别发春梦了，人家都告诉你行不得了。"

蒋子良窘得恨不得找个地缝钻进去。

何少川止住笑声，换上一副严肃的表情："说正事，说正事。我刚才打了二十几个电话，证实了那个快递员闻立达没有说谎。凶手到底怎么拿到钥匙的呢？"

"别管那把倒霉的钥匙了，开门不一定非要用钥匙啊。"

"是，可以撬门撬锁！问题是，门好好的，锁也没被撬……唉，等等，开门不一定非要用钥匙，你真聪明啊！"

"谢谢啊，我一向如此。"

"去你的，说你胖你还喘了！"何少川把烟头丢了，坐直了身子，喃喃说道，"子良，你记得上次我们去胡剑陵家时在门口发现了一些白点吗？"

"好像有点印象，不是装修时落下的石灰吗？"

何少川缓缓地摇摇头："也许不是！"

何少川松开刹车，一脚油门蹿了出去，蒋子良没有准备，身子急速后仰，赶紧抓住了扶手："哇，你怎么了？抢亲啊？"

胡剑陵家的大门上，大大的红囍字没有粘牢，掉了一个角，被风一吹，不停地飘摇。地上的几个白点还在，何少川用力抠了一点出来，在手里捏了一下，说道："如果是石灰的话，不会这么硬的。"

蒋子良也试着抠出一个白点，凑在眼前看了半晌："的确不是石灰。"

"你觉得这可能是什么？"

"牙托粉？"蒋子良犹疑着说道。

"嗯，就是牙托粉！"

牙托粉本来是牙科医生用来做假牙的，用牙托水调好后，就像和好的面一样，想搓成什么样的形状都行，在空气中几分钟内就会变得非常坚硬。一些窃贼便用牙托粉开锁盗窃，提前把牙托粉调好装在牙膏管里，之后用推动杆别好锁心，让锁心形成错位，锁里的弹子被卡得很死，再将牙膏瓶内的牙托粉朝锁心灌挤进去，三分钟后，牙托粉变硬，把它拉出来，就是一把钥匙，这种钥匙马上就可以使用。

QQ杀手很可能就是用牙托粉制成一把钥匙，然后走进胡剑陵家的，之前追查什么钥匙的来源，都是徒费心机。

颜思曦和闻立达，算是清白了。

可是知道凶手如何进屋，并没给两人带来一丝的光亮，他们反而更糊涂了。难道又要调查全市的牙医和药材批发市场吗？

何少川苦笑着说："兄弟啊，想想吧，我们在对付一个什么样的人。他对网络安全特别在行，能轻易盗取一个人的QQ号码；他对我市的黑网吧特别了解，知道哪里有黑网吧，知道哪个黑网吧没装摄像头，他简直就是个本地通了！他还研究过淡水生物，知道我们的河里有一种特别凶残的螃蟹；他还研究过迷魂药的使用方法，并且用得相当顺手；现在，我们又知道，他娘的，他还会开锁，还会使用牙托粉！"

"佛说，执著也是一种障。"蒋子良嘟囔着。

"什么意思？他怎么没跟我说？"

"跟你不熟呗，"蒋子良不屑地说了一句，然后又正经起来，"我的意思是，咱们不要老纠缠在凶手如何进屋这个问题上，可以想想别的出路。不是说嘛，上帝……"

"什么什么？上帝？"何少川哼哼笑道，"你今天怎么了，一会儿佛，一会儿上帝的。"

"别打岔别打岔，上帝为你关上一扇门，总会为你打开一扇窗。"

"唉，他为什么偏要关上那扇门呢？难道只有这样，才能证明他的威力？"

"好了好了，别发牢骚了，我的意思是说，我们可以从另外的方向进行突破，也许可以有所斩获。"

何少川来了精神："什么方向？"

"四面八方，普罗众生。"蒋子良故作神秘。

"靠！省省吧你！"何少川气得牙痒痒的。

"你听我说。每个死者都收到了QQ诅咒，而之前我们以为不过是个变态的凶手故弄玄虚，可是熊冠洋说，那个QQ诅咒是十年前他编写的，他发给了那个网络暴力的受害者罗圆圆。那么，现在杀人的，会不会就是罗圆圆或者他的家人、朋友呢？我们现在有七个受害者，一个股市评论员，一个电视台副台长，一个网站首席执行官，一个动漫公司的老总，一个当红的歌星，一个杂志社的美编，一个政府的公务员。如果把熊冠洋也算上一个受害者的话，就是两个公务员了。这些人职业不同，性别不同，年龄段不同，兴趣爱好也不相同，是什么东西能把这些人连接在一起？以前我们不明白，现在有了熊冠洋的供词，我们懂了，是网络！只有互联网，才能把不同民族、不同种族、不同职业、不同地域、不同性别的人网罗到一起来。"

何少川点点头，思绪跟着蒋子良一起飞转。

"人肉搜索，QQ 诅咒，网络暴力，这三者之间肯定存在着千丝万缕的联系！"蒋子良掷地有声地说道。

"你是说……"何少川眼前出现一道曙光。

"对，这些死者肯定是当年那起网络暴力的参与者。"

49.谁比谁更暴力？

打开百度搜索的网页，在搜索框里同时输入"问题校服"、"罗圆圆"等关键词，点击确定，搜索结果很快显示出来。

《特像叫花子的的十所学校》
《今年流行语：一群叫花子》
《女生上电视称问题校服没问题》
《谁比谁更像叫花子？》
……

何少川看了一眼搜索页面的右上角，相关网页竟有 1600 多万篇。十年前，

15岁的罗圆圆就是被这些网页包围着，她当时的心理压力可想而知。

蒋子良点击打开了标题为《精彩视频：不穿校服就像叫花子》的帖子。

是一个网站上的视频。

缓冲，等待，播放……

电视台主持人开始播导语——

最近一段时间，问题校服事件闹得沸沸扬扬，而记者今天调查发现，所谓问题校服其实问题不大，教育部门同时表示，一个学期买五套校服，是为了塑造新时代中小学生注意仪表的良好品德。

导语播完之后，开始进入正文，配了一些学生上课、做体操的画面，解说词大意是：针对前段时间的问题校服事件，教育部门做出了澄清，所谓问题校服，其实根本不会危害学生身体健康，不少学生还非常喜欢今年校服的款式，并且认为，勤洗校服就可以洗掉有毒物质，而且还能锻炼孩子们的动手能力……接着是一个采访，一个小女孩对着镜头说道："染料超标其实根本没什么的呀，用清水多洗几次就行了，一个学期五套校服，也很好啊，可以经常穿新的。以前，我们一个学期只有一套校服，到后来都穿得破破烂烂的，像一群叫花子。"

小女孩旁边打着字幕：学生罗圆圆。

就是她了！

她是一个脸蛋微胖的女孩，嘴角长了一粒红色的小痣。她的眼神那么纯洁，神情那么镇定。

可就在几天后，她被一堆口水包围起来。

何少川和蒋子良继续搜索，查看了更多的帖子。

十年前那次网络暴力事件的原貌渐渐浮出水面。

那条新闻播出的当天晚上，追远网网友"混沌天"发出了一个名为《今天晚上的新闻很"乞丐"》的帖子。

都看了没？说问题校服的那条短新闻：采访一个可爱的小学女生，她说：

"染料超标其实根本没什么的呀，用清水多洗几次就行了，一个学期五套校服，也很好啊，可以经常穿新的。以前，我们一个学期只有一套校服，到后来都穿得破破烂烂的，像一群叫花子。"

当时我正吃饭，忍不住笑出来。

此帖一发出，马上受到一部分人的关注，跟帖留言的人迅速增加。

——我也看到了，当时都笑了，真是睁着眼睛说瞎话啊。

——这个小女生竟然喜欢问题校服！真是个小叫花子。

——我也听到了，差点就吐了！小女孩怎么会说出这种话来呢？太恶心了！

这几个帖子还是温吞吞的。吵吵闹闹几天之后，这事似乎要平息下去了，谁知道，先前第一个发帖的"混沌天"又把视频贴了上来。

视频一贴，网络再次沸腾，编辑"死水微澜"借机造势，把视频单独开贴并长期置顶，关注此事的人越来越多，视频开始在全国范围内传播，各大论坛纷纷跟进、转载。

网友们开始攻击、谩骂罗圆圆，甚至还有人创作漫画，把她画成了巫婆、妖怪，甚至是正在被强奸的少女……

其中发布漫画作品最多的，一是"东方大侠"，一是"不周天"。

"不周天"的漫画最恶毒，其中一幅根据罗圆圆的样貌，画了一个卡通人物，穿着一身脏兮兮的衣服，跪在地上，伸出双手，旁边的注解是：我是个乞丐，大爷，给点钱花吧。

事情越演越烈，几天后，"东方大侠"再次发帖，标题为：《召唤人肉搜索——罗圆圆——一群小乞丐》。

此帖一出，舆论再次炸开了锅，各路人马纷纷投入到寻找罗圆圆的行动中去，誓要揪出这个罗圆圆来。就在当天，一个叫"小旺财"的网友跟帖称，他知道罗圆圆是谁：

哈哈哈，我知道这人是谁，她是我们华美中学初中部初三一班的班长，叫罗圆圆。她们班就在我们班楼下，我的座位靠窗，每当上自习课的时候，就听到她狐假虎威地吆喝着，要求同学们遵守纪律。真是从来没遇到过这样的初中生，太把自己当回事了。而且还善于拍老师马屁，整天就跟班主任的跟屁虫似的。今天先说这么多，我打听一下她的其他情况，会陆续报告给大家的。

看"小旺财"的口气，把罗圆圆叫成"初中生"，那他应该是高中生了。在他的回帖里，他陆续公布了罗圆圆的家庭地址、住宅电话，以及期中考试的成绩单，还说她曾经在中小学生书法比赛中荣获冠军。

何少川看着不禁骂道："这小杂种！"

罗圆圆的身份信息曝光之后，谩骂的帖子更多了。也有几篇呼吁停止攻击罗圆圆的帖子，但是编辑没有置顶，很快就被谩骂和口水淹没了。

蒋子良问道："如果你是罗圆圆，如果你几年后要报复，你会向谁动手？"

何少川皱着眉头，字斟句酌地说道："掀起这次讨论并把视频搬到网上的'混沌天'、发起人肉搜索的'东方大侠'，还有一个恶毒攻击我的'不周天'、还有网站的编辑'死水微澜'，没有他的置顶，就不会掀起这么大的波浪，当然还有公布我资料的'小旺财'。"

"没有了吗？"

"就这么多了吧！"

"如果是我的话，我还要报复那个采访我的记者。熊冠洋说，当时罗圆圆根本不会说那几句话，是记者一句一句教给她的，于是她就照本宣科地说了。罗圆圆肯定没有想到，就是这么几句话，把她拖到全国舆论的旋涡中，使她受到了前所未有的压力和非议。是谁造成这一切的？记者！看了这么多帖子，你看到过一个声称自己是记者的 ID，站出来承认自己的错误、为罗圆圆辩护吗？没有！所以，罗圆圆如果杀人，那个记者肯定逃不掉。"

何少川问道："你是说电视台副台长顾松云就是那个记者？"

"有可能！"

"对！那个网站编辑'死水微澜'很可能就是追远网的首席执行官薛沐波。"

"其他被害者也许就是这次网络暴力事件中的几个主力人物！"

"查！"

第八章　网络暴力

何少川继续问道："当时网民发起人肉搜索，没几天，罗圆圆的个人信息就被公布到网上了。赵老师知不知道是谁干的？"

"妈的，提起这事我都窝火……"赵维顾不上老师的风度，开始说脏话了。

50.连线游戏

甄诚坐在电脑前紧张地盯着屏幕，那是一支股票的走线图，他得到内部消息，这支股票今天会迅速拉起，之后一路狂跌。但是什么时候拉起，拉到什么点位，却没有更确切的消息了。于是股市一开盘，他就目不转睛地盯着，准备随时抛售。作为电视台的资料管理员，他整天闲得要命，基本上一整天都不会有人来啰唆。

可是他今天不走运，不但有人来找了，而且还是台办的傅主任。他带着一个年轻的警察走进办公室，说道："小甄，帮忙查个资料。"

甄诚忙把股票系统关了，站起身来："傅主任，查什么?"

警察自我介绍，他叫何少川，要查一下十年前的一篇新闻。

"哪天的?"

"7 月 21 号的。"

甄诚急忙打开资料管理系统开始检索。这个系统是电视台今年刚刚办起来的，把历年来播出的新闻以及其他节目分门别类地整理了一番，可以调阅相关的视频、新闻稿件以及作者是谁、审稿人是谁等等。

甄诚在管理系统里输入日期，一按确定，跳出几十条新闻来。

何少川坐到电脑旁，拖动滚动条，寻找那条"问题校服"的新闻，果然被他找到了，标题是:《教育局辟谣:"问题校服"没问题》，双击点开文稿，却没有作者署名。

"这是怎么回事?"

"大概是集中登记的时候给漏掉了吧。"

傅主任说道:"快去查一下。"

"没办法了，登录到这个新系统之后，以前的数据都删除了。"

傅主任说道:"何警官,我带你去新闻中心看看,找几个老同志问问。"

也只能这样了,何少川跟着傅主任离开了资料室。甄诚赶紧把股票系统打开,然后叫了一声:"操!"那支股票就在刚才突然拉高,现在已经跳水了!

新闻中心的首席记者翟浩天15年前就在电视台新闻中心工作了,面对何少川的询问,他拍着脑袋想了半天:"那条新闻,不是那个谁……哎呀……一时想不起来了……那个……"

何少川问道:"是不是副台长顾松云?"

"对对对,就是他,他最擅长教人家说什么了。"

得到了确证,何少川便告辞了傅主任和翟记者回到局里。蒋子良早已回来了,见到何少川便笑眯眯地问道:"怎么样,何警官?"

"顾松云就是那个记者,"何少川说道,"你还记得他死的时候口袋里装着什么吗?"

"不是采访市民的提纲吗?"

"操,那也能叫提纲?看来此人做新闻一向善于弄虚作假,我们被这群'无冕之王'骗了多少年啊。"

"哈哈哈,做好准备,继续被骗。"

"你那边怎么样了?"何少川倒了一杯水问道。

"不出所料,十年前追远网的编辑'死水微澜'就是十年后的薛沐波。"

"还有,你看看这个。"何少川将几页纸递给蒋子良,那是三篇文章,标题分别是:《真是一条小走狗》、《罗圆圆很有当乞丐的天赋》、《罗圆圆:你是谁的枪?》。署名都是慕容瑾。三篇文章,尽是批评、攻击、谩骂罗圆圆,说她是政府部门的小走狗,为了当什么学生先进,人格尽失,猪狗不如。这个小走狗的一句话,将使孩子们的校服一直脏下去……

蒋子良疑惑地问道:"这是从哪儿弄来的?"

"网络啊!你说过,只有互联网才能把这么多人网罗到一起。"

十年前,慕容瑾参加一家电视台主办的星光女声选秀大赛。这是一次全国性的赛事,由于观众投票就可以决定选手名次,一时之间非常火爆,吸引了全国上万名青春美少女或者自以为是青春美少女的少女报名参赛。喜欢唱歌的慕容瑾也参加了比赛,而且进入了决赛。为了拉人气,慕容瑾开通了自己的博客，时不时地写点少女心情、比赛心得。就在这时候，罗圆圆事件发生，她觉得这是一次大好机会，可以讨好全国网民，拉得更多选票，于是便写了三篇文章点评一番，由于她已经小有名气，三篇文章被到处转贴，网络暴力事件得以持续升温……

听了何少川的一番解释，蒋子良恍然大悟："难怪。十年后，慕容瑾当着六千观众的面，脱光衣服大跳艳舞，还自污说自己跟程高希拍过艳照。罗圆圆这一招，釜底抽薪，把慕容瑾清纯乖巧的面具撕个干净。"

"喂！老大，什么罗圆圆，不要先入为主了！"

蒋子良笑笑，摆摆手："不好意思，忍不住，呵呵！"

何少川摇摇头，继续说道："七个受害者中有三个与十年前的网络暴力有关，那其他几个的关联性就更大了！"何少川喝了口水，放下水杯，踱步到黑板前，拿起粉笔刷刷地写了起来。

左边一列人名：戴景然、顾松云、薛沐波、刘静江、孔步云、胡剑陵、慕容瑾。

右边一列网名：混沌天、死水微澜、东方大侠、不周天、小旺财、记者、歌手。

写完之后，又画了三条线，把顾松云和记者连在一起，薛沐波和"死水微澜"连在一起，慕容瑾和歌手连在一起，然后对蒋子良说道："我们做一个连线游戏，试着把左右两边的人全部连在一起，只有这样，才能断定这一系列的QQ谋杀案都与十年前的网络暴力有关，只要有一个连不上，我们的推测就有可能是错误的。"

蒋子良这时候也站起来，看着黑板上的十四个名字，说道："十年前，罗圆圆15岁，读初二。而'小旺财'读高中，他们的年龄应该相差不到五岁。"

"不，应该是两到四岁，高三的学生不会有这份闲心，要忙高考。"

"那这个'小旺财'今年应该在27到29岁之间。这些死者当中，只有你的朋友胡剑陵符合这个条件。"

"是，我问过熊冠洋了，他和胡剑陵都是华美中学的，我们可以去学校核实一下。"

"还有，刘静江和孔步云的耳后大动脉都被插了一支画笔，而孔步云是画漫画的，刘静江现在做动漫，也是靠漫画起家的。他们俩应该就是'东方大侠'和'不周天'。"

何少川接着说道："十年前，孔步云19岁，应该读大二，刘静江则已经工作多年。一般来说，越年轻，越喜欢更换网名，而随着年龄的增长，网名会渐渐地固定下来，所以刘静江十年前的网名可能现在还在使用，我们不妨从刘静江入手。"

"我们分开走，你去华美中学，我去欧莱姆动漫公司。"

两人正说着，何少川的手机丁零零响了起来，是一个陌生的手机号码发来的短信。

一看短信，何少川大吃一惊。

那是一条QQ诅咒。

我叫陈婷婷，被绑架，后来死了。请你把这封信立即发给你的6个好友，1天后，你喜欢的人就会让你上。如果不发，你就会在5天内离奇死亡！

蒋子良一见，也是吃惊不小："你参与过那次网络暴力?"

"没有。"何少川面色沉重。

"看来我们被盯上了!"

"可是这信息跟那条QQ诅咒不完全一样。"

"措辞不同而已，都是一回事，我们真的被盯上了。"

何少川二话不说，提取号码拨打过去，他倒要看看，QQ杀手究竟有何神通!

电话拨通了!

听筒里传来了拨号音。

与此同时，走廊里响起了铃声。

51.风流鬼

天星小区入伙才半年多，有的住户已经搬进来了，大部分还在装修，整天叮叮咣咣吵个不休。

2栋22A正在装修，前几天刚刚做了洗手间的防水工程，今天业主曹晖来验收，先看了看自家的装修进展，便跑到楼下敲响了21A的房门。洗手间的防水工程很重要，如果没做好，将来就会往楼下邻居家渗水。21A的房门没有锁好，曹晖一敲，大门吱呀一声就开了，他站在门口说了半天"你好"，又喊了半天"有人吗"，屋里就是没人答应。曹晖犹豫了一番，心想不能空手而回，既然门开着，屋主就肯定在家。于是，他一边喊着，一边走进了屋。

屋子里静悄悄的，曹晖不禁有点怕，万一被当成贼怎么办？

一股臭味在屋子里弥漫，曹晖隐隐觉得不对劲，循着臭味找去。结果，走到卧室门口，他大吃一惊，床上躺着一具尸体，一群苍蝇嗡嗡嗡地叫着……

曹晖踉踉跄跄着跑出屋，急忙拨打110报了警。

警察很快赶到了现场，立即把21A封锁起来，一个警察向曹晖问话做笔录，其他人则开始勘察现场。

门锁没有被撬的痕迹。

屋子里被翻得乱七八糟，抽屉、柜子大开着，衣服散落了一地。钱包扔在地上，已经空了，只留下几个证件。

死者叫葛善生，男性，53岁，汉族，家庭地址在广东省深圳市罗湖区。

警察洪跃宗皱着眉头："一个深圳人怎么会死在我市的居民区里呢？"

更奇怪的是葛善生的尸体，如果不是已经腐败散发出臭味，如果不是一群苍蝇围着它嗡嗡地叫，人们会以为他不过是睡着了。他一丝不挂地躺在床上，脸上挂着暧昧的微笑。

尸体没有伤口，脖子上隐隐约约有一道勒痕，看来死者是被窒息而死，死亡时间大约是两天前。可是窒息之人，手脚肯定会乱抓乱踢，而死者却似乎一点都没反抗。这太不合常理了！

除非，葛善生死前被麻醉了，他是在毫无意识的情况下被干掉了！

另外权聪还发现，葛善生死前进行过性行为。

洪跃宗猜测说："也许是叫鸡上门，结果妓女图财害命……"

天星小区管理处的康主任急匆匆地跑进屋，听说小区发生命案，他早就慌了，忙不迭地拿着一摞文件赶了过来。

"这个房间的业主是谁？"洪跃宗问道。

"我查过了，业主叫葛善生。"康主任气还没喘匀。

"他一直住在这里吗？"

"我刚才问过保安了，这个房子平时是一个女人住的。入伙半年多来，业主平均每个月回来住一两次，每次住个两三天就走了。"

"那个女人叫什么？"

"哎哟，因为刚入伙，业主的家庭资料我们还没开始登记呢。"

"你们最后一次见到那个女人是什么时候？"

"两天前，上午还见过她。"

"知道她去哪儿了吗？"

"不知道。"

从康主任那里再也问不出有价值的东西来了，洪跃宗吩咐兄弟们，搜索房间的每个角落，看能不能找出那个女人的一张照片，或是一封信，或是水电、煤气、手机、电话的账单，以此确定她的身份。

兄弟们翻了半天什么都没发现。

权聪把尸体装进尸袋，找了两个兄弟，搬到了车上，拉回解剖室。

解剖尸体，他驾轻就熟手到擒来，死者体内果然含有大量的三唑仑，他是被人迷昏了！

权聪洗净手，回到办公室，刚走到门口，透过窗玻璃，只见何少川和蒋子良正看着黑板上的一些人名发呆。想起何少川作弄过自己，便想以牙还牙，凭记忆给何少川发了一条信息。看着何少川一脸惊诧的样子，他感到非常得意。

手机铃声响起来了。

他拿起电话说道："何警官，你们被盯上了！"说着推门而入。

何少川和蒋子良看到是权聪玩的把戏，一拥而上，嘻嘻哈哈地打成了一团。

何少川说道："妈的，你什么时候换小灵通了？"

权聪憋着嘴说道："房价涨，肉价涨，油价涨，就他妈工资不涨股市跌，再不换个小灵通，我就饿死了。他娘的，昨天我老婆才狠，逛了一趟超市回来，把一包卫生巾往桌上一扔，说：再他妈的涨，这月经都来不起了！"

三人笑成了一团，蒋子良问道："卫生巾也涨了啊？"

权聪一拍他脑袋："你一个单身汉操心这事干吗？"

何少川说："子良想买几包寄到深圳。"

"哎哟，子良，交网友啦？"

"什么啊，同行！也是警察。"

"还搞两地恋爱啊？"

"哪有那心思啊，也就想想。"蒋子良不好意思地说。

权聪安慰道："一个深圳人被杀了，要不你跟洪跃宗说一下，由你跟深圳警方联系？"

"去你的！"

何少川问道："没收到什么QQ诅咒吧？"

"少川，你是不是被诅咒怕了？"权聪说道，"一是没收到QQ诅咒，二是家里失窃，跟前几个案子没啥关联。不过，有一点倒是很像，死者体内也有大量的三唑仑。"

蒋子良说道："这年头，怎么都迷上麻药了？"

何少川却觉得有点蹊跷，但是蹊跷在哪儿，他又说不上来。

52.历史遗踪

　　一阵清脆的下课铃声响过，赵维走出了教室，迎面撞见了王校长，身边还跟着一个年轻人。他扶了扶眼镜，问道："王校长，有事?"

　　"赵老师，"王校长指着身边的年轻人，"这位是市公安局刑侦科的何少川警官，他有些事情要问你。"

　　赵维礼貌地跟何少川握握手："刑警啊！我可没作奸犯科啊，哈哈哈！"

　　何少川见赵老师如此爽朗幽默，也跟着笑道："赵老师真会说笑。"

　　"何警官，有什么事?"

　　王校长打岔道："别在这里说啊，去会议室。"

　　一路上赵维纳闷着，他今年四十多岁，在华美中学任教已经二十多年了，可谓是桃李满天下，口碑一直是数一数二的。可是如今，一个刑警竟然找上门来了，到底什么事呢?

　　在会议室坐下，何少川开门见山："赵老师，刚才跟王校长聊过，说您是华美中学的元老，德高望重啊。"

　　"哪里哪里。"

　　"这次来，是向您打听一件陈年旧事。"

　　"关于我的学生?"

　　"是。十年前，您是华美中学初三一班的班主任吧?"

　　赵维闭着眼睛想了半天："这我哪儿记得啊?"

　　"那您记得罗圆圆这个学生吗?"

　　一听罗圆圆，赵维眼神一亮，不由得坐直了身子："找到她了?"

　　"没有，赵老师记得她?"

　　"记得记得，那孩子可怜啊！"

"罗圆圆人怎么样？"

"学习成绩很好，每次考试不是全校第一，就是全校第二。她是班长，本来应该有一个光明的前途，可是全被那个该死的记者毁了……"提起罗圆圆，赵维欷歔不已，"她恐怕是我这辈子教过的最好的学生了，知书达理，从来不跟同学闹矛盾，经常帮助同学。唉，你为什么突然来问罗圆圆呢？有她什么消息吗？"

"没有，只是怀疑最近的几宗谋杀案与十年前的网络暴力事件有关。"

赵维皱了皱眉头，他自然不明白这其中的关联。

何少川继续问道："当时网民发起人肉搜索，没几天，罗圆圆的个人信息就被公布到网上了。赵老师知不知道是谁干的？"

"妈的，提起这事我就窝火，"赵维顾不上老师的风度，开始说脏话了，"一个小兔崽子！当时资料一泄露，我们几个老师就开始追查，好像当初他帖子里写得挺清楚的，说他在圆圆班的楼上，我一看就知道，圆圆班楼上的高中班就只有一个高二六班，我马上就知道是谁了。"

"谁？"

"胡剑陵！"虽然已经时隔多年，但是赵维依然气呼呼的，"一个小混混，学习不长进，邪门歪道学了不少，还给罗圆圆写情书，你说一个孩子不好好读书，写个狗屁情书啊？圆圆收到之后就撕碎了扔到了垃圾桶。可是他还写，罗圆圆只好给他回信，把他拒绝了。他这人就是不依不饶，每天都写封情书，后来圆圆就告状告到我这里来了。我就找他们班主任了，最后他写了检讨，在全校学生面前念。后来罗圆圆出事了，他就幸灾乐祸落井下石。当时校长、他们班主任都找他谈话，家长也叫来了，差点开除。他哭着喊着说，不知道会把事情搞那么大，要找罗圆圆赔礼道歉。可我们当时根本找不到罗圆圆了，她失踪了！到现在都不知道她去哪儿了。十年了，也不知道是死是活……"

"我一直很疑惑，即便全国的网络暴民都给罗圆圆家打电话，把电话线拔了不就行了吗？何必要离家出走呢？"

"一方面，十几岁的小姑娘，心理不是很成熟，突然受到那么大的压力，肯定受不了。另外……唉！"赵维沉重地叹口气，"她的家庭也没给她提供精神支持，父母见她闯了这么大的祸，非但不安慰她，还骂她，骂她是扫帚星、丧门星……你说，圆圆她能受得了吗？"

想到胡剑陵被网络暴力伤害之后，其父母也曾经向他兴师问罪，何少川不禁叹息道："如果父母多给点家庭温暖，就不会有那么多悲剧发生了。"

"可不是嘛，家庭始终是第一位的。"

"赵老师还记得罗圆圆家在哪儿吗？"

赵维闭目沉思一会儿，说道："具体地址忘记了，好像是在江东区梅花路一带吧。她父亲叫罗东方，以前是个木匠，现在不知道干什么去了。唉，何警官，到底出什么事了？"

"当年在网络上伤害过罗圆圆的人，最近都被杀了，其中就有胡剑陵。"

赵维惊讶地张大了嘴巴："不，不会是圆圆干的！她是一个很善良的孩子，不会做出这种事情，肯定是有人在借刀杀人、栽赃陷害。"

"赵老师不要激动，我们现在也没有证据。"

确定了"小旺财"的身份之后，何少川离开了华美中学回到警局。坐在电脑前，他打开浏览器，搜索出五年前的一个帖子，看着自己当时不负责任的留言，心中懊悔至极，不知道那个女学生是否得到了家庭的关爱，不知道她当年是否像罗圆圆一样感到孤独无助。他键入用户名和密码，毫不犹豫地把自己发的帖子都删除了。他知道，这样做并不能弥补犯下的过错，充其量只能算是一种无声的忏悔吧！

蒋子良兴冲冲地回来了，他去欧莱姆动漫公司走了一趟。欧莱姆树倒猢狲散，办公室几乎没人了，只有那个女经理还在，问女经理刘静江的网名是什么，女经理根本不知道。

蒋子良说："还好，刘静江的电脑没被抢走。"

"什么？抢什么电脑？"

"刘静江一死，欠的工资没有着落，平时温文尔雅的白领们就开始抢东西了。估计那个女经理也是准备把电脑搬走的，还好被我抢先一步。"

蒋子良打开刘静江的电脑，登录追远网网站，不停地双击用户名的框框，心想可以自动显示出曾经登录过的用户名，结果刘静江的杀毒软件把这个功能屏蔽了。蒋子良只好搜索电脑上保存的 Cookies 记录，找了半天，总算是找到了。

他一拍何少川肩膀，说道："还真被你蒙对了，'东方大侠'就是刘静江。"

何少川一瞪眼："什么叫蒙对了啊？这叫发展心理学。"

"狗屁，我到现在还经常更换网名呢。"

"你情商低，发育缓慢，没办法。"

蒋子良气得直瞪眼，末了问道："你呢？怎么样？"

"'小旺财'就是胡剑陵。"

蒋子良走到黑板前，拿起粉笔又画了两条线，接着沉思道："这么说，剩下这个画漫画的'不周天'就是孔步云了。"说着，把不周天和孔步云连在了一起，如此一来，左边只剩下戴景然，右边剩下混沌天，他在两个名字之间又画上一条线。

连线游戏算是做完了。

何少川看着"连线游戏"出了会儿神："孔步云好像挺腼腆一人啊，跟女孩子说话都脸红呢，能说出这种话来？什么母亲把我按住，父亲把我上了？"

蒋子良呵呵一笑："有句话说得好，你不知道网络对面和你聊天的是一个人还是一只狗，网络使很多人戴上了一个完全不同的面具。"

"不行不行，还是多留个心眼吧，万一'不周天'另有其人，我们就可能要多一具尸体了。"何少川说罢，又擦掉了两根线。

左边剩下：戴景然，孔步云。

右边剩下：不周天，混沌天。

"但愿这个连线游戏到此为止，不要再加人了。"何少川叹道。

蒋子良的手机响了起来，一看号码，他喜笑颜开，对何少川说道："嘿嘿，深圳的号码。"何少川也来了精神，八卦心起，竖起耳朵听着。

电话果然是深圳市公安局的小彭打来的。

放下电话，蒋子良开心地说："还真是有缘，小彭要来了。"

"来干吗？"

"不知道啊。"

"人家来干吗都不知道。"

"她说见面再说嘛！"蒋子良越说越激动，"你有没有觉得小彭的声音很好听啊？"

"我又没听，我怎么知道？"

"你耳朵白长啦？你刚才不是凑过来听了吗？"

"没听清，好像……真像鹧鸪鸟，"何少川扯着嗓子喊起来，"行不得也，哥哥，行不得也，哥哥……"

"你这人，不厚道！"

"哈哈哈，好好好，厚道一点厚道一点，小彭叫什么名字啊？"

"哎呀，忘记问了，"蒋子良一脸懊悔地说道，"只知道叫小彭。"

何少川听到又哈哈大笑起来："子良啊子良，我厚道不起来啊！"

53.三幅漫画

烛光摇曳，映照着颜思曦姣美的脸蛋，更添几分清纯可人。这是一间轻吧，温柔的音乐缓缓地流淌，她随意地抖动着手中的半杯红酒，扑闪着一双明亮的大眼睛，俏皮地问道："少川，你今天怎么有空啦？"

何少川看着颜思曦端庄而不失活泼的可爱模样，禁不住心猿意马起来。这个女孩子年纪轻轻，却迭遭大变，先是在婚礼喜宴上，看到老公嫖娼视频，脸面简直丢得干干净净。后来又想跟孔步云开始一段美好的爱情，可是孔步云又惨遭横死。颜思曦的脸上依然挂着淡淡的笑容，但是何少川知道她的心里有多苦。如果有可能，他真希望自己坚实的肩膀能给她扛起一方晴朗的天空，他真希望自己宽阔的胸怀能给她提供一片宁静的港湾。听到颜思曦发问，他抿了一口酒，以掩饰内心的激动不安，然后乐呵呵地说道："曦曦，你还是叫我何警官吧，我今天是来办公事的。"

颜思曦却不以为忤，依然笑嘻嘻地说道："办公事，你就不能叫我曦曦，你可以叫我颜思曦，或者，颜小姐。"

"你们女人事儿真多，"何少川越来越不自然了，"我们还是直入主题吧！"

颜思曦吐吐舌头，顺从地端坐着，两只手拘谨地交叠着放在膝盖上。调皮的表情也荡然无存，脸上一丝笑意都没有。这份故意装出来的认真，显得更加可爱了。

何少川看了看她说道："不用这么严肃，放松点儿，我不是审你。"

颜思曦却说道："你们男人事儿真多，有什么事情赶快问吧。"

何少川笑了："想问一下，你对孔步云了解多少？"

"你想了解哪方面呢？"

"他的漫画。"

"漫画已经被我烧了。"

"为什么？"

"看着伤心。"颜思曦的神色渐渐黯淡下来。

落寞的颜思曦更让何少川心疼，他忙说道："对不起，我不想惹你伤心，我只是……"

"没事，事情已经发生了，任谁都不能改变。那些漫画是他的命根子，他死之后，我老做梦，梦见他跟我要画，他是一直惦记着呢！"

颜思曦伸手擦了把眼泪，泪光莹然，脸上又泛起了笑容。何少川想，坚强的女人总是更加美丽。

"你看过那些漫画吗？"

"看过，每一幅我都看过，看一幅烧一幅，我真想留下来做个纪念，但是又怕他不高兴。"

何少川递过去一张纸巾，颜思曦伸手接过。肌肤相触的那一刻，何少川有一种触电的感觉，麻麻的，痒痒的，瞬间传遍全身。曦曦的手好嫩啊！

颜思曦的心情平静下来，笑容重新绽放在脸上，何少川拿出三张 A4 纸，那是三幅漫画。

第一幅漫画，一个赤裸的少女，蹲在脸盆前，搓洗着一堆校服。漫画上，竖排写着两列字：华美中学罗圆圆，洗洗更健康。

第二幅漫画，一个邋里邋遢流着鼻涕的小女孩，正在大街上被一个脏兮兮的男性乞丐强奸。文字注释是：我是罗圆圆，做乞丐，想怎么爽就怎么爽。

第三幅是四格漫画，主人公同样是罗圆圆，她走进父母房间，看到父亲、母亲都是一身的脏衣服，而且还长了一身癞子。文字注释是：我们一家都是乞丐，做乞丐光荣。

这三幅漫画是何少川在网上下载的。

"你看看这三幅漫画有没有印象，是不是孔步云的作品。"

颜思曦接过漫画看了看，肯定地说："是他的。"

"你确定？"

"我看过的，没错。"

何少川心头疑云顿消，看来孔步云真的就是"不周天"。

"曦曦，你一定要小心点儿，有什么事情要马上告诉我，我不希望你有危险。"

"这么关心我？"

颜思曦的眼神里似乎充满了期待，那是不是对爱情的渴望？何少川不敢乱猜，他怕自己自作多情，他试探着说道："那就给个机会吧？"

颜思曦脸色一红，微微一笑没有说话。

何少川有点失落，这时候蒋子良打来电话。接完电话之后，何少川十分不好意思地跟颜思曦说，又有公事了，得赶紧回局里。

颜思曦自从接到 QQ 诅咒、被人跟踪之后就搬家了，何少川把她送回新家之后赶回单位。其实蒋子良要说的事并不是多大的事，明天再谈也完全可以，他不过是借机逃离那个尴尬的氛围。他的内心深处，充满了对爱情的渴望，但是又小心翼翼的，生怕被曦曦拒绝。

蒋子良一见何少川脸蛋红扑扑地走进办公室，便抱怨道："人和人，差距咋就这么大呢？我一晚上辛辛苦苦调查戴景然，你却去泡你嫂子去了！"

"娘的，你说话真难听。"

蒋子良凑到何少川面前，鼻子尖都快顶着何少川脸了："怎么样啊？机不可失啊！"

何少川走开几步，说道："离我远点，我可不是玻璃。"

"哈哈哈，人人心中都有一座断背山。"蒋子良说道，"机遇只垂青那些有准备的头脑，少川啊，你也该谈场恋爱了。"

"行了行了，快点说，戴景然到底是不是'混沌天'？"

十年前，戴景然是一家证券公司的小职员。蒋子良调查了戴景然的同事，但是没人知道戴景然曾经用过什么 ID。就在蒋子良感到绝望的时候，戴的一个同事告诉他，戴的老婆回来了。蒋子良这才想起来，戴景然的老婆帅芳前不久从美国回来，领走了老公的尸体安葬去了。他急匆匆地赶到戴景然家，找到了帅芳。提起"混沌天"这个名字，帅芳想了半天，回答道："他的确用过这个名字。"

连线游戏已经做完了，黑板上左右十四个名字一对一对地连在了一起。

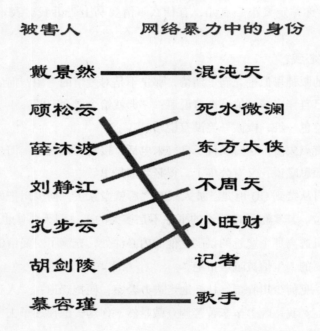

"现在可以肯定，七宗谋杀案都与十年前的网络暴力有关了，"蒋子良说道，"凶手很可能就是罗圆圆，给熊冠洋发信息的也是她。除了罗圆圆自己，谁知道十年前她跟熊冠洋说过她会回来的话？"

何少川点点头，表示首肯。

"但是我有一点不明白，"何少川沉思着说，"我们查出七个 ID 分别是谁，是因为正好有七个死者，我们不过是做个简单的连线游戏。可是罗圆圆怎么能从茫茫人海中，找出这几个人来呢？"

蒋子良看着黑板上的几个名字，说道："顾松云、胡剑陵和慕容瑾很好找，不需要查 IP 就能确定他们的身份，薛沐波也相对容易一些，追远网上有他的简历，曾经担任论坛编辑，后来一步步做到了首席执行官。剩下的戴景然、刘静江和孔步云，要查起来就不是那么容易的事了。"

"的确有问题，如果根据 IP 地址追踪的话，要查出每个 IP 对应的物理地址，必须到网络管理处去查，他们的数据库并没有连接到外网，即便凶手是个超级黑客，他也无法找到物理地址，"何少川说道，"而且，戴景然和刘静江当时已经工作了，有可能在固定的地方上网，但是孔步云呢？他当时还是个学生，要么在学校的多媒体教室上网，要么到学校外的网吧，凶手怎么能找到他？"

两个人都陷入了沉思，脑海里都在假设，如果自己是罗圆圆，我会怎么做？

几乎同时，两人一起喊道："有了！"

"你先说。"

"你先说。"

蒋子良说道："刘静江的 ID'东方大侠'还一直在使用，罗圆圆只要给他发个站内信息，说要交个朋友，他会拒绝吗？"

"对，再把自己说成是一个仰慕他的青春美少女，哪个男人能不心动？"

"就是这个意思，"蒋子良说，"再说孔步云，他是一个画漫画的，而且漫画不仅是他的爱好，还能给他带来利润。这就决定了，不管哪个阶段的 ID，他都会注明自己的联系方法，手机也许不会留，但是 QQ 号码肯定会留下来。"

"孔步云外表腼腆，内心狂野甚至粗俗，一个自称很漂亮的小女生主动搭讪，他肯定也会上钩，"何少川说，"戴景然也一样，他在股市里打拼，自然也需要很多朋友，他的'混沌天'ID 肯定也有他的联系方法。"

"哈哈哈，英雄所见略同啊！"

"我们马上上网验证我们的假设，看他们的资料里到底有没有留下 QQ 号码。"

两人兴冲冲地打开追远网的主页，还没开始查 ID，主页上的一个广告立即吸引了他们的注意。

两个人的眼睛睁得大大的，不可思议地互相对视一眼。

广告的内容是：**城管局又一公务员嫖娼被偷拍。**

54.视频再现

　　自从被何少川和蒋子良第二次盘问之后，熊冠洋一直深居简出，他已经开始上班了，但是一下班，马上便跑回家，把门关得紧紧的。他变得疑神疑鬼，走在路上，只要后面有人跟着他走了一分钟，他就开始怀疑那人是不是罗圆圆派来的；即使有人跟他说话大声了点儿，他也会惊恐地看着那人，有几次他差点向人家跪下，请求人家的原谅。

　　电脑不敢开了，网不敢上了，尤其怕看到 QQ 的登录界面，怕看到跳动的好友头像，生怕哪个好友又给他发来一条 QQ 诅咒。

　　这天，他下班后回到家，立即把门关紧，走了几步又返回来，检查一下门是否锁好了。方便面已经吃完了，他不得已只好打电话叫个外卖。打完电话，他就一直在门旁站着，透过猫眼，观望室外的动静。一直站了二十多分钟，只见电梯门开了，一个小姑娘拎着一个塑料袋走出来左右看了看，找到了熊冠洋的房间。按响门铃，熊冠洋就是不开，他还要再观察一下，看她会不会从口袋里或者塑料袋里掏出一把刀来。小姑娘按了几次门铃，不耐烦了，嘟囔着骂了一声转身离开。这时候，熊冠洋才确定没有危险，开了门给了钱，又迅速地把门关上。关上之后发现盒饭还没拿，又从猫眼张望了一眼，迅速地打开门，迅速地接过饭盒，迅速地关上门。他拎着饭盒走到卧室，把卧室门又关上，这才开始狼吞虎咽起来。

　　刚扒拉几口，电话打进来了。他看也没看就接听了，电话那头却传来破口大骂："淫贼，你这种人活该下地狱。"

　　"喂，打错了，我不是胡剑陵。"

　　"你们城管局就没个好人，看你那猥琐的样儿，还学人家嫖娼。"

　　一口饭含在嘴里，硬是吞不下去了。熊冠洋看看电话号码，是个陌生的电话，问道："你是谁啊?"

"我是你老娘!"对方说罢挂断了电话。

熊冠洋百思不得其解，正准备打回去质问，又有一个电话打来了，号码是固定电话，区号不是本市的。

"喂，你好!"

"哈哈哈，老哥，你们城管局的哥们一个个都很牛啊，嫖起娼来一个比一个强。"

"你什么意思?"

"哈哈哈，你多久没有上网了？屁股都被人看到啦!"

熊冠洋挂断电话，饭也顾不得吃了，终于下了大决心，打开电脑上网，一看到追远网的首页，他的脑袋腾一下就大了。

《城管局又一公务员嫖娼被偷拍》

又有电话打进来，他也不接，匆匆点开了那个帖子。

果然是一个视频。

果然是自己的嫖娼视频。

熊冠洋困窘难当，虽然屋子里只有一个人，他却感到周围都是偷窥的眼睛。

跟帖已经几十页了，有的人在大肆嘲笑他，说他不知前车之鉴；有的人假意佩服他，说他很有勇气；有的人对他破口大骂，说他败坏社会风气……

更恐怖的是，人肉引擎早已启动多日，现在他的个人资料已经被曝光。

手机不停地响着……

他把手机电池拔出来，耳根清净了。

接着，固定电话又像催命般响了起来……

胡剑陵遭遇的一切，他都开始亲身体验了。

55.钉子户

　　何少川和蒋子良辗转找到江东区梅花路，本想找寻罗东方，却发现他们来到了一片工地。四周狼藉一片，到处都是砖块瓦砾。两人一打听才知道这块地被政府卖给了一个房地产商，给住户们提供了安置房，原居民都迁走了。开发商准备在这里兴建一栋100多层高的大楼，建成后将成为世界第一高楼。这一项目是本市的重点工程，为了动员居民搬迁，采取了各种措施，兴建安置房几乎是花了血本。原居民一看房型，个个喜笑颜开，都觉得自己赚了，所以拆迁工作非常顺利。可即便如此，仍然有个老头不买政府的账，赖着老房子不肯走。

　　既然有人没走，也许就能打听出更多罗圆圆的事。

　　一栋破烂的建筑鹤立鸡群般矗立在一片瓦砾堆上。若不是有人提醒，两人还以为那栋房子已经被拆了呢。

　　门口和房顶摆了七八个煤气罐，找来路人一问，煤气罐是用来威胁拆迁工人和做思想工作的政府工作人员的。这事前两天闹得还挺大，只是两人一直沉浸在QQ连环杀人案中，竟然一点没有关注。

　　据说老头一直守在屋里，随时准备拼命。

　　何少川和蒋子良站在门口敲了半天门，一直没人应，两人很奇怪，他不坚守阵地，跑哪儿去了？

　　何少川试着推了推门，大门吱呀一声打开了。

　　两室一厅，一切都是破破烂烂的，墙壁斑驳，墙皮已经开始脱落；家具老旧，布满了一块一块的黑灰。

　　屋子里散发出一股霉味。

　　一个卧室的门开着，一个卧室的门关着。

　　卧室里光线昏暗，窗玻璃上蒙着报纸，也许老头在隐蔽自己，不想让别人知道他的确切行踪吧？

窗台上也放着一个煤气罐，如果有人要从窗户偷袭，老头就会点燃煤气罐退敌。

所有的布置显示，老头宁愿跟老房子同归于尽，也不愿意搬离这里。

墙上贴着十几张照片，照片已经泛黄，都是一个女孩子的单人照。

蒋子良叫道："这不就是罗圆圆吗？"

是，的确是罗圆圆的照片。

这个房间就是罗圆圆的房间。倔老头，无疑就是罗东方。

可是，他去哪儿了呢？

墙上挂着一张巨幅海报，竟然是未来的擎天大厦的模拟效果图。

蒋子良笑道："这老头有意思，又不肯搬走，又天天看着这栋大厦。"他随意地掀了掀海报，马上惊讶地张大了嘴巴。

海报下面张贴着十几张照片。

那是十几张案发现场的照片。

戴景然睁大了惊恐的眼睛……

顾松云死在了车里……

薛沐波被挂在天花板上……

刘静江脖子上插着画笔，死在车里……

慕容瑾痴呆般傻傻地看着镜头……

孔步云同样插着画笔，倒在血泊里……

胡剑陵双手被绑，眼睛里充满了惊恐，背景是一条河……

那不是警察拍摄的照片，那是凶手拍摄的。

这些照片为什么会在这里？

罗东方突然从另外一个卧室冲出来，手里拿着一根擀面杖，向两人挥舞着："王八蛋，滚！"

何少川猎鹰一样看着疯狂的罗东方，难道所有的人都是他杀的？这样一个老头，恐怕连电脑都不会使用，他怎么能查出这几个人来呢？

"滚！"罗东方挥起擀面杖朝何少川打来。

可他哪是两个刑警的对手？何少川一躲，罗东方扑了空，蒋子良右手一探，抓住了罗东方的手腕。

罗东方动弹不得，兀自叫骂不停："你们这些土匪王八蛋，我说过我不搬家，我要等圆圆回来。"

何少川说道："大爷，我们也在找罗圆圆，我们不是来赶你走的。"说着，掏出证件在罗东方面前晃了晃。

罗东方不再挣扎，问道："你们找圆圆什么事？"

何少川指着墙上的照片问道："这些照片，你从哪儿弄来的？"

"关你什么事？"

"哼哼，我是警察，你说关我什么事？"

罗东方瞟了一眼何少川，说道："我不知道。"

"大爷，你真是个老实人啊，说谎都不会，"何少川问道，"你刚才说要等你女儿回来？"

"是。"

"就为这，你不肯搬家？"

"如果我搬走了，圆圆回来就找不到我了。"

"你怎么知道你女儿会回来呢？她已经失踪十年了。"

"我就是相信她会回来。"

"这些照片就是你女儿给你的吧？"

"没有，没有，圆圆没有杀人。"

"大爷，你要配合我们警方的工作，你知道她在哪儿吗？"

"我要是知道，早就去找她了。"

"那这些照片从哪儿来的？"

"我说过我不知道。"

"大爷，你应该知道我们的政策。抗拒从严，坦白从宽，如果你能配合我们警方办案，将来罗圆圆还能获得减刑。要知道，法网恢恢，疏而不漏，如果她真的杀人了，她是跑不掉的。"

老实巴交的罗东方被说服了，想了想说道："这些照片是圆圆给我寄来的。"

"信封呢？"

"烧了。"

"烧了?"

"圆圆让我烧掉的。"

"这些照片是什么时候收到的?"

"五天前。"

何少川看了看蒋子良,却发现他正魂不守舍地看看手表,看看窗户,他心中一笑,又对罗东方说道:"假如你再收到罗圆圆的消息,要及时通知我们。"

"圆圆她……她会被枪毙吗?"

"这得看她的认罪态度怎么样了。"

"哎,都是我的错,当年如果不骂她,她就不会离家出走了,一走就是十年,她娘后来急出了病……也……也走了……"罗东方泪汪汪地看着何少川,"警官,你们抓到她,一定放她一马啊。她是个好姑娘,只是一时糊涂才做了错事。"

两人离开老人的房间时,拆迁办的工作人员又拿着喇叭在喊话了,新一轮的思想工作又开始了。

一走出房间,蒋子良便掏出手机打电话,一会儿又放下了,喃喃道:"飞机又晚点了。"

何少川笑道:"八字还没一撇呢,就急成这样了,这要是撇上了,那得成什么样啊?"

"就你话多,你说这民航的飞机,就不能准时一点?你看,这飞机都晚点一个小时了。"

"哈哈,航班延误是个正常现象,也是个普遍现象。这个问题过去很多,现在还有,将来一定时间内也不会被根除。"

"什么时候也学会掉书袋子了?"

"就许你掉?哎,问人家叫什么名字了没有啊?"

"你怎么比我还关心啊?"

"兄弟嘛!"

"我看你没安好心!她叫彭菲菲。"

56.四海为家

葛善生案被列为警局的头等大案，重要性甚至超过了 QQ 连环杀人案。

对本市来说，葛善生就像财神爷一样，全世界最高的擎天大厦将由他来打造完成，这次他从深圳来到本市，就是为了督促拆迁工作，与市领导商谈详细的合作事宜。没想到来了不到一个礼拜，就被人杀了。

廖圣英市长要求郑局长火速破案，维护本市良好稳定的投资环境。郑局长自然不敢怠慢，勒令洪跃宗尽快缉拿凶手。

首先怀疑的对象，自然是拆迁户，而拆迁户中的重点怀疑对象，就是罗东方。接到郑局长指示之后，洪跃宗赶到罗东方家里进行了详细的盘问，结果可想而知，一个佝老头，哪有杀人的胆量？

这天，他正准备带领众兄弟去盘查其他拆迁户，却接到天星小区管理处康主任电话，康主任说经常跟葛善生一起出入的女人回来了。洪跃宗立即改变方向，奔赴天星小区。

女人叫徐静宁，国土规划局的一个科长，三十出头，眼角泛出了鱼尾纹，但是妖娆之态依然不减。皮肤干净白皙，双眸闪亮有神。

"你是葛善生什么人？"

"朋友。"

"朋友？"

徐静宁叹了口气，说道："跟你们直说了吧，我是他情人。"

洪跃宗看着她面不改色心不跳的样子，很是佩服她的勇气。

"这几天你去哪儿了？"

徐静宁掏出一支女式香烟，在洪跃宗面前一扬，问道："不介意吧？"

"请便。"

徐静宁点上香烟，悠然地吐出一口烟圈，这才说道："我旅游去了。"

"什么时候出发的？"

"五天前。"

"有谁可以证明？"

徐静宁从包里掏出一叠机票、公园门票，递给洪跃宗："这些都可以证明。"

洪跃宗大略看了看，问道："跟哪家旅行社？导游叫什么名字？"

徐静宁一一说了，然后问道："我可以走了吗？"

"还有几个问题要问你，你们认识多久了？"

"这与案子有关吗？"

"有关，关系很大。"

"两年了。"

"在什么场合认识的？"

"两年前，他跟廖市长洽谈投资的事，我陪着一起吃饭，就这样认识了。"

"哦，"洪跃宗诡异地一笑，又问道，"你知道葛善生在本市有什么仇人吗？"

"擎天大厦，一百多层，多少人要竞标啊？结果被他竞去了，其他人不恨他？"

"除了生意上，还有其他仇人吗？"

"那就不知道了。"

"葛善生被杀，你好像一点都不伤心啊？"

徐静宁脸一沉，不悦道："伤心？老娘生气还来不及呢！说好等我旅游回来就把这套房子过户到我名下，现在他娘的竟然死了！"

洪跃宗见此女如此粗俗，非常反感，心想，白被人睡了吧？活该！

"好了，你可以走了，不过，你的手机这几天要一直开机，我们随时还会联系你的。"

徐静宁拎着旅行箱，屁股一扭一扭地走了。

郑局长这时候打来了电话，说是深圳警方派来一位警员协助调查葛善生被杀一案。

洪跃宗之前跟深圳警方联系，希望深圳方面能帮忙调查葛善生的社会背景、社会关系等等，没想到，深圳警方如此重视，竟然派专员前来协助了。

局长办公室里，郑局长正跟一个年轻的女警聊着天，洪跃宗进屋后仔细把女孩子打量一番——皮肤白白的，眼睛明亮有神，笑起来眯到一起，特别妩媚。鼻梁高耸挺拔，极具线条美。嘴角也许是内分泌失调，长了一粒痘痘，但是痘痘很小，根本不影响女警的美。

他呵呵一笑："郑局长，又来实习生啦？我来带吧！"——遇到漂亮的实习生，捷足才能先登。

女实习生笑嘻嘻地站了起来，友善地伸出了手："这位就是洪老师吧？洪老师好！"

洪跃宗握着女孩子的手，嬉皮笑脸地说："太客气了，我叫洪跃宗，以后叫我宗哥就行！"

"宗哥好。"

"好好，以后有不懂的，随时问我，知无不言，言无不尽。你怎么称呼啊？"

"我姓彭，叫我菲菲就好。"

"呵呵呵，菲菲，这个名字好啊。"

郑局长在一旁叫道："洪跃宗，你说完没有？"

洪跃宗嬉皮笑脸地松开女孩子的手，涎着脸说道："郑局，这位菲菲就由我来带了。"

郑局长瞪了他一眼："就你还当警察？第一眼就能看错人，还当警察？"

"看错什么人？"

"这位是深圳市公安局派来的刑侦专员彭菲菲。"

洪跃宗张大了嘴巴，把彭菲菲上上下下打量一番，说道："不像啊。你真的是深圳派来的？"

彭菲菲用力地点点头。

"哎呀，不好意思，不好意思。"洪跃宗羞红了脸。

彭菲菲解释说，深圳警方之所以如此重视葛善生被杀案，是因为他头上的光环实在太多，葛善生的死，已经惊动了有关部门。这十多年来，葛善生在深圳、广州、上海、北京、武汉、成都、厦门等十多个城市开发楼盘，生意越做越大，社会关系便跟着越来越复杂。他风流成性，每到一座城市，除了买地，就是买女人。每座城市，都有他的家，每个家都有一个女人，甚至通过各种方法躲避计划生育政策生了孩子的都有。

彭菲菲拿出厚厚一叠材料，交给洪跃宗，说道："葛善生的详细情况都在这里。我来之前已经跟其他十几个城市的警方联系过，要他们协助调查葛善生的每一个情人。"

洪跃宗接过材料翻了翻，每份材料上都印着"深圳市公安局"的红色抬头，他笑了笑说道："彭警官把该做的都做了，我都不知道该做什么了。"

彭菲菲嫣然一笑："洪警官不介意的话，我想去看一下葛善生的尸体，没有别的意思，就是想有个直观的印象。"

"应该的应该的。"

两人告辞郑局长并肩走出办公室。

洪跃宗说道："彭警官，晚上请你吃饭吧？"

彭菲菲刚要回答，身后一人突然说道："不行！"

两人回头一看，只见身后跟着两个警察，一个笑眯眯的，一个脸红红的。

洪跃宗说道："我来介绍一下……"

"不用你介绍了，"脸红的警察走向前来，向彭菲菲伸出手，"你好，我就是蒋子良，等你好久了，晚上的接风宴已经安排好了。"

彭菲菲咯咯一笑："那好啊，晚上见，不过我现在要跟洪警官看一下尸体。"

蒋子良看着彭菲菲远去的背影，站在原地一动不动，何少川走向前来，用胳膊撞了撞他："不至于吧？丢魂啦？"

"不，不是，跟我想象的完全不一样。"

"你想象的是什么样子啊？人家长得挺漂亮啊。"

"漂亮，是漂亮！只是，只是，她的声音没有在电话里那么好听。"

"哈哈哈，这就叫距离产生美。"

不远处的办公室里，传来郑局长的骂声："你们两个兔崽子说什么呢？还不去查案子！"

原来他们得意忘形，还在局长办公室门口就开始对女孩子评头品足了，两人面面相觑，互相使个眼色，赶紧溜了。

57.接风宴

接风晚宴在一家川菜馆举行。蒋子良之前打探过彭菲菲是湖北人，最是能吃辣，所以尽管自己见了辣椒就皱眉头，还是硬着头皮安排了一顿川菜。自然不能只请彭菲菲一人，何少川、洪跃宗、权聪和几个同事也都荣幸地被邀请了。

蒋子良皮糙肉厚，虽然跟彭菲菲是第一次见面，但是言谈举止却像多年的至交一般，劝酒夹菜，嘘寒问暖，百般殷勤一起使来。彭菲菲也绝不含糊，性格开朗，外向大方，一点没有扭捏之态。

何少川见蒋子良如此无拘无束，倒自惭形秽起来，他在女孩子面前从来不敢如此大胆，生怕被周围同事朋友笑话，更怕女孩子当面表示反感。他禁不住想起了颜思曦，如果自己这样对颜思曦，会不会遭到曦曦的白眼，会不会遭到同事的哄笑？想到颜思曦，他便猜测曦曦在干吗？生活迭遭大变，她一个弱女子能撑得下去么？

见何少川魂不守舍，蒋子良哈哈笑道："菲菲，我跟你说，你逗留这几天，不但要查案子，还要帮少川一个忙。"

"哎哟，我能帮上什么忙啊？"

何少川不知道蒋子良闷葫芦里卖的什么药，只听他继续说道："咱们少川呢，最近看上了一个姑娘，人长得漂亮，又温柔体贴。少川喜欢人家，但是不敢说……"

"你胡说什么啊？那是我嫂子!"

"喂，少川，我有说那姑娘是谁了吗？你怎么知道我说的是颜思曦啊？你呀，就少装蒜了，喜欢人家就直说嘛!"蒋子良又看着彭菲菲，说道，"对吧，菲菲?"

"是啊，别把话烂在肚子里了，将来后悔都来不及。"

何少川还没说话，蒋子良开口了："菲菲，为了以防将来后悔，我现在就得告诉你，我挺喜欢你的。"

同事们都哈哈地笑了，彭菲菲轻蔑地瞪了他一眼："我们认识还不到六个小时，你也太不认真了吧？"

"我不管，先占着再说。"

同事又是一阵哄笑，何少川说道："我们子良，人挺好，有担当有责任心，有车有房，还有几个孩子……"

"喂？老子还没结婚呢，哪来的孩子？"蒋子良急了。

"哈哈，开个玩笑嘛！你急什么？"

权聪指着何少川道："你真够损的。"

等笑声渐渐平息，彭菲菲问道："何警官，喜欢人家就说出来，憋在肚子里多难受啊？我今天晚上从坐到这里开始，就见你一直魂不守舍的，想人家就打电话啊！"

"就是就是，赶快打电话。"蒋子良嚷嚷着。

"算了算了，太晚了。"

"这才几点啊？"蒋子良走到何少川身边，"拿来，把手机给我。"

手机就放在桌上，蒋子良一把拿过来，找到颜思曦的号码拨了过去。何少川也不拦阻，只是红着脸，假作轻松地笑着。

电话通了。

蒋子良拿腔拿调地说道："是颜小姐吗？……什么少川？我不是少川……你别管我是谁，这里出人命了，你赶快过来……当然关你事啦，有人想你想疯了，要绝食啦……还能有谁啊？你赶快过来看看就知道了……"

打完电话，蒋子良把手机还给何少川，顺便奚落了一番："没用！光会破案是不行的！"

彭菲菲插话道："蒋警官……"

"等等，都告诉你了，不要叫我蒋警官，叫我子良。"

"哦，好好好，子良，我想请问一下，你是不是追过很多女孩子啊？怎么这么有经验啊？"

此话一出，众同事都盯着蒋子良看。

洪跃宗呵呵笑道："哈哈，子良，你搬起石头砸着自己脚了吧？"

蒋子良却坦荡荡一笑："那当然！不过，都吹了！"

"被你始乱终弃了？"

"我才是受害者！你看看，我周围都是些什么狐朋狗友，动不动就跟人家说我有好几个孩子，谁听了不心里咯噔一下啊？"

正在这时，一个清脆的声音叫道："少川。"

何少川忙抬头，颜思曦已经站在了面前。她穿着一身白底蓝碎花的对襟小褂，下身着一条白色的长裙，宛若天仙一般。她呵气如兰，脸颊微红，眉宇间依然藏着淡淡的忧伤。声音甜美，却藏着几分小心。

"曦曦，你来啦，"何少川忙站起来，"这些都是我同事，这位是深圳来的彭菲菲警官。"

彭菲菲站了起来，看着颜思曦不禁皱了皱眉头，而颜思曦看到彭菲菲也是心中纳闷，不禁愣了一下。

蒋子良问道："怎么？你们认识啊？"

彭菲菲犹豫着说道："好像有点面善。"

颜思曦的声音小小的，就像一只受伤的小鹿，生怕再受到什么侵扰，她挤出一点笑意，说道："我觉得彭警官也很面善。"

"缘分啊！"蒋子良招呼着，"快坐，快坐。"

颜思曦坐在身边，何少川心里甜甜的，漾起了幸福，但毕竟不会像蒋子良那样滔滔不绝。

蒋子良说道："哎呀，颜小姐，你都不知道啊，少川他刚才就像丢了魂一样，还好我上知天文下知地理，眼观六路耳听八方，一看就知道他的魂去哪儿了。这不，你一来，他的魂就跟着回来了。"

颜思曦扑哧一笑："蒋警官真会开玩笑，我哪有那么大的本事啊？"

何少川只是傻傻地笑，不知道该说什么。

蒋子良还在口若悬河："颜小姐，你可千万别以为少川是个哑巴，其实他的发音器官很正常。这人吧，就一闷骚，嘴上不说，心里还不知道在想什么呢。"

何少川终于忍不住了："吃菜吃菜，赶快堵住你的臭嘴。菲菲，你也不管管他……"

一句话把战火烧了回去，彭菲菲措手不及，蒋子良却喜不自胜。

彭菲菲说道："我哪能管他呀。"

"就是就是，咱俩将来就是我管你。"蒋子良大言不惭。

"你怎么这么不害臊啊？"

"他人就是这样。"何少川说道。

颜思曦却说："这样多好啊，敢爱敢恨。"

蒋子良得意地笑了："咱这样活得洒脱！"

彭菲菲正色说道："咱们还是谈点正事吧。"

何少川说："就是，别整天嘻嘻哈哈的，让特区人民以为我们整天不务正业。"

彭菲菲也懒得自谦了，说道："听说你们两位最近正在追查一个 QQ 杀手，是怎么回事？"

蒋子良一马当先，把 QQ 杀手案的来龙去脉讲了一遍。颜思曦的眼眶湿润了，插话说道："为了十年前的一件小事杀了这么多人？孔步云就是因为这事被杀的？胡剑陵也是？"

何少川说道："曦曦，并不是每个人都像你这么善良的。"

彭菲菲凝神沉思了一会儿问道："那个罗圆圆长什么样？"

"现在长什么样谁知道啊？唯一明显的特征就是嘴角长了一颗红痣。"

蒋子良刚说完，颜思曦便禁不住小声笑了起来。

蒋子良问道："嫂子，你笑什么？"

颜思曦不解地看了看蒋子良，只听他又说道："少川比我大。"

何少川嚷道："你胡说什么啊？"

众同事又都哈哈笑了起来。

"你有没有个正经的时候啊？"彭菲菲训道。

蒋子良马上老实了："颜小姐，你笑什么啊？"

颜思曦忙摇摇头："没什么，没什么。"

众人又聊了一会儿。酒足饭饱后，蒋子良自告奋勇，要把彭菲菲送回宾馆，临走还交代何少川一句："颜小姐就交给你了，你可别欺负人家啊。"

颜思曦呵呵一笑："他哪有那胆子啊？"

只剩下两个人了，何少川的心都要飞起来了，身边传来淡淡的香味，仿佛要渗透到全身的每一个毛孔。两个人的手时不时碰在一起，每次肌肤接触，何少川就像触电一样。他没话找话，就是不能冷了场子，从天气到人群，从城市建设到社会治安，何少川也开始滔滔不绝起来。颜思曦觉得很好笑，又觉得这个大男生很可爱。到最后，何少川似乎终于找不到词了，沉默一会儿问道："对了，你刚才笑什么？"

"嗯？什么时候？"

"就是子良说罗圆圆嘴角有颗痣的时候。"

"哦……呵呵，我只是看到那个彭警官嘴角长了一粒痘痘，倒很像颗痣。"

"你啊，这小脑袋里在想什么呢？把警察都想成了疑犯。"

"所以嘛！蒋警官问我笑什么，我都不好意思说。"

"曦曦，今天一晚上都是我在说，你总得说说话吧？"

"你想听什么呢？"

"随便什么都行，你不管说什么都好听。"

一个赤裸裸的马屁，拍得颜思曦脸都红了。

"我给你讲讲我的故事吧，"颜思曦悠悠地说道，思绪仿佛回到了二十几年前，"还记得那年的冰雪天气吗？你应该也不知道吧，那是二十多年前的事了，那时候我们都小。我的爸爸妈妈从外省打工回家，结果路上翻车了，大巴车翻到山沟里，很多人都死了，我爸爸紧紧地把我抱在怀里，使我没有受伤，结果他和妈妈都走了，就留下我一个人……"颜思曦的眼眶里盈满了泪水，继续说道，"我在孤儿院长大，本来以为走上社会，可以开始新的生活了，谁知道，谁知道……"颜思曦啜泣起来，肩膀一抖一抖的。

何少川顿起怜爱之心，也不知道哪来的勇气，一把将颜思曦揽在怀里："别难过了，日子还长着呢。以后会好起来的，相信我。"

颜思曦睁开泪眼蒙眬的双眼看了看何少川，最后毫不犹豫地挣脱了他的怀抱："你这是干什么？你是在可怜我吗？我不要，我不要这种施舍的爱情。"

"不，不，我没有，"何少川紧张得结结巴巴，"我没有那个意思，我只是，我只是，曦曦，我确实很喜欢你。"

"不，我是个不祥之人，爱我的人都死了，你还是三思吧。我走了，你不会爱上我这样的女人的。"颜思曦说完，不等何少川辩驳转头就走，拦住一辆的士钻进了车里……

何少川愣愣地看着颜思曦上了车，看着她不停地擦拭着眼角的泪水。他心潮澎湃，不知道自己是否应该跟到她家里去。想了半天，还是放弃了！等颜思曦心情平静之后，再认真地向她表白自己的爱吧。

58.孤男寡女

何少川躺在床上翻来覆去睡不着，总是想着颜思曦娇小可爱的样子，她的一笑一颦一嗔一喜都是那么动人心魄，曦曦伏在怀里的感觉温暖甜蜜。他不知道当时哪来的胆量，他很为自己的鲁莽而得意，因为曦曦似乎并没有拒绝他，曦曦是喜欢他的。可是，曦曦，你为什么会觉得我是可怜你才爱你呢？我是真心爱你的啊？何少川盘算着今后该如何展开追求，他一定要给曦曦幸福，他相信曦曦也会给他幸福的。就在这时候，手机响了起来，他一看，竟然是曦曦打来的。

看看时间，已经凌晨一点多了，曦曦怎么还没睡？

按了接听键，还没等他开口，曦曦便劈头盖脸地问道："你想干吗？"

何少川被问得莫名其妙："什么？"

"哇，你这人怎么这么坏啊？吓唬人家还不承认。"曦曦在电话那头嗔怒着，何少川可以想象出，那该是多么美丽的一张面孔。

"我……我没有啊，我怎么吓唬你了？"

"你给我发那个 QQ 诅咒干吗？"

"什么？QQ 诅咒？"

"是啊，你给我发的嘛!"

"什么时候?"

"你少装了，就刚才啊!"

何少川轰的一声脑袋就大了，忙说道："曦曦，你等我，我马上过来，任何人敲门，你都不要开。直到我打电话让你开门的时候你再开，听见没有?"

"怎么了?"

"我刚才根本没上网。"

放下电话，何少川冲出家门，急急忙忙向颜思曦家奔去，他恨不得多生两个翅膀，能一下子飞到曦曦身边保护她。看着时间在一分一秒地过去，何少川的心越揪越紧，QQ 杀手的行动非常迅速，一旦发出 QQ 诅咒很快就会动手，他必须在凶手上门之前赶到曦曦身边。一路上他自责不已，从颜思曦收到第一条 QQ 诅咒的时候，他就应该时刻保护她，不该把她一个人撂在家里。他本来以为，颜思曦搬家之后，QQ 杀手就不会找到她了，可是现在又给她发了信息，是不是意味着她的行踪已经暴露了? 前方红灯，一辆货柜车驶了过来，何少川根本不减速，疯狂地按着喇叭，一路狂飙过去。货柜车司机连忙刹车，才避免了一场惨剧，还没来得及骂一句，何少川已经扬长而去。

曦曦家终于到了，何少川一个紧急刹车，还没停稳就撞开车门冲了出去。

颜思曦家门口站着三个人，其中一人正试探着通过猫眼往里窥探。

何少川一把掏出手枪，松开保险栓，吼道："不许动! 警察!"

三人慌忙转过身，惊恐地看着何少川。

"举起手来。"

三人穿着保安制服，乖乖地把手举到头顶。

"双手抱头，趴到墙上去。"

三人乖乖就范，其中一人问道："警官，什么事啊?"

何少川二话不说，用枪指着一人脑袋，厉声问道："说，你们是干什么的?"

"这个……这个屋里的小姐叫我们上来的。"

"胡说，叫你们上来干什么?"

"我……我……我们不知道啊。"

这时候，门打开了，颜思曦一头扑进了何少川怀里："少川，我好怕啊！"

何少川紧紧地将颜思曦搂在怀里，手枪依然指着三人："你叫他们上来的？"

颜思曦挪开何少川的手枪："他们是我叫来的，我害怕，所以……所以就打管理处电话……"

何少川闻罢，这才放下手枪，冤枉了好人，他面子上挂不住。挽回面子的方法，却是更加粗鲁地喝道："没事了，你们回去吧。"

警察是保安的顶头上司，三个保安敢怒不敢言，垂头丧气地走了。

颜思曦喊道："三位大哥，谢谢你们。"

听了颜思曦的话，三个保安心里才好受一点儿。

跟着颜思曦走进屋，何少川问道："刚才怎么回事？"

"我给你打完电话没多久，就有人敲门，我问是谁，没人答应。我就赶紧打电话向管理处求救了。"

"你是收到我发的信息？"

"是，我本来以为你跟我开玩笑呢。"

何少川匆匆踱到电脑前，查看了聊天记录。果然是自己的 QQ 号。

我是一个叫陈婷婷的 girl，被绑架，后来死了。请你把这封信立即发给你的 6 个好友，1 天后，你喜欢的人就会喜欢上你。如果不发，你就会在 5 天内离奇死亡！这条信息始于 1877 年，从未失误过。

发送时间是两个半小时前。

颜思曦说，她跟何少川分手回家后，一直睡不着想心事，后来索性打开了电脑，准备无所事事地耗时间。一登录 QQ，何少川的头像就闪烁起来。

"我本来以为你也没睡呢，刚准备跟你聊聊，谁知道点开之后，却是这条信息。我还以为你跟我开玩笑呢，就给你回了一条：你好无聊啊。可是你半天不说话，后来头像也变成灰色的了。于是，我就给你打了电话。"

"看来，你的行踪已经暴露了，QQ 杀手跟踪到你了。"

颜思曦恨恨地说道："我也跟踪到他了，他的 IP 地址我都查到了。"

"IP 地址没用的。这个凶手很狡猾，每次上网要么通过国外代理服务器，要么在黑网吧，找不到她的。"

"那怎么办啊？难道我一直这样提心吊胆过下去吗？"

"别担心，我们很快就会找到罗圆圆的。今天，我们已经找到她父亲了，她虽然恨她父亲，但那都是十年前的事了，骨肉情深，她肯定还会去找她父亲。我就不信她能一辈子躲着。"

"可是如果她一辈子躲着，我是不是也要一辈子躲着啊？"

"不会的不会的，她老家肯定要拆，罗东方非走不可。他走之前，肯定要跟女儿取得联系，要不以后父女相见就难了。"

"我怎么办啊？"

"要不……要不……"何少川很想让她到自己家住，但是他又难以启齿，嗫嚅了半天，最后却是硬邦邦的一句，"你也参与了十年前的网络暴力事件？"

"我……我……"颜思曦点点头，愧疚地说道，"是。"

"你那时候也不过十五六岁，你怎么参与的？"

"我也就是把追远网上的帖子转到其他论坛，没想到……没想到……这怎么会这样呢？"

"十年前，你在哪儿？"

"我在四川老家的孤儿院啊。"

"你用什么 ID 转发帖子的？"

"我忘记了，都过去十年了。"

何少川眉头越皱越紧，之前 QQ 杀手杀掉的七个人都是在本市，她可以用各种方法查出七个人到底是谁。可是颜思曦十年前在四川，而且是在孤儿院上网，即便追踪 IP，也不可能确认转发帖子的就是颜思曦啊！而现在凶手竟然找到了颜思曦！她到底是怎么找到的？

何少川立即拨打电话请教蒋子良，可是过了半天就是没人接。何少川继续拨打，蒋子良终于接听了，他气喘吁吁、不耐烦地问道："我说老大，你干吗呀？"

"我问你个事。"

"靠，我忙着呢。"

"你忙什么呢？"

"哎呀，说了你也不明白。"

隐隐约约的，电话那头传来轻微的女人的笑声，何少川马上明白了，说道："靠，你行啊！这才第一天见面。"

"好了好了，如果天塌下来的话，我就去顶着。如果没塌下来，明天再给我电话。"

"床塌啦！"何少川说道，可是蒋子良已经把电话挂断了。

颜思曦在一旁问道："怎么了？什么床塌了？"

"这……这小子……跟彭菲菲好上了，这也太快了吧？"

颜思曦微微一笑："人家那是改革开放的前沿阵地，思想解放得很。"

"呵呵，就剩下我们这些老古董了。"

颜思曦嫣然一笑，笑得何少川怦然心动，他收摄心神说道："今晚我不走了，我睡沙发上。明天你搬到我家去住，我那里有两个房间。"

颜思曦禁不住在何少川脸颊上亲了一口："你真好，有你在，我就不怕了。"说罢，跑进屋抱出一床被子来，放在了沙发上。

何少川站在原地，半天没回过神来，久久地品味着甜蜜的味道。

59.记录本

何少川心猿意马，一夜没睡好，生理一直反应着，恨不得冲进颜思曦的房间，但他极力克制住了。好不容易熬到天亮，把颜思曦送到杂志社，这才蔫头耷脑地来到了单位。刚刚坐下来准备翻阅卷宗，听到门外一阵急促的脚步声，只见洪跃宗、权聪等几个同事匆匆地跑出去，何少川忙拉住权聪问道："怎么回事？"

权聪停下脚步，骂道："娘的，又出人命了。"

"在哪儿？"

"机场附近。"

正说着话，蒋子良哈欠连天地走了过来，何少川笑道："你可别纵欲过度啊！"

"哈哈，知道，知道。"

权聪莫名其妙："什么意思啊？"

"他把人家……"

正在这时，彭菲菲精神焕发地走了进来，何少川马上闭嘴了。权聪是个聪明人，马上就明白了，呵呵笑笑，说道："你们聊，我走了。"说罢，急匆匆地跑了出去。

蒋子良问道："哎，你昨天打我电话干吗？"

何少川把颜思曦又收到QQ诅咒的事情说了一遍，然后问道："如果你是罗圆圆，你通过什么方法能查出十年前在四川转帖的人就是颜思曦？"

蒋子良挠了半天脑袋："没办法，绝对没办法。"

彭菲菲却不以为然："怎么没办法？世界上绝对没有绝对的事。只要查到IP在四川哪个地方，然后亲自去打听，也许就能查出来。"

"这个罗圆圆太变态了，"何少川说道，"为了十年前的一个微不足道的帖子，竟然苦心孤诣地跑到四川去。"

"不要小看女人的仇恨，"彭菲菲说道，"女人要是恨起一个人来，会千方百计地报复，那绝对是一种可怕的力量。"

何少川心中一凛，怔怔地看着彭菲菲，嘴角那一粒红色的青春痘特别乍眼。脑海里突然浮现出见到彭菲菲时的情景，蒋子良当时说彭菲菲说话的声音跟在电话里不一样。何少川的大脑飞速旋转着，想起一个可怕的念头，但是他马上又打消了。

这不可能，太不可思议了！

蒋子良笑问："菲菲，你恨过谁啊？"

"还没有，只是感觉。我身边很多这种人，前几天深圳出过一个案子，一个男的被大卸八块扔在了不同的地方，后来查出来是他老婆干的，因为他有外遇了。"

"好可怕，好可怕。"蒋子良说道。

何少川笑了："哈哈，现在子良终于有人管着了。"

一个同事走进来，手里拿着一份传真："彭警官，深圳发来的传真。"

那份传真是上海警方发到深圳，又从深圳警方转发过来的。

上海警方调查了葛善生在上海的朋友，找到了葛善生的情人，一个电视台的主持人。那个主持人最近一段时间一直在上海，没有外出过。

彭菲菲掏出一个笔记本，上面写着十几个城市的名字，她把"上海"划掉，说道："我们还要等其他几个城市的答复。"

何少川笑呵呵地说道："彭警官的记录本很好看啊，我瞅瞅。"说着向彭菲菲伸出了手。

"这是我们局发的破本子，有啥好看的？"话虽这么说，彭菲菲还是把本子递了过去。

这是一个人造革封面的记录本，封面印着"深圳市公安局"的字样。

每页纸的右下角标明了页码。

这个记录本是从 32 页开始的，之前的被撕掉了。

何少川笑呵呵地问道："彭警官喜欢吃纸啊？"

彭菲菲哈哈一笑："很有营养的。"

"彭警官的字真漂亮。"

"一般一般，献丑了。"

……

一天来，深圳警方陆陆续续有传真发过来，都是转发的各地传真，有广州的、成都的、武汉的……

葛善生的情人囊括了医生、老师、女老板、公务员、记者、主持人、律师等各个行业，但是她们最近一直没有离开过本地。

记录本上，只有"深圳"没有被划掉了。

第九章　扑朔迷离

　　蒋子良惊讶地看着何少川，不明白他为什么跟菲菲过不去。那么爽朗、大方的一个女孩，怎么会是什么 QQ 杀手呢？在蒋子良看来，何少川的分析毫无事实根据，只是凭空臆断，甚至是诽谤。

60.缘分

晚上，何少川做东，回请蒋子良。

还是昨天那帮同事，只是地点换了。蒋子良吃辣椒吃得痔疮都长出来了，于是何少川找了一家清淡的馆子。一下班，他就把颜思曦接来了。同在一个屋檐下住了一晚上，虽然没发生什么事情，但是两人之间的关系毕竟更近了一层，何少川也不像昨天那么拘谨了。

彭菲菲见到颜思曦的时候，禁不住打量了一番，颜思曦不好意思地低下了头，像是一个犯了错误的小姑娘。

蒋子良呵呵笑道："少川，我们家菲菲开始帮你把关了。"

"去去去，谁是你家的？我哪有资格给何警官把关啊？"

何少川笑了笑端起酒杯说道："来来来，恭贺两位白头偕老。"

其他几个同事都被搞蒙了，还以为何少川脑子抽筋了，只有权聪笑呵呵地应和着："早生贵子啊！"

彭菲菲脸色通红："你们这些人……真是拿你们没办法。"

蒋子良却志得意满地说道："不急，不急，还早着呢。"

见蒋子良如此说话，其他同事也都明白了，跟着纷纷举杯。就连颜思曦也端着酒杯站了起来，她笑嘻嘻地说道："彭警官干脆就调到我们这里工作算了。"

"凭什么我调过来啊，为什么不让他调到深圳啊？"

"一样一样，"大伙吵嚷着，"只要两人在一起，怎么着都成啊，是不是子良？"

蒋子良红着脸应道："是，是，是。"

彭菲菲没办法，只好跟众人喝了一杯。

何少川问道："葛善生的案子有什么眉目了？"

洪跃宗说："其他十几个城市都排查过了，现在还在等深圳的消息。"

"彭警官给深圳同事打个电话，催他们一下嘛！"

彭菲菲摆摆手，大大咧咧地说道："再等等吧，不差这么几天。"

何少川笑了笑："也好也好，来，吃菜吃菜。"

彭菲菲时不时地看看颜思曦，起初颜思曦还很不好意思，后来也时不时地打量一下彭菲菲，眉头跟着越皱越紧，后来干脆问道："彭警官，以前是不是去过四川？"

"是，去过啊。"

"去的哪里？"

"绵阳。"

"难怪……"

"难怪什么？"蒋子良问道。

"我总觉得在哪儿见过彭警官，也许就是在绵阳吧。我就是在绵阳的孤儿院长大的。"

"哦？那太巧了，"彭菲菲说道，"难怪我也总觉得你面熟。我记得我们局跟你们那个什么孤儿院结成了帮扶对子，那次是我跟同事们送温暖，你正好也回孤儿院了，于是就见了一次面。"

众人一听，觉得新奇无比，纷纷拍手叫好。

权聪说道："真是他乡遇故知，有缘千里来相会啊！你们得喝一个，来来来，满上满上。"

彭菲菲笑嘻嘻地端起酒杯正准备跟颜思曦碰杯，颜思曦却撒娇地说道："不行，彭警官得先罚一个。"

"啊？为什么？"

众人都愣了。

颜思曦说道："我跟彭警官的确是在绵阳见过，但不是在那个场合遇到的，所以，得罚她一杯。"

彭菲菲惊讶地睁大了眼睛："不是那次遇到的，是什么时候遇到的？"

"我记得很清楚，那天我从学校回孤儿院，快走到门口的时候，一个歹徒抢了我的包，之后就跑了。我在后面拼命地追，结果那个歹徒跑到孤儿院门口的时候，却被一个漂亮的女孩子伸脚一绊，把他绊倒了，然后冲上去三下五除二地把他两个胳膊拧到后面去了。那个女孩子把包还给我了，那人就是你！而且，你那次是一个人去的，不是跟同事一起的。怎么样，彭警官，我没说错吧？"

彭菲菲偏着头说道："我怎么不记得了？"

"彭警官办过那么多大案子，抓个歹徒这样的小事当然不会放在心上啦。但是，我不会忘记啊！我不管，你得喝了！"

权聪、洪跃宗等人一起起哄："这么重要的事情都忘记了，当然要喝啦。"

彭菲菲百般无奈，只好一饮而尽。

颜思曦开心地说道："我还要敬彭警官三杯，彭警官毕竟是我的恩人啊。"

"应该的，应该的。"权聪叫道。

"你行不行啊？"何少川和蒋子良同时问道，当然问的对象各不相同。

洪跃宗嚷道："女人的事，关你们什么事了？一边去一边去。"

颜思曦转头对何少川甜甜地说道："我行的。"

三杯酒下肚，彭菲菲还没什么反应，颜思曦已经头晕目眩了。

一顿饭，吃出了一段奇缘，众人都觉有趣尽兴，不禁赞叹起造化的奇妙来。

这时候，彭菲菲突然问道："哎，对了，你们今天不是去机场查案了吗？怎么样？"

洪跃宗说："别提了，连尸体是谁都不知道。"

"被毁容了？"

"是啊，脸被泼了浓硫酸，根本看不出个人样来。我们整个下午都在查最近有没有失踪人口的报警。"

何少川问："死了多久了？"

"大概有三天了。"权聪回答道。

洪跃宗说："我们跟郑局长请示了，明天在各大报纸刊登认尸启事，查出她是谁才是最重要的。"

"机场附近被杀，"何少川沉思着说道，"如果是外地游客，那查出来的希望就渺茫了。"

"试试看吧，如果真是外地游客，我们也没办法。"

颜思曦一直不说话，只是听着众人的交谈，脸上流露出惊愕的表情。蒋子良见状，呵呵笑道："嫂子，你慢慢就习惯了。我们在一起，不是聊谋杀就是聊毒品，这叫职业病。"

"你们回家也谈这些吗？"

蒋子良一笑："少川肯定不会谈的，这你放心。"

颜思曦羞红了脸，看了看何少川，正遇到他灼热的目光，不禁害羞地低下了头。

酒足饭饱之后，众人散伙。蒋子良又送彭菲菲去宾馆了。

颜思曦酒气上头，醉得越发厉害了，浑身软软的，就像没长几根骨头，走几步就趔趄一下。何少川犹豫着，最后心一横，干脆把她抱起来，骂道："看你敢不敢逞强了！"

颜思曦嘟囔着说道："你……你……放……我下来，我自己会走，我没醉，我还要跟恩人再喝两杯。"

"行了行了，省省吧你。"

颜思曦身上的味道直往心里钻，钻得何少川浑身痒痒的，不由得把怀中的女人抱得紧紧的。回到家后，他恋恋不舍地把曦曦放到床上，给她盖好被子，站在旁边看了半天，终于忍不住轻轻碰触了一下她的嘴唇。软软的，绵绵的，何少川的心都酥了。他又到厨房用食醋、红糖、生姜煎了一碗醒酒汤，把曦曦扶起来，喂她喝下。

颜思曦捧着碗大着舌头问道："这……是……什么呀，这么……这么呛的。"

"这是醒酒汤，喝下去就好了。"

"哦，醒酒汤啊，你……你说，你为什么对我这么好？你……"颜思曦说着说着，呜呜地哭了起来，"从来没人对我这么好，以前在孤儿院的时候，妈妈们虽然对我很好，但是从来没这么好过。"

"好了，好了，废话这么多，赶快喝了！"何少川听着颜思曦的哭声，眼眶也不禁红润了。

"我喝……我……喝……你……你对我凶……我也知……道你对我好。"

"知道就好，看你以后还敢不敢喝这么多酒了。"

颜思曦咕咚咕咚把一碗醒酒汤喝了进去，然后往床上一倒，微闭着眼睛说道："我……我告诉你啊……你不要以为……以为对我好点，就……就……使什么花花肠子……小心……小心，我报警啊！"

何少川看着她醉态可掬的样子，不由得笑了："好，我会老老实实的，我好怕啊！万一颜大小姐报警，我就完蛋了。"

"嗯，知道就好。少川，你知道吗？我今天好开心啊，我竟然遇到了我的恩人，我昨天看到她就觉得她好面熟呢，没想到，竟然是我的恩人。"

"你刚才说你遇到她的时候，她没跟同事一起？"

"是……是啊，就她一个人。"

"她后来去哪儿了？"

"我……我……怎么知道啊？"

"那你去哪儿了呢？"

"我……我……还能去哪儿啊？当然是回孤儿院找妈妈们啦。"

"彭警官没跟你进去？"

"没……没有。"

"那是什么时候的事啊？"

"天啊，你想……干……什么啊？我困死了……什么时候啊？两年前吧。"

"彭警官去送温暖是什么时候？"

颜思曦没有回答，她睡着了。

何少川越来越狐疑了，一个女警察，单枪匹马地到绵阳干吗呢？而且去了绵阳，偏偏又出现在颜思曦所在孤儿院门口。

颜思曦十年前在四川绵阳发了一个帖子，竟然也能被查出来。

这其中有什么关联？

可要说一个深圳的女警卷进 QQ 连环杀人案里，打死他都不信。

这其中肯定有什么隐秘的关联，只是他还不知道罢了。

颜思曦鼻息均匀，安静地睡着了，她的脸蛋红扑扑的，挂着幸福的微笑，随着呼吸，胸脯一挺一挺的，惹起何少川的无限遐想。他很想抱住她，但是他可不愿意落下一个乘人之危的恶名，于是只好强忍着腾腾燃烧的欲火，拿了条毯子铺在地板上和衣躺下。他心猿意马不断默念着："君子不乘人之危，君子不乘人之危……"

颜思曦突然啜泣起来，声音越来越大。

何少川一个翻身坐起来，问道："曦曦，你怎么了？"

颜思曦没有回答，继续啜泣着，继而说道："爸爸，妈妈，我终于见到你们了，我好想你们啊，你们去哪儿了？"

原来是做梦了。

想起颜思曦的身世，何少川不禁心中酸楚，他想无论如何，今后一定要保护颜思曦，好好地爱她疼她，让她再也没有伤心痛苦的事，让她做一个最快乐的人。

颜思曦又啜泣了几声之后突然叫道："少川，少川……"

"我在这儿呢。"

"我想喝水。"颜思曦的声音沙哑着，她是哭醒了。

"早准备好了。"何少川把水递过去。

颜思曦捧着水杯咕咚咕咚地喝完了，然后说道："我刚才做梦了，梦见了爸爸妈妈。爸爸长得很帅，妈妈很漂亮，妈妈偎依在爸爸怀里，可是我叫他们，他们就是不理我……"说着说着，颜思曦又哭了起来。

何少川劝慰着："别难过了，他们如果地下有知，肯定也希望你快快乐乐地活着啊，别哭了，乖……"

"我可以靠一下你的肩膀吗？"

何少川喉结动了动坐到床上，颜思曦的头埋在他的怀里。她的身体软软的，勾起了他体内火辣辣的欲望。

"你知道吗？昨天你把我拉到怀里的时候，我其实很开心的。"

何少川拍拍她的肩膀，说道："我知道。"——其实，他根本不知道，他是刚刚知道的。

"少川，你为什么对我那么好？你是可怜我才对我这么好的吗？"

"不，不是，我是真心喜欢你。"

"真的？"

"真的，我发誓。"

颜思曦突然仰起头，双手钩住何少川的脖子，一双美丽的大眼睛闪烁着晶莹的泪光看着何少川："吻我。"

何少川心头一震，心跳随之加快。

"吻我！"

颜思曦又说了一遍，声音里充满了渴望，又带着一丝不容置疑的威严。

何少川一把将颜思曦紧紧抱住，疯狂地吻着她，她的嘴唇温润、充满弹性。颜思曦迎合着，发出销魂蚀骨的呻吟……何少川的手伸进她的文胸下面，一把握住了曦曦娇巧的乳房……

两座火山，同时爆发了。

61.真假警察

何少川一早来到办公室后到处找蒋子良，可是这小子迟到了，直到半个小时后，他才溜溜达达地来到了办公室，但是彭菲菲却没有跟着。何少川一笑，问道："你女朋友呢?"

"嗨！避嫌。"

"想起避嫌来啦?"

蒋子良不悦道："你什么意思啊?"

"哈哈哈，我可没什么意思，"何少川揽着蒋子良的肩膀，说道，"我有点事要跟你说。"

"正好，我也有事跟你说。"

两个人走到一个僻静的角落，各人点起一支香烟，斟酌着该如何遣词用句。

"当你是好兄弟，我才跟你说的。"蒋子良终于说道。

何少川微微一笑："奇怪了，你怎么把我要说的话都说出来了?"

"那你先说。"

"还是你说吧。"

"那我就当仁不让了，"何少川说道，"你跟彭菲菲到底是不是真的？"

"怎么啦？你真的觉得我是那么滥情的人？"

"现在不是讨论你滥情不滥情的时候，而是……"何少川抓耳挠腮的，"我觉得彭菲菲很可疑。"

"彭菲菲可疑？可疑什么？"蒋子良惊问道。

"你先别激动，我觉得她跟QQ杀手有着千丝万缕的联系。"

"这……这……开玩笑，这怎么可能？一个深圳的女警，刚来不到三天，她怎么会跟QQ杀手有关系？"

"都说了，你别激动嘛！你先听我说，"何少川一字一顿地说道，"假如你到外地出差，要去兄弟单位协助调查一个案子，你怎么向兄弟单位证明自己的身份？"

"拿身份证喽。"

"错了，你真是被爱情冲昏了头脑，其实只要一份介绍信就行了。"

"那也可以啊。"

"可是介绍信上没有照片，万一这份介绍信被别人拿去了怎么办？岂不是可以借此浑水摸鱼？"

"你怀疑彭菲菲是假警察？"

"不，我怀疑你的枕边人根本不是彭菲菲。"

蒋子良睁大了眼睛，吃惊地看着何少川，想了一会儿说道："如果她抢了介绍信冒充彭菲菲，那真正的彭菲菲肯定会报案的啊。"

"死人是不会报案的。"何少川坚决地说道，"那天彭菲菲比预订时间晚了很久才到，也许是航班延误，也许是出了其他的事情呢？那天机场附近发现了一具无名女尸，难道仅仅是巧合？凶手为什么要把女尸毁容？真正的彭菲菲会不会已经遇害了？"

蒋子良惊讶地看着何少川，不明白他为什么跟菲菲过不去。那么爽朗、大方的一个女孩，怎么会是什么QQ杀手呢？在蒋子良看来，何少川的分析毫无事实根据，只是凭空的臆断，甚至是诽谤。

见蒋子良脸色不悦了，何少川忙说道："子良，也许你觉得我是在胡说八道，可是颜思曦十年前转了辱骂罗圆圆的帖子，当时她是在四川绵阳的孤儿院里发帖的，罗圆圆怎么会知道那个骂她的 ID 就是颜思曦呢？彭菲菲说过，唯一的办法就是亲自到绵阳查个清楚。昨天，彭菲菲说她去过绵阳，只是跟颜思曦说的大有出入。颜思曦说她见到彭菲菲的时候，彭菲菲是一个人，根本没有其他同事，而且彭菲菲是出现在孤儿院附近。她一个人去孤儿院干什么？"

"她说她……"蒋子良听着何少川的分析越来越不利于彭菲菲，不禁着急了，但是他的话被何少川打断了。

"还有，彭菲菲说她们单位跟四川省绵阳市的孤儿院结成了帮扶对子。乍一听，确实毫无破绽，我们要走共同富裕的道路，先富起来的深圳，自然要帮扶后富起来的地区。可问题是，绵阳是四川第二大城市，根本不是贫困地区，而且据我所知，深圳的帮扶单位是贵州省，深圳公安局要跟什么孤儿院结成帮扶对子的话，也应该是贵州的孤儿院，而不是四川的。所以，彭菲菲说她和同事去孤儿院的事情，肯定是假的。"

"可是颜思曦不是说她的确在绵阳见过菲菲吗？"

"是见过，但是彭菲菲绝不是跟同事去扶贫的，而是查找发帖人颜思曦。"

"不对，不对，"蒋子良摇着脑袋说道，"少川，菲菲说的的确是假话，但她是故意那么说的。"

何少川一愣，问道："哦？为什么？"

"因为菲菲自从看到颜思曦时就觉得认识她，那天她刚想问颜思曦，却被颜思曦抢先问了，于是她便胡乱说自己去了绵阳看到了颜思曦。如果颜思曦顺着她的话题往下说的话，那就可以证明颜思曦在说谎……"

蒋子良的话被何少川的笑声打断了："哈哈哈，子良啊，你太老实了，昨天颜思曦否定了彭菲菲讲的故事，于是彭菲菲便事后诸葛亮，说自己的故事是一次计划，你不觉得这个故事编得太幼稚了吗？"

蒋子良本来一直深信彭菲菲的话，可此时何少川的分析又滴水不漏，他不禁也狐疑起来。难道真的是枕边风把自己吹得五迷三道的？不，不可能的，彭菲菲绝不可能是凶手。

何少川继续说道："你记得你说彭菲菲说话跟电话里不像吗？"

"切，那是电磁干扰，当然会失真了。"

"好，就算失真了，那彭菲菲嘴角那颗痘痘跟罗圆圆的那颗痣的位置几乎是完全一样的，这难道仅仅是巧合？"

"当然了，你青春过没有啊？长痘痘，一般都是从嘴巴、鼻子附近开始长起的。"蒋子良反驳道，可是底气却没有刚才那么足了。

"哈哈哈，好，我们就算她的痘痘长得恰到好处，可她的记录本呢？"

"她记录本怎么了？"

"那天，彭菲菲说不要小看女人的仇恨，那绝对是一种可怕的力量。我听到这话之后，就多留了一个心眼，正好她拿出了记录本，我便想看看她现在的笔迹跟以前的是不是一样，结果记录本前面三十多页被撕掉了。她为什么要把记录本撕掉呢？"

蒋子良兀自替彭菲菲辩护道："她……她……这……这……每个人的习惯不同嘛！就像有的人喜欢用左手擦屁股，有的人喜欢用右手。"

"哈哈哈，兄弟，别着急，我这只是猜测而已，我想被撕掉的记录本上是彭菲菲的笔迹，而现在的笔迹则是你枕边人的，"何少川继续发起攻势，"还有，昨天晚上吃饭，我跟她说让她给深圳的同事打个电话，催他们快点查出葛善生在深圳的情人，她却不肯打。如果她真是警察，她还怕给同事打个电话吗？"

"这个……简直就是牵强附会。"

"这事放在平时就是牵强附会，可放到现在，就是一个很重要的疑点。"

"我可以轻而易举地推翻你的猜测。"

"愿闻其详。"

"假如彭菲菲就是QQ杀手的话，该杀的人她也杀得差不多了，干吗还要冒充警察的身份混进我们警局呢？"

蒋子良一句问话，把何少川问倒了，这个问题他倒从来没有想过。

"怎么样？没词了吧？"

"子良，你这种态度是不行的，你先入为主地认定彭菲菲是无辜的，所以一有什么疑点，你就拿出来推翻我的猜测，这是很危险的。彭菲菲混入警局，肯定有所图谋，只是……"何少川吸了一口烟，"只是，我们还不知道她图的是什么。”

“我不相信菲菲是凶手，我马上给深圳警方打电话确认一下，让他们传张照片来。”

“不行。”

“为什么？”

“我们毕竟没有证据，我说的只是一种猜测，万一她真的是深圳警方的人，我们岂不是下不了台？”

“哼，”蒋子良不屑地说道，“刚才还那么有把握，现在开始退缩了吧？”

“话不是这么说，不怕一万就怕万一，我可不想闹个大红脸。所以我想，这几天，我们先什么都别说，就当什么都没发生，一切还像前几天那样。我们静观其变，看她狐狸尾巴什么时候露出来，一旦掌握确切证据，再通过深圳警方核实也不迟。”

蒋子良痛心地点点头。他很反感何少川把彭菲菲说成狐狸，但何少川的分析不无道理，事已至此，也只能这样了。

“哎，你不是还有话跟我说吗？”何少川突然问道。

蒋子良沮丧地摇摇头：“没事了。”

何少川拍拍蒋子良的肩膀：“别难过啦，女人嘛，走了她一个，还有后来人。”

“去你丫的，什么时候让你尝尝这滋味，你就舒坦了。”

“哈哈哈，好好，什么时候我也尝尝这滋味。”

这时候，彭菲菲远远地走了过来，何少川连忙小声说道：“装作没事一样啊。”说完之后便大声地唱起了歌，是被他改编过的《那一夜》：“那一夜，你没有拒绝我，那一夜，我拥抱了你，那一夜，我占有了你……”

彭菲菲嗔怒着走了过来：“何警官，你怎么这么没正经啊？”

“啊？怎么了？我唱歌呢，”何少川做出一脸无辜相，然后嬉皮笑脸地问道，“彭警官，昨天晚上休息得怎么样啊？”

彭菲菲不搭理他，嚷道：“你们两个躲在这儿干吗？到处找你们。”

蒋子良呵呵一笑：“抽支烟。什么事？”

“深圳的同事给我发了一份邮件，你们得赶快过来看看。”

何少川说道："那你应该找洪跃宗，葛善生的案子不归我们管。"

彭菲菲以一种复杂的眼神看着何少川说道："何警官，你不要太激动。"

"我激动啥了？"

"那个邮件与颜思曦有关。"

何少川一愣，随即微微一笑，然后惊问道："什么？"

"你过来看看就知道了。"

62.三张照片

深圳同事给彭菲菲发来的邮件，是调查葛善生的结果。

葛善生在深圳包养了三个情人，这两天，深圳的同事调查了三个女人最近的行踪，没有发现任何疑点。本来准备放弃，可是葛善生的老婆却透露了一个重要线索。

八年前，葛善生认养了一个十七岁的小姑娘，供她读书、习字，还上了大学。那时候全市上下都在学习丛飞好榜样，所以葛太太对老公的善举特别满意，逢人便吹嘘一通，以此证明他们不是为富不仁的人家。那个小姑娘经常到他家来，葛太太起初并不在意，小姑娘一来，便好菜好饭地招待着，可是后来发现，老公看小姑娘的眼神不对，于是起了疑心，派人偷偷跟踪，这才发现小姑娘根本不是住在学校，而是住在学校附近的一所四室两厅的房子。她再调查发现，户主竟然就是小姑娘，自己的老公则经常去那过夜！她为此跟老公大吵一架，要求老公把房子要回来，跟小姑娘一刀两断，可是老公却执迷不悟，对她根本不理不睬。葛太太没办法，也只能忍气吞声，只是跟老公达成了口头协定，每个礼拜起码要在家住四天。可是后来有一天，老公垂头丧气地回到家，直骂女孩子是个小妖精、狐狸精、臭婊子。葛太太一问，原来那个小狐狸精把房子卖了，又骗了葛善生十万块钱卷款跑了。谁都不知道她去哪儿了。

那个小狐狸精，就叫罗圆圆。

何少川和蒋子良同时眼前一亮，原来罗圆圆离家出走之后跑到深圳了，又被葛善生包养了。可是包养之前的两年，她在干吗呢？现在她又去哪儿了呢？

彭菲菲又打开了一封邮件，那也是深圳同事发来的。

一看那几张照片，何少川不易察觉地微微笑了笑，蒋子良则吃惊地睁大了眼睛，手指着电脑屏幕，说道："那不是颜思曦吗？"

彭菲菲说道："不，拍这几张照片的时候，她的名字叫罗圆圆。"

照片有三张。

一张是大头照，蓝色的背景，颜思曦微微笑着。

一张是半身照，背景是一片草地。

一张是全身照，背景是一片树林，颜思曦俏皮可爱地模仿芙蓉姐姐摆出了一个 S 造型。

彭菲菲看了看何少川，说道："何警官，你要有思想准备。如果你们断定 QQ 杀手是罗圆圆的话，那么现在我可以告诉你，颜思曦就是罗圆圆。"

蒋子良看着何少川，心里不禁有点得意，就在刚才，何少川还说要他尝尝女朋友是凶手被抓的滋味呢。这种得意稍纵即逝，他开始可怜起少川来了。颜思曦是他谈的第一个女朋友，可竟然是 QQ 杀手，何少川还能继续办这个案子吗？他能亲手给颜思曦戴上手铐吗？

果然，何少川并不死心，悠悠说道："这几张照片，应该说明不了什么问题吧？"

彭菲菲说道："何警官，我知道你会很难过，但颜思曦的确就是罗圆圆，这个事实是无法改变的。我昨天还跟子良说过呢，我第一眼见到罗圆圆的时候，就觉得曾经见过她。"

"是啊，你都说过了，你在绵阳见过她。"

"不，不是在绵阳，我昨天之所以那么说，就是为了引她上钩。"

何少川忍不住问道："彭警官一看到颜思曦便认出了她，于是断定她是杀人凶手，所以说了几句谎话，想暴露出颜思曦的真实身份？"

彭菲菲一愣，呵呵笑道："我知道何警官不会相信我的，爱情总是会迷住人的眼。我来的第一天，子良就已经告诉我你和颜思曦的关系了，而且说颜思曦是个孤儿，一直在四川，前两年刚刚来这里。所以我就很疑惑，我明明在深圳见过她，她为什么要撒谎呢？"

"那你说，你在深圳是怎么认识她的？"

彭菲菲说，从 2001 年开始，深圳磨坊网站每年组织一次暴走活动，从南山区的中山公园，横跨整个深圳，走到最东部的南澳海滨，全程一百多公里。每年都有大批驴友参加，最多的一年有六百多人。

"有一年，我参加了暴走活动，"彭菲菲说道，"我们一路不停地走，走了五十多公里的时候，很多人都受不了了，有的人干脆坐上车直接回家了。但是有一个女孩子给我印象特别深，她一路上基本上不说什么话，休息的时候，一个人坐在角落里喝水、吃东西。当很多人都坚持不下去的时候，她还是生气勃勃地走在最前头，似乎一点都不累。我特别奇怪，她吃什么了，这么有精神啊？于是就过去问她为什么这么拼命，她只说了一句话就不理我了。"

"她说什么了？"蒋子良问道。

"卧薪尝胆。"

"看来，颜思曦那时候就开始为复仇做准备了。"蒋子良喃喃地低语道。

何少川反驳道："不对不对，罗圆圆嘴角有颗红痣，可是颜思曦没有。"

彭菲菲笑了："深圳随便一家医院都可以激光点痣，点掉一颗痣，大的三十块，小的六十块。"

何少川看了看彭菲菲，没话可说了。

如果这一切是真的，那么之前对彭菲菲的猜疑都将不成立了。机场出现无名女尸只是巧合，记录本前几页被撕掉只是个人习惯不同，声音变化也许真的是电磁干扰或者就是蒋子良的主观想象，甚至彭菲菲之前的谎言也许真的只是她的计划……但是据此就说温柔善良的曦曦是凶手，他宁死都不信。

"我们……我们毕竟没有证据，"何少川终于犹豫着说道，"何况曦曦也收到过 QQ 诅咒啊。"

"那是她故意布下的迷魂阵。"

"这……这怎么可能？"

蒋子良笑了："哥们，你刚才怎么说我的？现在轮到自己了……"话没说完，他就被何少川恶狠狠的眼神吓回去了。

彭菲菲继续说道："我给绵阳孤儿院打电话了，他们说根本就没有颜思曦这个人。"

何少川抬起头来，惊讶地看了看彭菲菲，他本来也想到孤儿院求证的，但是没想到彭菲菲捷足先登了。

"这是绵阳孤儿院的电话，"彭菲菲递来一张纸片，"你如果不信，可以打电话问。"

何少川犹豫着接过纸片，然后将邮件下载到 U 盘里，说道："我要去问问曦曦。"

"少川，要不要我陪你去啊？"

"你以为我会有危险吗？"何少川脸色阴沉地反问道。

"不，不，我不是那个意思，我只是……"蒋子良想辩解几句，可是何少川已经不理他了，头也不回地走了。

63.一条旧闻

何少川的脑海里乱成了一锅粥，难道这个自己深爱的女人真的是 QQ 杀手吗？可是，难道是她自己偷拍胡剑陵的嫖娼视频，然后使自己受到羞辱？

何少川掏出钥匙开了门，屋子里一点声音都没有，难道颜思曦出去了？她干什么去了？杀人去了？何少川满腹狐疑地走进卧室，电脑屏幕开着，但是却不见颜思曦的身影。

突然背后一股冷风袭来，何少川本能地一躲，顺势踢出一脚，正中那人手腕。只听"哎哟"一声，那人吃痛捂着手弯下了腰，一根木棒落在了脚边。何少川定睛一看，却是颜思曦。

"你干吗？"何少川厉声问道。

"怎么是你？"颜思曦痛得眼泪都流出来了。

"为什么不能是我？"

"你要回来也不提前打声招呼，进门也鬼鬼祟祟的，我还以为是谁来了呢。"

何少川看着颜思曦负痛的样子，心中升起怜惜之情，忙找来红花油给她涂抹手腕："你呀，现在是杯弓蛇影了。"

"哼，你踢了人家，还说人家。"

"对不起，对不起，我错了，我的曦曦在家干什么呢？"

颜思曦的神色黯淡下来，说道："我上网看看。"

何少川坐到电脑前。

一个 IE 的网页打开着，那是很多年前的一条旧闻。说的是那次损失惨重的雪灾，一对年轻夫妇带着孩子在回家途中，长途大巴翻车了，夫妇俩双双毙命，只有那个孩子活了下来。网页上还有三张照片，一张是事故现场的，一张是一家三口生前的合影，还有一张是一个妇女抱着那个小女孩，周围围着很多人。在这张照片下面，有一行注释："爱心市民伸出援手，救助小曦曦。"

何少川抬起头来，问道："这个……是你？"

颜思曦含着泪点点头。

何少川继续看下去，这条新闻下面还有一条新闻后续的链接，他打开了，标题是《小曦曦被绵阳孤儿院收养》，在这条新闻里，记者交代了小曦曦的全名是颜思曦。

"原来你真的被绵阳孤儿院收养了。"

"什么意思？难道我会骗你吗？"

"不，不是你骗我，而是有人骗我，那个深圳来的彭菲菲说她给绵阳孤儿院打过电话，说你根本不是在那儿长大的。哼哼，这个臭婊子，这么会撒谎。"

"你怎么骂人啊？不分青红皂白的。"颜思曦不满地说道。

何少川奇怪地看了看颜思曦。

"孤儿院里没几个人知道我大名的，大伙都叫我曦曦，她要是打个电话过去，问颜思曦是谁，估计没几个人知道。所以，她也不是撒谎。"

"那你去过深圳没有？"

"没有啊。"

何少川将 U 盘插进电脑，打开那封邮件，说道："这是深圳警方传来的照片。"

颜思曦看了看照片，惊讶地问道："深圳警方？他们怎么弄到我照片的？"

"从葛善生老婆那里。"

颜思曦更糊涂了："葛善生？葛善生又是谁？就是那个……那个要盖全世界第一高楼的葛善生？"

"是。"

"他怎么会有我照片？"

"你……你……他……深圳警方说，他以前……以前……你是他的情人。"

一听这话，颜思曦气得脸都红了，问道："你相信吗？"

何少川自然不信，但是作为一个警察，他又不得不加倍小心，提醒自己不能因私害公，于是问道："这些照片是在哪儿拍的？"

"在绵阳啊，人民公园。"

何少川陷入了沉思，看来彭菲菲在有计划地针对颜思曦，她的目的到底何在呢？照片是深圳警方发来的，难道有同谋？不对，这不需要同谋。深圳警方转发其他各地警方的调查结果，是通过传真发来的，而这几张照片通过电子邮件发送，谁知道发照片的人到底是不是深圳警方呢？彭菲菲说，激光点痣是很容易的，可是再怎么容易，点痣之后，伤口也会结痂的，只要手指一抠，伤口就会破，痣小的话，那个伤口也就跟长个痘痘差不了多少。彭菲菲嘴角的那个痘痘到底是怎么回事呢？

见何少川沉思这么久，颜思曦不禁问道："少川，你不会怀疑我是那个什么QQ杀手吧？"

何少川缓缓地摇摇头，站起身来说道："我得马上再回局里一趟。"

看着何少川急匆匆地离开，颜思曦一脸茫然，只是招呼道："早点回来啊。"

何少川心里一阵温暖，多像一对小夫妻啊！

他急匆匆地赶回公安局，远远的，看到彭菲菲从网络管理处办公室走出来。何少川身子一闪躲进阴影里，他要看看彭菲菲到底混进公安局想干什么。只见她低着头，沿着走廊迅速地往前走，何少川亦步亦趋地跟在后面。最后，彭菲菲走进了会议室，里面传出一阵寒暄的声音。

会议室里正在召开一次案情分析会。何少川没有走进去，而是掏出一支香烟，悠然地点上，在走廊里晃悠。只听洪跃宗问道："彭警官，听说你开始怀疑我们嫂子了？"

"哎哟，你这么问，我都不敢说什么了。"彭菲菲笑道。

洪跃宗正色说道："颜思曦难道真的在深圳待过？"

"我在一次暴走活动时见过她，而且后来我的同事也传来了她的照片，她的确是被葛善生包养的。"

"那你为什么怀疑是颜思曦杀死了葛善生呢？"

"颜思曦在深圳的时候叫罗圆圆，QQ杀手很可能就是她。后来葛善生出现了，他可能会暴露颜思曦的真实身份，于是颜思曦干掉了他。"

"照你这么说，两个案子可以并案处理了？"

"我觉得可以，但是我怕何警官那边不好说。"

洪跃宗沉思道："没事，我去跟他说，何警官这人虽说很重感情，但是工作上的事情从来不马虎的。"

话刚说完，门外传来一阵爽朗的笑声，何少川踱步走了进来，说道："世上最开心的事，莫过于听到别人在背后说你好话。"

洪跃宗笑呵呵站了起来："还好还好，本来想骂你的，幸亏没骂，哈哈哈。"

何少川也斜着眼睛看了看彭菲菲，然后问道："听说所有的人都是颜思曦杀的？"

彭菲菲站起来说道："何警官，我们现在还没有证据，我建议审问颜思曦，问她葛善生被杀那晚，她在干什么。"

"她在干什么？她跟我在一起，"何少川情不自禁地开始做伪证了，想想不妥，又改口道，"审问？对犯罪嫌疑人才要审问，颜思曦现在是自由的守法公民，你们凭什么审问？"

"何警官，你不要那么激动，我的分析是站得住脚的。"

何少川将三张照片摔在桌子上，那是他打印出来的，问道："就凭这三张照片？"

"难道这些照片还不能说明问题吗？"

何少川冷笑一声："哼哼，我怀疑你这三张照片也来路不正！这三张照片，一张几乎没有背景，一张背景是草地，一张背景是树林，你凭什么断定这三张照片是在深圳拍摄的?"

彭菲菲一时张口结舌,脸红耳热,她吃惊地看着何少川,说道:"何警官,你……你……连深圳警方也怀疑?"

"哼哼,我从来没有怀疑深圳警方,我怀疑的是你。"

"好,好,好,你怀疑我,"彭菲菲看着三张照片,突然眼前一亮,问道,"不知道你们这里有没有植物学专家?"

"你又有什么话说?"

彭菲菲已经冒火了,冷冰冰地说道:"我只想找一位植物学专家,懒得跟你废话。"

何少川却笑眯眯的,孙悟空已经跳进了如来佛的手掌心,你还能蹦到哪里去?

64.榕树之谜

夕阳西下,植物园里更显得幽静了。

施正信跨过高高的草丛,走进一片树林。这里生长着竹子、棕榈、苏铁、仙桫椤、银杉、金花茶、珙桐等几百种树木,其中不乏许多名贵的珍稀濒危物种。不过,前几年这片树林遭到了一种叫做薇甘菊的外来物种的入侵。薇甘菊原产于中美洲,是一种藤蔓植物,生长速度非常迅速,英文名字叫做"一分钟一英里",而且种子轻小,不过 0.1 毫克,微风一吹便四处蔓延。薇甘菊是一种寄生植物,总是喜欢攀附在其他树木上,很快就会将树冠层层环绕起来,最后被攀附的树木因为缺少光合作用而死亡。植物园十几平方公里的树林遭到了彻底的毁坏,施正信看着痛心疾首,日日夜夜研究如何克制薇甘菊、消灭薇甘菊。他先是配置化学药水,但是收效甚微,而且还会造成新的污染。后来施正信又多方求证,找到了一种叫做田野菟丝子的藤蔓植物来克制薇甘菊。田野菟丝子也是一种寄生植物,可以寄生在薇甘菊的嫩枝、嫩叶、嫩茎上面,汲取薇甘菊的营养供其生长。

现在这片树林里只有少量的薇甘菊和菟丝子生长，对生态环境已经构不成什么威胁了。曾经奄奄一息的树木正在重新焕发生机，施正信不禁微微地笑了。他穿过树林，来到一片新栽的黄伞枫树旁，抚摸着树干，就像摸着自己的孩子。

远处突然传来阵阵吆喝声，在幽静的山林里显得空旷而遥远。

"施老师，你在哪里啊？"那是他的学生小周。

"我在黄伞枫林。"

远处唧唧喳喳的一片人声，施正信疑惑地皱皱眉头，这么晚了，怎么还会有客人？过得片刻，小周带着一群警察走进树林。施正信更疑惑了，他奇怪地打量着众人，问道："有什么事吗？"

其中一个女警自我介绍："施老，您好。我是深圳市公安局的彭菲菲，来调查一宗凶杀案的，有问题想请教施老。"

"啊？凶杀案请教我？不敢当不敢当，"施正信摆摆手说道，"你们请回吧，我正忙着呢。"

"施老，就耽误您一会儿工夫。"

"明天吧，今天没空。"

何少川一直冷冷地看着，不知道彭菲菲到底在玩什么花样，只见她摸了摸身旁的一棵小树，问道："施老，这就是黄伞枫吧？"

施正信眯着眼睛，看了看彭菲菲："你认识？"

"如果我没记错的话，黄伞枫能够分泌一种化学物质来抑制薇甘菊的生长，这还是施老您发现的呢！"

施正信得意地笑了："只是偶然发现的。"

"那是施老谦虚了，谁不知道施老当年为了寻找薇甘菊的天敌，废寝忘食通宵达旦，终于找到了菟丝子和黄伞枫。"

"嗯？小姑娘不错，"施正信点着头赞道，"你怎么知道这么多？"

"施老，我是深圳的环保义工，最开始几年，我们一到周末就上山拔草……"

施正信叹息着摇摇头。

"呵呵，施老发现我们的愚蠢了。我们最开始不知道，后来发现，我们清除薇甘菊的时候，反而使它的种子四处飘散，蔓延得更厉害了。后来您发现了薇甘菊的克星，我们深圳也引进了菟丝子和黄伞枫来克制薇甘菊，现在内伶仃岛上，薇甘菊危害的面积减少了两平方公里呢。我们都说，施老不愧是陈焕镛老先生的关门弟子，那份不怕吃苦、用心钻研的精神就够我们这些年轻人学一辈子的了。"

陈焕镛是我国近代植物分类学的开拓者和奠基人之一，外行人很少知道他的名字，一个年轻的小警察竟然说出了老师的名字，施正信自然非常开心。他欣赏地看了看这个深圳来的女警，随后指着她的鼻子笑道："你个小丫头，说吧，有什么事？"

"我就知道施老是好人。"彭菲菲笑着抽出三张照片递了过去，"施老，对其他人来说，根据三张照片来推断是在哪个地方拍摄的，简直是天方夜谭，但是对您来说，就是轻而易举的了。"

施正信看了看笑道："你这不是难为我吗？我可不是警察啊。"

"怪我没说清楚，其实您只要告诉我们，这三张照片是在深圳拍的，还是在绵阳拍的就行了。"

施正信看看天色，说道："咱们回屋去看。"

众人穿出树林，一路上彭菲菲又跟施老讲起了当年大战薇甘菊的事，逗得施老不时发出阵阵笑声。何少川心想，这个女人太能蛊惑人心了。

回到屋里，施正信拿出放大镜，对着三张照片仔细看了看说道："这张照片看不出什么来，因为上面只有个人嘛！这张照片背景是草地，也看不出什么区别；但是这张照片就不同了，这个女孩子是在一片榕树前照的相。榕树主要分布于热带和亚热带地区，在我国产于华南、西南、台湾，生于海拔五百米以下，适宜高温、潮湿、多雨的气候。深圳是亚热带，而绵阳地处北温带，是不适合榕树生长的。"

彭菲菲得意地看了一眼何少川，心想这下你该没话说了吧？

施正信是国内植物学界的泰山北斗，他说的话自然不会有错。但是何少川不相信颜思曦会对他说谎，不相信颜思曦就是 QQ 杀手，于是着急地问道："施老，绵阳真的不能种榕树吗？这可是人命关天的事啊。"

一旁的小周插话道："老师，绵阳有榕树的，我就是绵阳人，在长虹大道图书馆附近就种了很多榕树。"

一听这话，何少川又两眼放光，盯着施正信，希望能从老教授的嘴里得到确证。

施正信却冲小周微微笑了笑，将放大镜递给学生："小周，你来看看，这种榕树可是绵阳能种的吗？"

小周接过放大镜，仔细地看着照片。

施正信提示道："要注意大叶榕和小叶榕的区别啊。"

小周看了半晌，说道："哦，这照片上是大叶榕。"

"嗯，不错。"施正信点头首肯。

何少川急问道："这有什么区别吗？"

施正信说道："大叶榕对温度的要求比小叶榕要高，温度太低了，不能安全越冬，尤其是在有霜冻的地区。绵阳地处北温带，冬天是经常霜冻的。其实就是小叶榕，也不能在四川大面积种植，2000 年冬天的低温，四川冻死了上千万元的小叶榕。"

何少川无话可说了，垂头丧气地跟着同事们离开了植物园。原来曦曦真的在骗我，原来她去过深圳。这样说来，她就有可能是杀害葛善生的凶手，也有可能就是那个 QQ 杀手。

第十章　法不容情

"你知道胡剑陵是怎么死的吗？是被我杀死的。所有人都是我杀的。我说过，网络暴力不是一个筐，不要把一切罪行都怪罪在网络暴力头上，谁犯了错，谁就要付出代价。"

65.送信

一轮半月洒下清冷的光辉，空中不时飘过一层乌云，就连那仅有的一点光辉也被遮掩住了。未来的世界第一高楼，变成了一片废墟，自从葛善生被杀，工程基本上停下来了。夜色笼罩下的瓦砾堆显得寂寥、幽静，只有罗东方的那栋房子还孤零零地矗立着，罗老头还没睡，窗户里透出了灯光。

颜思曦在路旁一棵树下站了很久，夜风吹来，树叶沙沙作响。她打了一个激灵，缩了缩肩膀，看看周围，没有一个人影，这才蹑手蹑脚地走向罗东方那座孤宅，每走近一步，心跳便加剧一分。走到门口，颜思曦又停下了脚步，打量着这座终将被拆除的房子，后来终于下定决心从包里拿出一张折叠好的纸片，从门缝塞了进去，然后马上转身，飞速地逃离。

远处树下，一个人影突然闪过，颜思曦心跳得越发厉害了，双腿几乎发软，迈不动脚步。

"谁？"颜思曦喊道。

人影慢慢走向自己，长发飘飘，身材苗条。

"罗圆圆！"是个女人的声音。

"什么？你……你说什么？"颜思曦吓得往后退。

"罗小姐，不要再装了。"

"你……你……你是谁？"

女人走近了，月光照着她的脸，脸上泛出惨白的笑容，正是深圳女警彭菲菲。

"罗小姐，我想你得跟我走一趟。"

"彭警官，我是颜思曦啊，你是不是认错人了？"

"哼哼，不会。罗圆圆，你已经无路可走了。"

颜思曦吵道："我懒得理你。"说罢转身就走，彭菲菲也不追赶，只是笑眯眯地看着。颜思曦没走多远，另一棵树后又转出一个人来挡住了她的去路。

"罗小姐，请你跟我们走一趟。"

"子良？是你吗？"

蒋子良倒不好意思起来，局促着不知道该怎么回答。

"子良，你相信那个来历不明的女人？她自从见到我就一直针对我，难道你也要针对我吗？"

"孰是孰非，我们到局里说。"

"少川呢？他来没来？我要见他，"颜思曦说着说着嘤嘤咛咛地哭了起来，"你们一群人来欺负我一个人，我的命怎么这么苦？我就不该喜欢上一个警察。"

"曦曦。"何少川从树影里走了出来。

从植物园回来之后，何少川带领众人回家找颜思曦，结果颜思曦不在家。彭菲菲说，颜思曦发现自己行将败露，第一件要做的事情就是通知父亲，所以可以在罗东方家门口守株待兔。果然，众人刚刚到达不久，就看到颜思曦偷偷摸摸地走了过来。何少川此时心里翻江倒海，难道曦曦真的是罗圆圆，难道她真的是凶手？如果这一切是真的，她将不可避免地走向刑场……她死了，我怎么办？她爱过我吗？或者仅仅只是为了骗取我的信任？他一直躲避着，不敢面对曦曦，他不知道他能跟曦曦说什么。可是曦曦开始呼唤自己了，那是一个需要保护的女孩子，只有我，才能给她带来安全的感觉。他从阴影里走出来，看着曦曦，眼眶里溢满了泪水。

"曦曦，先跟大伙回去一趟，我们办案都是讲证据的。不管是我们，还是深圳警方，都不会诬陷一个好人的。"

"少川，这到底是怎么回事啊？"

何少川千万条思绪纠结在一起，此情此景，他有满肚子的话要说，却不知道从何说起，只是看了看曦曦，又痛苦地低下了头。

蒋子良劝道："嫂……颜小姐，还是先跟我们回去接受调查吧。"

颜思曦倔犟地看了看何少川，声音哽咽，语气却非常坚决："好！我去！"

颜思曦被蒋子良、洪跃宗等人带走了。看着曦曦的背影，何少川的眼泪终于忍不住流了下来。

彭菲菲走向前来，拍拍何少川的肩膀，劝慰道："何警官，男人有泪不轻弹，正事要紧。"

何少川恼怒地一转身，避开彭菲菲的手，喝道："离我远点，自从你来了之后，就没什么好事。"

彭菲菲脸色一红，瞬即又恢复了正常。她理解何少川的心情，这时候何必跟他一般计较呢？

两人走到罗东方家门口，敲了半天门，罗东方才把门打开了。见到彭菲菲，罗东方狐疑地上上下下打量一番，然后问道："你们是……"

何少川说道："大爷，你不记得我了？我是公安局的何少川啊。"

"哦，何警官，里面请，里面请。"

"这位是深圳的彭菲菲彭警官。"

"哦，彭警官，里面请。"

罗东方将两人招呼进门，说道："不好意思，让你们等了那么久，人上了岁数就容易犯困，这不看着看着电视就睡着了。"

何少川一低头，看到门口地上一张折叠好的纸片，顺手捡了起来。

罗东方一见，忙说道："哎哟，你看，家里乱成这样了，到处都是废纸、垃圾，给我给我，我去扔掉。"说着伸手就要去拿。

"不用扔了，这恐怕不是一般的废纸吧？"何少川说道。

"就是一张废纸。"

何少川没再说话，慢悠悠地展开了纸。

罗东方的脸色越来越难看了。

纸上只有短短的几句话：

爸，我的行踪已经暴露了，我得走了。您好好保重，我会偷偷回来看您的。

圆圆

彭菲菲问道："罗圆圆之前还跟你联系过吗？"

"没有，这是第二封信。"

何少川问道："你见过她吗？"

罗东方的眼睛湿润了："没有。丫头还在生我的气呢，一直不肯跟我见面。前些日子，我在路上看到过一个女孩子，觉得她好像我女儿啊。哎，都是我的错啊，当初如果我对她好点，她就不至于离家出走，也不至于杀那么多人。十年了，我再也没见过她……"

罗老头的话触动了何少川的伤心处，禁不住也泪流满面，他拍打着罗东方的肩膀说道："大爷，您……您没错，曦曦……曦曦……你女儿也没错，错的是那些暴民，那些自以为是的网络暴民。是他们，是那些假惺惺的道德卫士一手造成了曦曦的悲剧。"

罗东方虽然不明白"曦曦"是谁，但看着何少川伤心欲绝的样子也越发伤感了，一老一小两个男人，一起哀哀地哭泣。哭声在深沉沉的夜色里弥漫，游荡，每个人听了，都会禁不住一声长长的叹息。

66.奇峰突起

颜思曦坐在审讯室冰冷的板凳上，面前的三个警察她都认识，一个是蒋子良，一个是洪跃宗，一个是彭菲菲。她的眼睛一直盯着门口看，她多希望这时候少川能在身边啊，可是她也知道，少川这时候是要避嫌的。

彭菲菲说道："罗圆圆，我们的政策一向是坦白从宽，抗拒从严，希望你能老老实实交代你的犯罪事实。"

"彭警官，我再说一遍，我不叫罗圆圆，我叫颜思曦。如果你们再叫我罗圆圆的话，我将拒绝回答任何问题。"

"不要再狡辩了，难道你忘记深圳那次暴走了吗？我可记得清清楚楚，我问你耐力为什么这么好，你说要卧薪尝胆。难道你真的忘记了？"

"我没有去过深圳，更不知道什么暴走的事，而且我对那种活动一向反感，那是疯子才干的事。"颜思曦眼泪汪汪地说道。

"你没去过深圳，这张照片从何而来?"彭菲菲将榕树背景的照片丢到颜思曦面前。

"我已经说过了，这是我在绵阳拍的，就在图书馆附近。"

"哼，绵阳根本没有这种榕树，如果我没猜错的话，这张照片应该是在深圳仙湖植物园拍的吧?"

颜思曦急得哭了起来:"可……可……那真的是在绵阳拍的啊。"

洪跃宗继续问道:"那你说说葛善生被杀的那天晚上，你在干什么?"

颜思曦痛苦地低下了头:"我不记得了，我不记得了，我什么都不记得了。"

"嫂子，这个很重要的，你尽量想想。"蒋子良压低声音说道。

颜思曦闭上了一双泪眼，撕扯着满头秀发，说道:"我不记得了。我下班后一般都是直接回家的，很少跟朋友出去吃饭。所以，我根本没有不在场的证明。"

彭菲菲拿出那封从罗东方家拿到的信，递到颜思曦面前:"不管你是颜思曦也好，是罗圆圆也罢，这封信你总该认识吧?"

颜思曦抿着嘴唇，使劲地点点头。

"这封信是你塞到罗东方家的吗?"

颜思曦还是点点头。

"那你又说你不是罗圆圆?"

"我不是。"颜思曦的声音低低的。

蒋子良问道:"那这封信是怎么回事?"

颜思曦一一打量了蒋子良、彭菲菲和洪跃宗，脑袋甩得像拨浪鼓:"我不能说，我不能说。"

"为什么?"

"他不准我告诉任何人的，否则……否则……他要杀了少川。"

何少川其实一直站在审讯室外面，通过监视器看着颜思曦的一举一动，听着四个人说的每一句话。听到这里，他浑身一颤心中一喜——这么说，颜思曦是被人要挟的，她不是那个QQ杀手，QQ杀手另有其人。

审讯室内，蒋子良劝慰道："嫂子别怕，你要相信警察，告诉我们到底是谁指使你的？"

"你们抓不到他的，我不能说……"

彭菲菲冷冷一笑："颜小姐，你就别装了，所有的人收到 QQ 诅咒之后都被杀了，唯独你收到两次却安然无恙，你不觉得奇怪吗？"

"我……我不知道啊。他跟我说，让我帮他把信送出去以后就不找我麻烦了，如果不送，不但要杀了我，还要杀了少川。"

"她是怎么跟你联系的？"

"我说过，我不能说的！"

"好吧，我们换个话题，你为什么收到 QQ 诅咒呢？我记得你说过，你把几篇文章和视频到处转贴了，对吧？"

"是，就因为这个，那个凶手才来找我的。"

这时候，审讯室的门被推开了，何少川闯了进来，一把抱住了颜思曦，说道："曦曦，你快说出来吧。我没事的，谁都不会把我怎么样。"

"少川，"颜思曦一头扑进何少川怀里，满肚子的委屈化成了滚滚热泪夺眶而出，"他……他那么厉害，杀了那么多人，我好怕啊。"

"曦曦，不要怕，你要相信我，我一定会把他揪出来的，我一定会好好保护你的。"

"不，你还要保护好自己。"

"嗯，我会的，我会的。"

彭菲菲笑了笑，问道："何警官，要不要给你搬把椅子一起坐啊？"

何少川不好意思地看了看三个警察，离开了审讯室。

彭菲菲说道："颜小姐，现在你可以告诉我们那人是谁了吧？"

"我不知道他是谁，他是给我发的邮件。"

记下颜思曦的邮箱地址和密码后，彭菲菲匆匆走出审讯室，朝何少川点点头，便去找电脑上网了。

何少川如释重负，曦曦既然是被胁迫的，那么她肯定就不是凶手。可是那张照片呢？施正信是植物学界的泰山北斗，他的话是不会错的。那张照片到底是在哪儿拍的呢？

他的问题，也是蒋子良所疑惑的，他问道："可是这张照片的确不是在绵阳拍的啊。"

颜思曦此时也茫然了，泪眼蒙眬地看着蒋子良，说道："我记得就是在绵阳拍的啊。"

"嫂子，你再想想，有没有去哪儿旅游过？"

"旅游？我们孤儿院倒是隔几年就组织旅游一次。"

"你还记得去过哪些地方吗？"

"我记得去过张家界、庐山、杭州，还有丹霞山，还有长城……"

颜思曦正说着，何少川却推门冲了进来，指着那张照片问道："曦曦，你好好想想，这张照片是不是在丹霞山拍的？"

"我……我忘记了，都过去那么久了。"

"你这傻妞，人命关天的事，你怎么能忘记呢？"

何少川急得骂人了，蒋子良和洪跃宗在旁边听着，不禁笑了。

颜思曦满脸委屈："我是不记得了嘛。"

洪跃宗打个哈哈："少川，算了，别吓唬嫂子了。我看啊，这张照片就在丹霞山拍的。"

蒋子良此时皮笑肉不笑地说道："嫂子，你看到阳元石、阴元石啦？怎么样啊？像不像啊？"

颜思曦先是一愣，突然恍然大悟："哦，对对，你说起那两块石头我就想起来了，这张照片就是在阳元石旁边拍的。当时王妈妈非要把那石头拍下来，我死活不让她拍。"

何少川气得凿了颜思曦一个爆栗，骂道："你这不争气的脑袋瓜子，一张照片都记不起在哪儿拍的，惹了多大麻烦啊？"

"怎么啦，不就一张照片吗？"颜思曦兀自辩解着。

"你还记得丹霞山在哪儿吗？广东韶关！也是亚热带地区。还绵阳绵阳，被你一个绵阳害惨了。"

看着何少川恨铁不成钢的样子，颜思曦破涕为笑："你们怎么惨了嘛？被抓的又不是你们，是我啊！"

蒋子良笑道："嫂子啊，你难道不知道我们少川刚才有多着急，你瞧瞧你瞧瞧，他眼睛还是红的呢!"

洗脱了曦曦的嫌疑，何少川激动得流泪了，此时忙擦了把眼泪，骂道："鸟人，你那情人怎么还没回来啊?"

这时候，众人才想起来，彭菲菲离开已经很久了。

67.邮件真相

网络管理处的小张兴致勃勃地浏览着网页，《城管局又一公务员嫖娼被偷拍》的帖子最近闹得沸沸扬扬，人肉引擎再一次大发神威，将一个叫熊冠洋的公务员揪了出来。他想，城管局怎么尽出这种人啊？当然，他的职责不仅仅是浏览网页，遇到露点的视频还要马上删除。追远网自从上次曝光胡剑陵的嫖娼视频被批评罚款之后，变得老实多了，这次在关键部位都打上了马赛克。

正看着，彭菲菲兴冲冲地走进来。

"彭警官又来啦?"

"是，我来查封邮件。"

彭菲菲说完便在电脑前坐了下来，打开网页，输入颜思曦的账户和密码，邮箱登录成功，找到了那份邮件，匆匆看了看，微微一笑……过得片刻，她站起身来将一个纸条递给小张："你来帮我找一下这个IP地址在哪里。"

小张接过纸条看了看，登录IP数据库，一会儿的工夫就查了出来。

"彭警官，这个IP对应的是翠园小区13栋201室。"

"又是这里？好，谢谢啦。"彭菲菲说罢匆匆地走了出去。

小张看着她风风火火的样子不禁笑了。心想，将来蒋子良能不能受得了这个女人啊？他继续浏览网页，在一个讨论熊冠洋视频的帖子下面，一个"陈婷婷"的ID对网友们破口大骂。

——我恨你们，恨你们所有人，你们毁了我的生活。你们为什么就不能放过我？在你们骂人之前，有没有想过自己的屁股其实也不干净。

在这几个帖子下面，是网友们更加恣意的嘲笑。

——哎呀，该不是熊大哥亲自上阵了吧？熊大哥穿上马甲了，哈哈哈，我还是喜欢看他光屁股的样子。
——冠洋兄的屁股擦干净了没有？
——爽都爽过了，还怕被人看吗？哈哈哈。

正看着，一阵橐橐的脚步声从走廊里传来，紧接着，何少川、蒋子良、洪跃宗三人急匆匆走进来。
"菲菲呢？"蒋子良问道。
"出去了啊。"
"出去多久了？"
"有一会儿了吧？"
何少川坐到电脑前，打开了信箱，找到了那份邮件，然后骂道："果然被她耍了！"
邮件正是彭菲菲的信箱发出来的。

颜思曦，你不要躲了，不管你躲到哪里，我都会找到你的。
现在，我要求你去送一封信，把这句话打印出来，送到江东区梅花路一个叫罗东方的人手里。
"爸，我的行踪已经暴露了，我得走了。您好好保重，我会偷偷回来看您的。圆圆。"
如果你照办了，我就饶了你，否则，你和你的心上人一起完蛋。

蒋子良一下怔住了，张口结舌不知道该说什么好。彭菲菲难道真的不是深圳女警？可是菲菲对自己那么好，她怎么可能是凶手呢？

何少川急吼吼地问道："小张，你知道她去哪儿了吗？"

"不知道。不过，她刚才查了一个 IP 地址。"

"查 IP 地址？对了，今天上午我看到彭菲菲从这里走出去，她来干吗？"

"这几天她经常过来，主要就是查 IP 地址对应的物理地址。"

"你都给她查过了？"

小张闻到了一股火药味，紧张地问道："她是深圳的同行，所以……所以……"

"她都查过哪些地址？"

"这里有记录，我给你调出来看看。"

记录显示，彭菲菲查过三个 IP，物理地址分别是：天健中学多媒体教室、晨星网吧和翠园小区 13 栋 201 室。

小张说，翠园小区 13 栋 201 室查过两次，昨天查过一次，刚才查过一次。

蒋子良着急地问道："菲菲她……她查这些干什么？"

"一定有原因的，"何少川沉思着说道，"你还记得彭菲菲说的那句话吗？女人的仇恨是一种可怕的力量。是的，太可怕了！现在有几个人被杀了？只有七个！可是当年辱骂、攻击罗圆圆的，有多少人？数不清！这七个人，她可以通过好友申请、美色诱惑等手段获悉他们的真实姓名、家庭住址、工作单位。可是还有更多人的信息，通过这种方式是找不到他们的，只能跟踪到发帖者的 IP 地址，而 IP 对应的物理地址，只有通过我们的 IP 数据库才能查到，那个数据库并没有连接互联网，所以凶手必须混进警局才能找到那些人。之前，我们曾经假设彭菲菲如果不是警察，那么她混进警局的目的是什么，现在我们全明白了，她就是要利用我们的 IP 数据库资源。"

蒋子良不敢相信自己的耳朵，着急地问道："难道菲菲她真的是凶手？不会吧？"

"子良，这个世界上什么事情都有可能发生，你别色迷了心窍。"

洪跃宗说道："翠园小区 13 栋 201 室，她查过两次，我想这里肯定有什么不对劲的地方。"

"我们马上过去。"

三人匆匆走出管理处办公室，颜思曦站在门口一脸茫然地看着三人，笑嘻嘻地问道："各位警官，我可以走了吗？"

洪跃宗笑笑："嫂子，不好意思，让你受惊了。"

何少川说："你先回去吧，家里钥匙带了吗？"

"带了。"

"我很快就回去，凶手马上就可以抓到了。"

"嗯，你早点回来。"

"好。"何少川说完便跑了出去，没跑多远，就听颜思曦在后面喊："少川——"

他忙停下脚步，回头看着曦曦："干吗？"

颜思曦扯着嗓子喊道："我爱你。"

何少川脸一红，张望一下四周，没有同事在场，这才跟着喊道："我也爱你。"声音却没有平日洪亮，"快回去休息吧，等我。"

68."红灯区"命案

翠园小区是个老城区，街道阴暗逼仄，两栋楼房之间间隔很近，被称做握手楼。大部分屋主其实早已不住在这里了，他们把房产租给了很多外乡人做皮肉生意。靠近马路的店面亮着一盏盏紫色的灯，一群浓妆艳抹的姑娘懒洋洋地坐在店里，看到警车开进了小区，个个花容失色，等看清警察不是冲着她们来的，这才放下心来。

13栋在最靠里的地方，这栋楼房与其他几栋离得很远，也远没有那么繁华。其他楼房的一楼要么开起了美容店，要么开起了性病诊所，而13栋也许由于远离马路，一楼店面没有租出去，也没有灯光照射，整栋楼就像死了一样，只有201房间还透出了一线亮光。

何少川挥挥手，三人猫着腰走进了楼道。

他们蹑手蹑脚地爬上楼梯，来到 201 室门口。

洪跃宗和蒋子良闪在门一边，何少川去敲门。可是门并没有锁，何少川一敲，就吱呀一声打开了。

一股血腥味顿时扑面而来。

地板上全是干了的血，血迹中间有一块空白区域，露出了地板，形成一个人体的轮廓，轮廓线清清楚楚，就像用粉笔画出来一样。

尸体却不知去向。

卧室里传出一阵轻微的响声，三个警察一怔，互相看了一眼，同时掏出手枪。蒋子良犹豫了一会儿，跟着两个同事一起打开了保险栓。

与此同时，屋里也传出"咔嗒"一声脆响。

那是拉开保险栓的声音。

那人有手枪。

那人很可能就是彭菲菲。

何少川小声呼唤道："罗圆圆，你出来吧。"

蒋子良心里乱透了，也喊了起来："菲菲，是不是你啊？"

屋里的人叫道："是我。"

何少川喝道："把枪扔出来。"

"凭什么？"

"就凭我是警察。"

"我也是警察。"

"操！现在凶手都流行扮警察了吗？"

"何警官，没有证据不要诬赖好人。"

"哼哼，还没有证据？难道要我看着你杀人才叫有证据么？"

蒋子良这时候几乎是拖着哭腔喊道："菲菲，你出来吧。"

"你让他们走。"

蒋子良说道："不，我们要把事情说清楚。我不管你是谁，是菲菲也好，是罗圆圆也好，是警察也好，是凶手也好，我爱的就是你。我把手枪收起来，我进来了，如果你想开枪，你就开吧！"

屋子里传出嘤嘤的哭泣声。

蒋子良果真把手枪往腰间一插，大踏步走了进去。

何少川喝道："子良，你疯了，快回来!"

蒋子良根本不理会，径直走进了卧室。

彭菲菲一下子抱住了蒋子良，紧紧地贴在他身上，泣不成声地说道："子良，我爱你。"

"菲菲，我也爱你。"

何少川和洪跃宗走了进来，见彭菲菲已经把手枪插在了腰间，这才把自己的手枪放下了。何少川伸手去拿彭菲菲的枪，却被彭菲菲一把按住了手："你放开!"

"你想拒捕吗?"何少川呵斥道。

彭菲菲没理会何少川，笑嘻嘻地对蒋子良说道："要缴我的枪，我也愿意让子良来。"

蒋子良说道："别闹孩子脾气了。"

"不，我就闹!"

蒋子良没办法，看了看何少川，缴了彭菲菲的枪。彭菲菲则将双手伸到蒋子良面前，依然一副笑嘻嘻的表情。

"你干吗?"

"我不是杀人了吗? 你给我铐上啊。"

蒋子良一阵心痛，甚至连看都不敢看这个女人了。

"哎呀，快点铐上嘛，"彭菲菲撒起娇来，"我喜欢被你铐。"

彭菲菲发嗲的工夫，何少川坐到了电脑前面。

电脑是开着的，QQ 登录着。

这应该就是死者的账号。

死者生前跟一个叫"网络小生"的好友聊过，"网络小生"给死者发了一条 QQ 诅咒。

我是一个叫陈婷婷的 girl，被绑架，后来死了。请你把这封信立即发给你的 6 个好友，1 天后，你喜欢的人就会喜欢上你。如果不发，你就会在 5 天内离奇死亡! 这条信息始于 1877 年，从未失误过。

何少川无奈地叹口气，因为"网络小生"就是他。

与前几个被害者不同的是，"网络小生"跟死者聊了很多天，他甚至说自己是公安局刑侦科的警察，曾经如何如何勇斗歹徒，直到最后双方交换了家庭地址。看来彭菲菲盗取了他的账号之后，不但给颜思曦发了诅咒，而且还给这个屋子的死者发过。可是这个死者到底是谁呢？

他从地板上刮了一层血迹放进证物袋里，然后吩咐道："子良，你把彭警官带回局里。哦，跃宗，你也跟着一起去，我怕这小子把疑犯放了。"

蒋子良脸色一阵红一阵白，倒是彭菲菲一直是阳光灿烂的样子。她的左手跟蒋子良的右手铐在了一起，她抬抬手说道："我要永远跟着子良，就是放我，我也不会走的。"

何少川不屑地看了她一眼，然后把装着血迹的证物袋交给洪跃宗："你叫权聪马上分析一下，查明死者身份。"

蒋子良和洪跃宗带着彭菲菲离开后，何少川走进一间美容厅。由于穿着便装，小姐们并不害怕，一个个喜笑颜开地凑了过来："老板，玩玩吧。"

"不玩，打听个事。"

"切，打听事到别的地方去。"

何少川微微一笑，掏出证件："我是警察，希望大家配合一下。"

小姐们努了努嘴，表示了几分不屑，但是已经没有先前那么嚣张了。

"13栋是谁住的？"

小姐们七嘴八舌地把自己知道的讲了出来。

13栋的住户是一个二十五六的女孩，叫江琳。整栋楼都是她家的，前几年父母在一次车祸中双双身亡，把产业全留给她一个人了。

69.女警受审

短短两个多小时的时间，彭菲菲从审讯桌的一侧转向了另外一侧。就在刚才，她还意气昂扬、条分缕析地审问颜思曦、驳斥颜思曦，而现在，她却变成了被审问的对象。

彭菲菲抢先发难："洪警官，你觉得我像凶手吗？"

"这个……"洪跃宗嗫嚅着真不知道怎么说了。一会儿审颜思曦，一会儿审彭菲菲，两个人说起来都是自己的准嫂子，两个"准嫂子"都显得特无辜，他实在不知道该相信谁了。

"你们不要被表面现象迷惑了，真正的凶手刚才就坐在这里，而现在她跑了，被何警官放走了，被你们放走了！"

"彭警……彭菲菲，你为什么去翠园小区？"

"因为给颜思曦发那封邮件的人，就是在翠园小区 13 栋 201 上网的。"

"不是你发的邮件吗？"

"拜托！我的信箱密码被盗了。"

"凶手怎么会知道你的信箱地址？"

"还不是你们的何警官告诉她的？"彭菲菲反问道。

正在这时，审讯室的门推开了，何少川一边拍着巴掌大声笑着，一边走了进来。

"哈哈哈，彭菲菲，罗圆圆，你这个故事编得真好啊，天衣无缝，滴水不漏，把我们骗得团团转啊。"

"哼，何警官，我看你是色迷心窍了。"

"你呢？你是被仇恨迷住了双眼。"何少川在一把椅子里坐下，笑呵呵地看着彭菲菲。

彭菲菲倨傲地看着何少川说道："何警官，你很可怜。"

"死到临头，嘴还这么硬啊？"

"我告诉你何警官，颜思曦就是罗圆圆。你复制了我的邮件，泄露了我的信箱地址，她肯定对网络安全特别在行、特别有研究，所以很快便破解了我的信箱密码，然后再给自己发邮件。这样她去找罗东方，即便被抓住了，也可以装成很无辜的样子。"

何少川心中一凛。

颜思曦是山东大学信息安全专业毕业的，精通信息安全的人，同时就具备了做一个优秀黑客的条件，她不是可以轻而易举地追踪到一个发帖者的 IP 地址吗？但是就凭这一点，似乎也不能不怀疑颜思曦。

他哈哈一笑，问道："那你为什么又要逃跑呢？彭菲菲啊，想清楚，尽量把故事编圆了。"

"我用不着编，你难道就不想知道失踪的女孩是谁吗？我刚才看她电脑了，她也收到 QQ 诅咒了。你和子良不是一直在做连线游戏吗？你们自以为罗圆圆要杀的人都已经死了，但是你们却忘记了，还有一个很重要的人。"

"哦，说说看。"何少川的语气非常轻佻。

彭菲菲瞪了他一眼说道："子良跟我说了 QQ 连环杀人案之后，我出于好奇，也特地翻出了十年前的老帖子看。你们所关注的都是在追远网上兴风作浪的网友，但是要知道，这事之所以能迅速传播，关键是有人频繁地把帖子到处转发，那个转帖的人就是现在失踪的江琳。"

"这不可能，"何少川打断了彭菲菲的话，"颜思曦之所以收到 QQ 诅咒，就是因为她转发了那些帖子。"

"错了，那不过是她的迷雾弹障眼法。她自己就是罗圆圆，怎么又会去转发？"彭菲菲抑扬顿挫地说道，"当初我觉得颜思曦面熟就开始怀疑她，也怀疑她说的每一句话。她说她是帖子的转发者，我不信，于是上网搜索，找到一个转发帖子最多的 ID，叫'樱桃妹妹'。此人上网地点极不固定，我找到的第一个 IP 地址是天健中学多媒体教室，这基本上就是无效信息；我不死心，继续搜索，后来又找到一个 IP 地址，在晨星网吧，十年前的晨星网吧现在早已倒闭了，所以这个 IP 还是无效的。最后，终于找到一个有用的 IP 地址，就是翠园小区 13 栋 201 室。当我发现盗用我邮箱的人竟然是在 13 栋 201 室上网的时候，我就觉得可能要出事了，于是赶紧过去看看。"

何少川听着彭菲菲的分析，点点头说道："不错，这个故事很精彩。罗小姐如果写剧本的话，一定会赚大钱，可惜现在你没这机会了。"

"何警官，你该清醒一下啦。其他人在死前收到过几条 QQ 诅咒？都是一条！一条毙命！而颜思曦呢？她收到了两条 QQ 诅咒竟然毫发无损，你不觉得奇怪吗？其实都是她自己在捣鬼，就是为了混淆视听！更恶劣的是，为了转移注意力，她马上盗用了我的邮箱，对我栽赃陷害。你不想想，QQ 杀手是个什么样的人？为了十年前的一件陈年旧事，她连续杀人毫不姑息，为什么对颜思曦这么心慈手软？"

何少川被彭菲菲的话打动了，他凝神思索着事情的前因后果，信念开始动摇了。

彭菲菲继续说道："我不得不说，这个罗圆圆胆大心细。201 房间的血迹是干的，如果死者是江琳的话，尸体为什么找不到？血迹中间人体轮廓线清清楚楚，就像用粉笔画出来一样。这又说明了什么？我认为，罗圆圆去了三次那个房间。第一次是杀人，第二次，等血迹干了又去一次，这次是为了搬走尸体；第三次是今天，她又回到 201 房间用江琳的电脑，使用我的账号给她自己发邮件。"

何少川沉默着，彭菲菲的分析的确滴水不漏，但是他觉得，彭菲菲越是分析得天衣无缝，越是说明她早有准备。他呵呵一笑："彭小姐准备得很充分啊，可是彭警官记录本的前几页，你为什么撕掉了？"

彭菲菲怒气冲冲地看了看何少川，然后伸出双手："我不想再回答任何问题了，你把我铐起来吧！来啊！"

"罗小姐，不要这么激动，铐你，是迟早的事。"

"何少川，我告诉你，颜思曦的名字本身就说明很多问题了，"彭菲菲几乎以命令的语气说道，"能不能给我支笔和一张纸？"

何少川藐视地笑着，将圆珠笔和纸丢给彭菲菲。

彭菲菲接过笔，刷刷刷地在纸上书写着。

第一行写的是：颜思曦。

第二行写的是：颜四夕。

第三行用两条线，将"四"和"夕"字连起来。

彭菲菲把纸往何少川面前一推，说道："思曦，四夕，就是一个罗字。"

何少川不禁哈哈大笑："罗小姐……哦，不对，我应该叫你彭小姐。彭小姐，你开始玩拆字游戏了？"

彭菲菲不再争辩了，只是叹了口气说道："问世间情为何物啊！"

蒋子良一直在审讯室外面看着，心情就跟两个多小时前何少川一样，一方面对彭菲菲充满了怀疑，一方面又希望菲菲拿出有力的证据洗脱罪名。听到菲菲分析得头头是道，他不禁松了一口气。可是何少川老是揪着那个记录本不放，彭菲菲又做不出合理的解释，他的心便始终不踏实，难道真的要把菲菲抓起来吗？

一个同事匆匆忙忙走过来，对蒋子良耳语一番，蒋子良顿时变色，怔怔地看着审讯室里的彭菲菲，眼眶竟然润湿了。那个同事拿着一张传真纸，推门走进了审讯室，交给何少川之后又离开了。

何少川看了看传真纸突然笑了，将传真纸展开，摆在彭菲菲面前，问道："罗圆圆，你还有什么话说？"

彭菲菲一见那传真纸，脸色也倏地变得煞白煞白。

那是深圳市公安局发来的传真。

鉴于贵局怀疑我局彭菲菲真实身份一事，我局答复如下，彭菲菲，女，25岁，民族汉，三年前警校毕业后，即到我局工作，期间屡获战功。彭菲菲照片附录于下。

照片上是一个看上去很精干的女人，皮肤黝黑，满脸痘痘。尽管传真纸是黑白的，但是一眼就能看出来，面前的彭菲菲根本就不是深圳警局的彭菲菲。

彭菲菲脸色涨红，看着那张传真纸，眼睛里要冒出火来。

何少川说道："机场的无名女尸应该就是深圳女警彭菲菲吧？"

彭菲菲反问道："你们之前见过彭菲菲吗？"

"没有。"

"既然没见过，我杀了她之后，为什么还要把尸体毁容？"

"呵呵，这正是我要问你的。"

"问我？那我告诉你，彭菲菲还活着，我就是彭菲菲！"

审讯室外的蒋子良此时百感交集。这么多天来，自己深爱的女人竟然是凶手，而且还杀了一个警察。难怪她的声音跟电话里不太一样。可是即便如此，我还是爱她的呀！想到这里，蒋子良的泪水便忍不住流淌下来，造化怎会如此弄人？

彭菲菲继续问道："何警官，你看看现在几点了？我们局里要证明我的身份，也犯不着这个时候发传真吧？"

"呵呵，也许是子良为了证明你的清白，给深圳警方打了电话要求协助呢？"

蒋子良闯了进来，擦了擦眼泪，说道："我没打电话。"

"哦？那会是谁打的？"

彭菲菲说道："何警官，我告诉你，我们局的传真机是跟计算机连在一起的。也许你也听说过，现在有很多种病毒，可以远程控制计算机，也有很多种软件，可以轻松从外网突破进内网。我们的传真机肯定被黑客操纵了，而操纵传真机的也许就是罗圆圆，也就是颜思曦，从而继续对我栽赃陷害。"

"哈哈哈，彭菲菲啊彭菲菲，你真是不见棺材不落泪，不到黄河不死心啊！"

权聪推开门笑嘻嘻地走了进来，看看彭菲菲呵呵笑道："彭警官，真是让你受委屈啦。"

众人都莫名其妙地看着他，不知道他闷葫芦里卖的什么药。

权聪将一份验尸报告单交给何少川，何少川看完报告单，脸色不禁涨红起来，看了看彭菲菲，半天说不出话来。

彭菲菲冷冷地笑道："何警官怎么不说话了？你不说话我也知道那张报告单上写的什么！江琳家地板上的血迹跟机场的无名女尸血型是一样的，DNA序列也是一样的。"

彭菲菲说对了！机场的无名女尸就是江琳，那么深圳来的女警根本没有死。

难道面前的彭菲菲真的是深圳来的警察？那曦曦呢？何少川不敢想下

去了。

彭菲菲继续说道："让我再来分析一下江琳的被杀现场吧。第一次，罗圆圆先给她发了 QQ 诅咒，之后杀了她；本来杀了人就算了，可是罗圆圆突然听说深圳来了一个警察要协助调查葛善生被杀案，于是便开始设计圈套。她第二次来到 201 房，将尸体搬走了，这就解释了为什么地板上尸体的轮廓线那么清楚。她之所以把尸体搬到机场附近，是因为这更容易引起你们的联想，果然你们上当了。她又怕你们登报认尸，使事情败露，于是干脆把尸体毁容。何警官，你觉得我说得对吗？现在的问题是，谁会知道一个深圳的警察要来呢？我可不是国家元首，我出个差也不会成为新闻，所以来陷害我的人，不是警察，就是警察的朋友。"

何少川心乱如麻。的确，那天说彭菲菲要来的事情时，曦曦是在场的。可是曦曦在场，也不能证明她就是凶手啊！他又想起刚才分别的时候，曦曦突然大喊"我爱你"，当时他就觉得怎么一次分别竟像是生离死别一样呢？难道曦曦知道身份马上就要败露准备逃亡？如果是这样的话，她又怎么有时间去远程操纵深圳市公安局的传真机呢？

"不，不可能的，十年前那场车祸的新闻我看过，遇难两夫妻的女儿就叫颜思曦。"

"何警官，以颜思曦对网络安全的熟悉程度，要进入新闻网站的服务器修改一个名字，并不是难事。"

蒋子良开心地看着彭菲菲，菲菲的嫌疑洗清了，他比谁都高兴。

"少川，我觉得菲菲的分析还是有道理的。你看，我们是不是去……"

"你们决定吧，我心里很乱，"何少川揪着头发使劲扯着，"彭警官，对不起。"

"没事，事情说开就好了。"

"少川，你觉得嫂子会在哪儿？"

"不知道，我不知道。"

彭菲菲说："她不会放过任何一个人的，不是有个人还活着吗？"

"熊冠洋？"蒋子良眼睛一亮，马上掏出手机拨打熊冠洋电话，可是他已经关机了。

70.水落石出

　　熊冠洋神情自若地坐在电脑前，搜索着所有的关于自己嫖娼视频的帖子，饶有趣味地浏览着。最初几天，他的精神一度崩溃了，走在路上，总是低着头，就像做贼一样。后来他渐渐适应了这种生活，换了新的手机号码，家门上最初还贴着嘲笑的字条，这些天也渐渐稀少了。在这个信息爆炸的时代，再怎么具有轰动效应的新闻也会很快被人们淡忘，只有曾经受到伤害的人们，永远不会忘记那段痛苦的经历。

　　熊冠洋已经家徒四壁了，偌大的房间除了一台电脑、一张床和一个旅行箱之外别无他物。迟早，他也将逃离这个不再安全的家。

　　门铃声响起来了。

　　熊冠洋犹豫了一下，谁会在这时候敲门呢？那些网络暴民虽然自诩为道义的化身，但他们是不会半夜三更地上门声讨自己的。

　　门铃声再次响了起来，甚至传来了急促的敲门声。

　　熊冠洋走到门口，隔门问道："谁啊？"

　　"熊大哥，是我，"声音非常急促、慌乱，"我是颜思曦啊，求你了，快开门啊！"

　　"颜思曦？她跑来干什么？"熊冠洋心里狐疑着。

　　"熊大哥，快开门救救我啊，有人在跟踪我。"

　　颜思曦着急地哭了起来。

　　熊冠洋不再犹豫，赶紧打开门，颜思曦一头冲进来，顺手把门关上，然后靠着墙壁呼呼地喘着粗气。

　　"怎么了？"

　　"不，不知道，好像有人跟踪我。"

颜思曦急促地呼吸着，胸脯一起一伏，熊冠洋看得耳红脸热。曾几何时，他还跟胡剑陵开过玩笑，让他把颜思曦让给自己……如今，颜思曦走投无路，竟然半夜找上门来了。他把颜思曦让到卧室的床上坐下，不好意思地说道："对不住了，只能在这里坐了。"

"熊大哥要搬家了？"

"是啊，这里不能住了，邻居看我的眼神都不正常。"

"网络暴力，又一个受害者。"

"是啊，妈的，这群暴民！"

颜思曦呵呵一笑："熊大哥，你怎么看网络暴力呢？"

颜思曦一口一个"熊大哥"，叫得熊冠洋浑身麻酥酥的，几乎飘飘欲仙了。

"网络暴力，根本就是一群无赖流氓，打着正义的旗帜，对一个普通人进行拳打脚踢、肆意谩骂。但是他们不是来主持正义的，他们只是冲过来各逞其能，或者发挥自己骂街的技巧，或者彰显自己多么高尚的品德……"这些话，熊冠洋憋在肚子里好久了，此时被颜思曦一问，便不吐不快滔滔不绝起来，"他们高尚吗？是的，他们高尚！在我的视频被上传到网络之前，我也是高尚的。满嘴的仁义道德，满肚子的男盗女娼，这就是网络暴民的精神实质！"熊冠洋越说越起劲，越说越来火，脸色涨红起来，"他们从偷窥中获得了快感，但是又不承认自己是喜欢偷窥，反而口诛笔伐，以此证明自己的善良。既想当婊子，又想立牌坊，这就是网络暴民的追求。"

熊冠洋说完，兀自气呼呼地喘着粗气，颜思曦不屑地一笑："我倒不同意你的说法。"

"难道我说错了吗？他们不是那种人吗？"

"他们的确是一群可耻的人。这些充满正义感的网民在现实生活中，也许是个坑蒙拐骗的败类，也许是个偷鸡摸狗的混混，也许是一个玩弄女性的色狼，也许是一个贪污腐败的国家干部。网络把他们的真实面目全部遮住了，于是他们全成了最可爱的人。但是，你口口声声说网络暴力我是不同意的。一个'网络暴力'，掩盖了多少罪恶啊？"颜思曦说道，"是谁的错就是谁的错，谁的行为侵犯了别人的权利就应该追究谁，别把个别人的错以'网络暴力'的全称让网络来承担。含糊地说'网络暴力'，把个别人的责任混合于大众中，把责任推给所有参与的网民，容易让真正的违法侵权者逃脱法律追究。"

"法律？法律管得了那么多吗？"

"总之，网络暴力不是一个筐，不是那些真正行使暴力、侵犯权利的人可以推卸责任的筐。谁侵犯了别人，谁就要付出代价。"

"谈何容易啊！"熊冠洋长长地叹口气。

颜思曦突然问道："你参与过网络暴力吗？"

熊冠洋一怔，马上叹息着低下了头："我参与过。剑陵的信息，就是我披露的。没想到，报应来得这么快。我这几天天天都在想，如果剑陵还活着，我一定要当面向他道歉。在被网络暴力伤害之后我才意识到，每个普通人都可能成为网络暴力的受害者，也才尝到了那种舆论压力的苦头。那是一种无处不在的敌意，前后左右四面八方，全是窥视的眼睛，就像赤身裸体地游走在繁华的街市，做人的尊严荡然无存。"

颜思曦却哈哈一笑，说道："你不用可怜他，他也是因果报应。"

"嗯？什么意思？"

"你还记得十年前吗？华美中学一个女孩子，叫罗圆圆。"

"你……你怎么说起她来了？"

"你认识她？"

"认……不，不认识。"

"十年前，胡剑陵披露了罗圆圆的个人信息，十年后，他的信息被他的好朋友披露了。所以说，这是报应。"颜思曦从包里拿出一个蓝色的小瓶子，慢慢地旋动着盖子，"你知道他的视频是谁拍的吗？"

"不知道。"

"是罗圆圆请一个私家侦探拍的。"

"罗圆圆？她真的回来了？"

"你不是不认识她吗？"

"这个……不熟。"

"你有没有想过你的视频是谁拍的？"

"我不知道，我也去查过，但是毫无结果。"

"我告诉你吧，你的视频也是罗圆圆找人拍的，很便宜的，万把块钱就够了。"

"你怎么知道的？"熊冠洋怀疑地看着颜思曦。

颜思曦笑道："你还记得罗圆圆长什么样子吗？"

"过去那么久，已经不记得了。"

"是啊，十年了。罗圆圆消失了十年，当她重新回来的时候，连胡剑陵都不认识她了。十年前，他还那么疯狂地追求人家呢，一天一封情书，真是感天动地啊。十年后，他虽然不认识我，但是一看到我，还是喜欢上了我，这难道就是缘分吗？哈哈哈……"颜思曦大笑起来。

熊冠洋心中一凛："你……你……是……"

"我就是罗圆圆啊，你难道看不出来吗？"

"你……你来干吗？你给我走。"

"熊冠洋，十年前我就告诉过你，我会回来的，你难道忘记了吗？"

熊冠洋看着颜思曦目露凶光，正准备出手袭击，颜思曦手一扬，小蓝瓶的液体扑面而来。熊冠洋闻到一股浓郁的香味，然后眼前一黑，摔倒在地。

颜思曦冷冷地看着熊冠洋，找来一根绳子，将熊冠洋手脚绑起来。看看时间，警察们应该还在翠园小区吧？她坐到电脑前，下载了黑客软件，然后开始攻击深圳市公安局的服务器。功夫不负有心人，她终于找到了公安局的传真机，然后伪造一封证明彭菲菲身份的公函发送过去。做完这一切，颜思曦得意地笑了，笑容里满含着苦涩，她知道那份传真只是缓兵之计，只要血迹比对结果一出来，马上就会露馅。她就要踏上逃亡之旅了，从此她跟何少川只能天各一方了。想到此，颜思曦的眼眶里渗满了泪水，她用力一擦，向熊冠洋走去，这一切都是他造成的。

一盆凉水泼过去，熊冠洋一个激灵睁开眼睛，惊恐地看着颜思曦。

"你……你想干吗？"

"你知道胡剑陵是怎么死的吗？是被我杀死的。所有人都是我杀的。我说过，网络暴力不是一个筐，不要把一切罪行都怪罪在网络暴力头上，谁犯了错，谁就要付出代价。"

"你……你……你……可是我没有发帖骂过你啊，我没有啊。"

"你不是发过 QQ 诅咒给我吗？如果你不是那么恨我，你发什么诅咒啊？"

“我……我只是一时觉得好玩，我……我……我没有恶意啊。”

“哈哈哈，笑话！没有恶意？”颜思曦的双眸含着泪，“你知道这些年我过的是什么日子吗？十年前，我只有15岁，你们逼得我离家出走，我只好四处飘零。我被一个人贩子卖到了广东东莞的厚街，他们逼着我接客卖淫，我不同意，他们就打我，就不给我饭吃。你知道我的第一次是给了一个什么样的人吗？一个胖子，一个酒鬼，他那么粗鲁，还吐了我一身。我在厚街足足干了两年，两年啊，我当了两年的妓女，几百个男人在我身上寻欢作乐。我只有15岁啊！15岁，应该在教室里读书学习，跟同学们游戏玩耍的！可是我……两年……两年的时光就这样过去了，我学会了如何讨好男人，如何勾引男人。直到我17岁那年，一个男人终于被我迷得晕头转向，救我脱离了苦海，把我带到了深圳。是，他对我很好，还供我读书，但是，我不过是他寻欢作乐的工具罢了……这一切都是谁造成的？是你们！顾松云，那个道貌岸然的电视台副台长，十年前他就弄虚作假伤害了我，十年后他还是狗改不了吃屎。你知道他死的时候，怀里揣着什么吗？一份市民采访的提纲！这就是新闻，这就是无冕之王干的事。还有那个薛沐波，一个复旦大学的高才生，鬼扯什么议程设置理论，可是议程设置难道就是用来践踏一个15岁小女孩的吗？置顶，置顶！他喜欢置顶，我就给他置顶！最可笑的是胡剑陵和孔步云了，这两个傻瓜，还以为我多爱他们呢，简直就是痴心妄想，哈哈哈……”颜思曦笑着笑着突然哭了起来，“可是我爱的人，却永远都不会原谅我，我永远都不会跟他在一起，这是谁害的？就是你！”

“不，不，不，”熊冠洋躺在地上，极力挣扎着，当颜思曦说话的时候，他一直四处打量。不远处的衣柜上镶嵌着一面落地镜子，他一边说着话，一边向镜子滚去，“我只是给你发了一条信息，我什么都没做。你要报仇，找他们就行了，不要来找我。而且……而且……你做的难道还不够吗？我现在跟你一样，也是网络暴力的受害者，我现在无处容身，不管走到哪里，都像被人盯着一样，你难道还不满意吗？”

“哼哼哼，满意？我两年的娼妓生活，生不如死，难道你被网络暴民追杀一下，我就能满意了？不，我不满意！我要让你受尽痛苦！”

熊冠洋向落地镜前挣扎着，躲避着。

"你不要躲了，没有人会救你的。偿还债务的时候到了，希望你下辈子不要再害人了。"

此时，熊冠洋已经到了落地镜前。颜思曦从包里掏出一把匕首，蹲在熊冠洋面前晃动着，笑呵呵地说道："我是一个叫陈婷婷的 girl，被绑架，后来死了。请你把这封信立即发给你的 6 个好友，1 天后，你喜欢的人就会喜欢上你。如果不发，你就会在 5 天内离奇死亡！这条信息始于 1877 年，从未失误过。这信息写得不错，熊冠洋，你真是有才啊！"话音刚落，手中匕首猛地向熊冠洋胸口刺去。熊冠洋眼疾手快，急忙一躲，但是手脚被缚极不灵活，匕首还是扎在了肩膀上。熊冠洋"啊"的一声惊呼，用尽全身力气，伸起被绑的双脚，狠狠地向镜子踹去。镜片哗啦啦落了一地，洒落到颜思曦身上，她赶紧跳开了。

"姓熊的，不要垂死挣扎了！"

熊冠洋双手在背后摸索着，终于拿起了一块镜片。锋利的镜片划破了手，但是他极力忍受着，耐心地划割着绳索，嘴上说道："等一下，我……我不相信你……你不是罗圆圆……你在骗我，你根本不是罗圆圆。"

颜思曦本来拿着匕首正准备进行第二次进攻，这时停了下来，问道："哦？为什么？"

"我认识罗圆圆，那时候她们班就在我们班楼下。那是一个很善良的女孩子，不会像你这么暴力，你简直就是一个野兽！罗圆圆不是，她是我见过的最可爱的女孩子。"

"啧啧啧，你以为你拍我几下马屁我就能放过你吗？善良？是的，我的确很善良，我曾经很善良，但是在见识了你们的丑恶嘴脸之后，在过了两年的娼妓生活之后，我善良不起来了。"

"还……还有，圆圆嘴角有颗痣，你没有，你不是罗圆圆。"

"哈哈哈，熊冠洋啊熊冠洋，你什么时候变得这么纯洁老实了？你难道不知道这个世界上有个词叫'美容'吗？"

绳子已经快磨断了，熊冠洋继续拖延时间："不，美容也不可能这么神奇的，那颗痣不可能那么轻易就弄掉的。"

"唉，真是不好意思，如果你的命长一点的话，我还可以给你普及一点科普知识，可是现在没时间了。"颜思曦说罢，挥着匕首再次冲上来。

匕首马上就要扎到咽喉了，绳索就在这时候磨断了。

熊冠洋伸出血淋淋的双手一把抓住了颜思曦的胳膊。颜思曦一见，全身的力量压到右手上，匕首就在熊冠洋眼前晃。

熊冠洋憋足了一口气，奋力一推，将颜思曦推开了。

颜思曦一仰身摔倒在地上，玻璃碴子扎进肉里，感到一阵阵痛，鲜血跟着流了出来。

熊冠洋摆脱了颜思曦之后，立即又拿起一块镜片，割绑住双脚的绳子，可是没割几下，颜思曦又扑了上来。

熊冠洋赶紧缩回双腿，瞅准时机用力踢出去，正中颜思曦小腹。颜思曦吃不住疼，捂着肚子蹲在了地上，等她直起腰的时候，熊冠洋已经割断绳索站起来了。他面目狰狞，浑身都是鲜血，一步步向颜思曦走去："臭婊子，你害得我好苦啊！我不就是给你发了条信息吗？你至于这么来追杀我吗？你知道吗？我本来应该当上处长的，就因为你，全黄了！现在，我还被开除公职了，我考个公务员容易吗？现在，我的生活全被你毁了！你痛苦，我比你还痛苦呢！你想杀人？我还想杀人呢！"

熊冠洋蹂身而上，欺到颜思曦面前。

颜思曦毕竟一女流之辈，她行凶杀人靠的都是迷幻剂，现在熊冠洋清醒过来了，她就束手无策了。

熊冠洋一把捏住颜思曦手腕，一用力，匕首落地，颜思曦疼得"啊"一声大叫。

熊冠洋贴近了颜思曦的脸，使劲地嗅了一下："真他妈香，早知道你这小骚货在东莞卖 B，老子就去捧你的场了。"

颜思曦的眼泪刷地流了下来，她以为她再也不会受到任何屈辱了，没想到熊冠洋竟然又来侮辱自己。两年的娼妓生活，暗无天日，无异于在炼狱中煎熬。她大声叫骂道："王八蛋，你放开我，我要杀了你！"颜思曦挣扎着，但是双手被熊冠洋握住，她根本动弹不得。

肮脏的嘴唇亲了自己的脸蛋，颜思曦感到一阵恶心。

熊冠洋血淋淋的手摸着颜思曦，说道："这脸蛋真嫩啊！一年 365 天，两年就是730天，一天接一个客人的话，就是730个男人，啧啧，厉害，想不到我们清纯可爱的曦曦，竟然成了公共厕所了。"

"你会不得好死的！"颜思曦号啕大哭起来。

"如果我告诉何少川，他喜欢的女人……哈哈哈……"

"不，求你了，你不要告诉他。求你了，求你了，我爱他，我爱他，我不想让他知道我的事情，求你了……我什么都愿意答应你，但是你不要告诉他，求你了……"

"哈哈哈，你还能答应我什么呢？你以为我会喜欢你这个公共厕所吗？罗圆圆，你让我吃够了苦头，我也要让你生不如死，我要把你交给何少川，告诉他，你是个娼妓！我要看着你痛苦的样子，看着你无地自容的样子，哈哈哈……"

熊冠洋揪住颜思曦的衣领，往床上一甩，颜思曦趴到了床沿了，她的包放在床上，她赶紧把包拉到近前，在包里摸索着。

熊冠洋乐呵呵地从地上捡起匕首，然后从背后抓住颜思曦的衣领，将她提起来："你给我过来，不要装死。"

颜思曦一转身，手里已经多了一个蓝色的小瓶子，手一扬，迷幻药喷到了熊冠洋脸上。熊冠洋眼前一黑再一次倒在了地上。颜思曦呜呜地哭泣着，眼泪不停地滴落下来。她拿起匕首就要往熊冠洋身上扎去，一个声音突然叫道："曦曦，不要啊！"

何少川来了！颜思曦被警察包围了。

蒋子良握着手枪厉声道："嫂子，放下刀。"

颜思曦泪眼蒙眬地叫道："少川……"

看着颜思曦浑身血淋淋的样子，何少川早已心如刀绞，此时此刻，他心中根本没有警察，没有凶手，有的只是爱情，只是怜惜。

"曦曦，你怎么了？你受伤了吗？"

"少川，你知道我有多痛苦吗？你知道他们害得我多惨吗？"

"我知道，我知道。曦曦，把刀放下吧，不要再杀人了。"何少川说着向前走去。

颜思曦挥舞着匕首："你不要过来。"

何少川红着眼睛，疯了似的朝蒋子良等人吼道："你们都他妈的把枪给我放下！"

蒋子良犹豫着，看了看何少川，又看了看颜思曦。

"放下！"何少川指了指颜思曦，又朝蒋子良吼道，"她是谁？你知道吗？"

"她……她是罗圆圆。"

"错了！她是颜思曦！她是你嫂子！她是我何少川的女人！你他妈的敢用枪指着我的女人？"

彭菲菲连忙扯了扯蒋子良的衣角，蒋子良这才把枪放下了，其他警察见状也纷纷效仿。

何少川满眼含泪往前走："曦曦，不要再杀人了，跟我回去吧。"

"你不要过来……我……我……我会杀了你的。"

"曦曦，难道你从来没有爱过我？难道你爱我只是为了利用我？难道你爱我只是为了掩饰你的身份？我不相信，我不相信……"

"我……少川，我爱你……我是真的爱你……你不要过来……我……我会杀了你的……"

"你要杀就杀吧，我一个人活着也没什么意思，让我们一起走吧。"何少川坚决地朝前走去，一直走到颜思曦跟前。

颜思曦哭得越发厉害了，匕首落地，伸开双臂紧紧地抱住了何少川。

"少川，我爱你，我爱你，你知道吗？那天胡剑陵第一次请我吃饭的时候，你也在。我第一眼看到你，就喜欢上你了。我知道你才是我真正爱的男人，但是我要复仇，我要复仇。胡剑陵害得我流离失所，我一定要复仇，我只好……我只好选择了他。可是你知道我心里有多么痛苦吗？那天我跟胡剑陵要结婚了，我没想到你竟然跟他一起来抢新娘，你还记得吗？当时胡剑陵跪在我面前迟迟没有说话，这时候你说……"

"我记得，我记得，我都记得。我说'你不说，换我！我来说！'"

"是的，就是这句话，你知道我当时多么难受吗？我多么希望对我表白的是你，我多么想一脚把胡剑陵那个王八蛋踢开，接受你的爱。可是……可是……我不能，我计划了那么久，我不能放过他……我一定要让他痛苦……"

"曦曦，别说了，什么都别说了。其实……其实……我很早就喜欢你的，你知道吗？那天胡剑陵说他要约一个女孩子，要我陪着，我就去了，然后我就见到了你。我当时就很喜欢你，但是，你毕竟是兄弟要追的女孩子，我怎么能再去喜欢你呢？那天抢新娘的时候，我……我……我也希望对你表白的是我，给你戴上戒指的是我，把你抱出宾馆的是我……"

"晚了，一切都晚了。我们的幸福就是被他们毁了，我恨他们，我恨他们。"

"曦曦，不要恨他们了，要怪就怪我们命不如人。"

"少川，我肯定会被枪毙的，你能把我葬在我妈妈旁边吗？我好傻啊，我对不起她，十年了，我一直都在想她……少川，我是不是做错了？为了报仇，我失去了更多的东西，我失去了母亲，也没有享受到父爱，而且还失去了我的爱情……"

"不，不，没有，我爱你，我永远都爱你。不管你杀了多少人，我都爱你。那些人都该死，该死！就是他们，害得我们不能终生相伴，是他们，就是他们，一群自以为正义的网络暴民，拆散了我们的幸福……"

颜思曦呵呵一笑，笑容是那么惨淡："少川，你不是说过吗？不要再恨别人了，只能怪我们命不如人。就像这个人，"她指了指熊冠洋，"他其实也很可怜，平时总是喜欢扮演正人君子，可是到头来发现自己原来也是龌龊不堪。"

"你不恨他了吗？"

"不恨了，我只恨我自己，如果我不是一心想着复仇，我跟你也许就会有一个美好的未来。"

"别说了，曦曦，什么都别说了。"

这时候，熊冠洋悠悠醒转过来，他站起身来，认清了眼前的状况，不禁哈哈大笑起来："罗圆圆啊罗圆圆，你还在装纯情啊，要不要我把你的糗事都说出来啊？"

颜思曦一把挣脱了何少川的怀抱，大声叫道："不要，求你了，不要。"

何少川惊愕地看着罗圆圆和熊冠洋，不知道发生了什么事情。

"求我？你刺我的时候，怎么不求我？何警官，你爱她？我告诉你，她当年在东莞……"

颜思曦大叫一声，向前冲去，捡起匕首高高地举了起来。

何少川大叫道："曦曦，不要！你不是已经原谅他了吗？"

变起仓猝，熊冠洋吓得怔在地上，竟然不知道躲避了。

颜思曦的眼睛里充满了泪水，她看着何少川说道："少川，我不配得到你的爱，我没脸见你！"说罢，匕首扎向自己胸口直没至柄。

"曦曦！"何少川高喊一声扑上前去，一把抱住她。

鲜血咕嘟嘟从嘴里冒出来，颜思曦含糊不清地说道："少川……对……对不起……你……你不要……不要爱我，我……我……不……"

"不，曦曦，我爱你，我爱你，你不要死，我爱你……"

"少川，我……我……是个……不干净的女人……我做过……做过两年的妓女……"

"我不管，我不管，不管你做过什么，我都爱你，那不是你的错，不是……我爱你……曦曦，你不要离开我啊……"

颜思曦的眼睛里焕发出喜悦的光彩："真……真的吗？你……真……真的会……会原谅我吗？"

何少川用力地点着头，眼泪扑簌簌地落下来："真的，我爱你！我这辈子最正确的选择就是爱你……"

"少川……谢……谢你，我……我很知足了……让我再……摸一下……你的脸……"颜思曦伸出手，颤抖着摸着何少川的脸，"看你……胡子……胡子拉碴的……该刮……刮一下了……我要……我要记住……你这……这张脸……下辈子……下辈子……你还会爱我吗？"

"会的，会的，曦曦，我会的。"

"呵……呵……我好开心啊。"

颜思曦身子一软，永远地闭上了眼睛。

何少川抱着颜思曦号啕大哭："曦曦，你醒醒啊，你不要走啊……曦曦……"

颜思曦永远都不会醒来了，她的脸上挂着幸福的笑容，就像睡熟了一样。

何少川久久地抱着她，任谁来劝都不肯放手。

71.十年之约

　　远处，一条小河缓缓向东流，阳光照射在河面上，泛出点点金光。微风吹来，漫山的树叶沙沙作响，何少川坐在颜思曦的坟前默默地抽着烟。墓碑上贴着一张颜思曦的照片，她微微笑着，仿佛在看着何少川，看着她心爱的男人。

　　颜思曦离开已经三个月了。每个周末，何少川都要到这里来陪陪她，问她在地下冷不冷，问她钱够不够花，问她有没有想他……回答他的只有漫山的虫鸣，只有掠过脸腮的微风，他知道，那就是曦曦的回答。

　　"曦曦，你知道吗？蒋子良那小子竟然调到深圳去了，他昨天给我打电话，说下个月就要跟彭菲菲结婚了。多幸福啊，马上就要跟心爱的女人结婚了。他要我去参加他的婚礼，你说我去不去呢？说起来，都怪你这家伙，你这脑袋瓜子还真好使，把我整得团团转，害我把人家彭警官当成了凶手。哎，生什么气嘛！我又没怪你！你说，如果我去参加婚礼的话，我怎么好意思见人家啊？什么？脸皮厚点就行了？哈哈哈，好，那我脸皮就厚点，我何少川钞票不厚，脸皮还是挺厚的。到时候，我来个负荆请罪？光着膀子参加他们的婚礼，你说怎么样？哈哈哈……"何少川说着说着，眼泪又涌了上来，"哎呀，不好意思，曦曦，我的沙眼见风就流泪了。我先走了，下周再来看你，有空给我托个梦，想吃什么想要什么就跟我说，听见没有？在下面不要亏待了自己，过个几十年，我还要去找你呢……"

　　回到家，何少川又坐到电脑前，无所事事地把十年前的帖子又翻了出来。看完之后，又打开了关于胡剑陵、熊冠洋的帖子，他不禁又自言自语道："曦曦，我每次看这两个帖子，仿佛就能看到你躲在后面翻云覆雨，我甚至把你想象成一个巫婆，站在一个高台上，指挥着雷公电母，把整个网络搞得乌云密布……"

在攻击熊冠洋的帖子下面，一个叫"陈婷婷"的人也留言了。

陈婷婷？何少川马上想起了那个 QQ 诅咒。

"陈婷婷"只留了一句话：

天涯刀客、落英飘红、小红脸、天狼孤星，你们等着，我会回来的，我会回来找你们的。

何少川心中一惊，难道这个"陈婷婷"是熊冠洋？难道他要开始新一轮的屠杀？他忙搜索"天涯刀客"、"落英飘红"、"小红脸"、"天狼孤星"发的帖子，很快，又一个连线游戏等着他去完成了。

"天涯刀客"是发起人肉搜索的人；

"落英飘红"是追远网的编辑，他把帖子置顶了；

"小红脸"是泄露熊冠洋信息的人；

"天狼孤星"是骂得最狠的人，甚至骂到了熊冠洋的爸爸妈妈爷爷奶奶，说他全家不是娼妓、就是嫖客……

看到这里，何少川连忙起身，开上车奔往熊冠洋家。在门口敲了半天门，一个大肚子孕妇满腹狐疑地打开了门："找谁啊？"

何少川满脸疑惑，熊冠洋一直单身，怎么突然走出一个"大肚子"呢？他犹豫着问道："请问熊冠洋在家吗？"

"哦，你是他朋友是吧？他把房子卖给我们了，没跟你说吗？"

"卖了？"

"是啊，一个多月前就卖给我们了。"

"他搬到哪儿去了？"

"不知道。"

这时候，孕妇的老公走出来，说道："我当时多嘴，跟他聊了一会儿。他说要出国，十年后再回来。"

天已经黑了，何少川满腹心事地回到家。

十年，又是一个十年！

十年后，一场屠杀不可避免。

他看着"天涯刀客"、"落英飘红"、"小红脸"、"天狼孤星"几个ID，惨笑一声，喃喃地说道："上网的人们啊，你们的暴力究竟什么时候才能停止？祸从口出的道理，你们难道不懂吗？当你们兴奋地敲击着键盘，攻击着一个毫无反击之力的弱者，你们是否想到过，你们的所作所为，可能会给你们带来杀身之祸？"

他不禁又想起了自己攻击过的那个女学生，不知道她现在怎么样了，她是否过上了幸福的生活，她是否摆脱了当年的阴影？他打开网页开始搜索，搜索五年前的帖子，想查出小女孩住在哪里。他一定要当面向她道歉，如果她家庭困难，他愿意倾囊相助。

QQ一直登录着。

嘀嘀响过，一个好友给他发信息过来了。

何少川一看好友名字，知道是蒋子良发来的。

双击蒋子良的头像，一个对话框弹出来。

还记得五年前你做过什么吗？

何少川一愣！

五年前，正是他伤害那个北京女孩的时候。那时他发了很多帖子，谩骂那个可怜的女孩，他的文章被到处转载。

子良为什么突然问自己这个问题？他迅速地回复道："你问这个干吗？"

蒋子良没有回答，而是下线了，好友头像由彩色变成了灰色。

何少川隐隐觉得不对劲，忙操起电话给蒋子良拨了过去。

"少川，什么事啊？"

"你刚才上网了吗？"

"我在看电视呢，没上网啊。"

"你最近用过QQ吗？"

"好久没用了，怎么啦？"

"哦，没事没事，你看电视吧。"

何少川放下电话，不断地盘算着，到底会是谁呢？谁会知道我五年前做过那件荒唐事呢？

房间的门铃急骤地响了起来，何少川急匆匆地跑到门口。

不是家门的铃声，而是一楼大门的对讲系统在响。

墙壁上装着一个显示器，按下视频按钮，一楼大门外的情景映入眼帘。

幽暗的路灯，静静的街道。但是没有人影。

也许是按错了吧？何少川转身离开，可是对讲系统又响了起来。

到底是谁这么无聊？他再次跑到门口，按下视频按钮。

依然是幽暗的路灯，静静的街道。依然没有一个人影。

谁在装神弄鬼？何少川冷冷一笑，带上手枪打开房门，乘坐电梯来到一楼大堂，走到大门口，向四周张望一番，路上没有一个人影。

这是一个温馨的夜晚，家家户户的窗口透出黄晕的光。

夜风吹来，带来阵阵花香，何少川陶醉在花香里，又想起了曦曦姣好的面容。在这个浪漫的夜晚，如果能拉着曦曦的手，漫步在月光下，闻着淡淡的花香，聊着开心的事，该有多好啊？

但是这一切毕竟不可能了！

何少川叹口气，见门口没人便走回大堂，耐心地等待着电梯降到一楼……

屋外传来几声鸟叫，花香更加浓郁了。在这个静谧的夜晚，每个人都在编织着美好的梦。

丁零一声，电梯到了。

门开始缓缓打开……